사슴
사냥꾼의
당겨지지
않은
방아쇠

사슴
사냥꾼의
당겨지지
않은
방아쇠

이해경 장편소설

차 례

제1장

추운 계절이
다가오고 있다

한수는 헛것을 보았다.
낮에 죽은 선배가 넋 나간 얼굴로
육 연발 리볼버의 총구를 관자놀이에 대고 있는 모습이었다.
끼리릭…… 한수의 왼쪽 귀를 긁는 소리와 함께
권총의 동그란 탄창이 육십 도 회전하면서,
지지직…… 어디선가 돌아가는 레코드판에 바늘이 올려지더니,
이즈 디스…… 흐르기 시작한 노래는 프레디 머큐리의 금지곡이었다.

이것은 진짜 인생인가. 그저 환상일 뿐인가.

1979년 10월 27일 토요일 아침. 성동교를 건넌 61번 버스가 한양대 앞길을 따라 커브를 틀자 승객들이 한쪽으로 쏠리면서 불평불만이 쏟아졌다. 한수는 침묵했다. 그의 곁에는 긴 머리에 짧은 치마를 입은 여자가 서 있었다. 두 몸이 흔들리며 스칠 때마다 화장품 냄새가 한수의 코를 간지럽혔다. 한수는 눈을 감았다. 긴급 뉴스를 전하는 아나운서의 목소리가 들려왔다. 버스 기사는 라디오의 볼륨을 높였다.

　간밤에 도심에서 살인사건이 일어났다. 피살자의 신원은 현직 대통령인 것으로 밝혀졌다. 죽을 때까지 자리에서 내려오지 않겠다는 그의 뜻이 이루어졌다. 목격자의 증언에 따르면, 대통령이 남긴 마지막 말은 거짓말이었다. 난 괜찮아. 그가 괜찮지 않음을 세상에 알린 것은 조간신문에 박힌 낯선 단어였다. 有故. 탈이 났다는 뜻이었다. 그에게는 죽음이 괜찮은 것일지 몰라도 이런 시비를 피할 수 없었다. 당신만 괜찮으면 다야. 그의 죽음과 더불어 한수의 인생도 탈이 나기 시작한 것이었다.

한수가 버스에서 내린 곳은 육교 앞이었다. 육교를 향해 걸음을 떼면서 한수는 떠나는 버스의 창문을 바라보았다. 곁에 서 있던 여자는 딴 곳을 보고 있었다. 그녀를 보는 한수를 차창으로 내다본 사람은 단발머리에 눈이 큰 여학생이었다.

육교 위에서는 맨발의 걸인이 가마니를 깔고 앉아 신문을 보고 있었다. 거리에 뿌려진 낱장의 호외였다. 걸인은 신문지의 귀퉁이를 찢어 코를 풀었다. 한수는 주머니 속의 동전을 만지작거리며 그 앞을 지나쳤다.

땅 위로 내려온 한수는 겨드랑이에 끼고 있던 가방을 내려들고 옷매무새를 가다듬었다. 그의 날렵한 구두코에는 버스에서 밟힌 자국이 우표의 소인처럼 찍혀 있었다. 한수는 한 발로 서서 구두를 바지 뒷단에 대고 문질렀다. 길가에는 높고 긴 축대가 솟아 있었다. 먼지와 매연에 찌든 사각형의 돌덩이들. 왕십리의 풍경은 그 칙칙한 돌담에 의해 완성되었다. 한수는 축대의 모서리를 돌아 오르막길로 접어들었다. 문방구와 분식집과 이발소가 있는 좁은 길이었다. 그 길의 중턱에 열려 있는 커다란 문을 향해 검은 제복의 사내들이 걷고 있었다.

왕십리의 학교는 왕십리를 닮아서 운동장은 황량하고 건물은 을씨년스러웠다. 추운 계절이 다가오고 있었다. 교정의 나무들은 바람이 불 때마다 누런 잎을 떨구었다. 한수는 구둣바닥에 묻은 흙을 털고 현관으로 들어섰다.

교실로 들어서는 한수에게 두 학생의 대화가 들려왔다. 유고가 뭐

냐. 유고는 나라 이름이지. 유고슬라비아. 한수는 '너는 간다'라고 속
으로 말하며 그들 쪽으로 다가갔다. 그들이 대화를 멈추고 자세를 바
로잡았다. 한수는 뒤돌아봤다. 하키 스틱을 어깨에 걸친 사내가 문가
에 서 있었다. 한수는 그에게 인사하고 자리에 앉았다. 사내는 막대기
로 교실 바닥을 두드리며 학생들 사이를 거닐었다. 한수는 책상 위에
『수학의 정석』을 펼쳐놓고 생각에 잠겼다.

　담임이 교실을 떠난 뒤에 학생들은 다시 한 남자의 죽음에 대해 얘
기했다. 고등학교 일학년인 그들의 나이와 죽은 대통령의 재임 기간
은 같았다. 학생들의 반응은 두 가지였다. 각하의 서거 때문에 불안하
거나, 독재자의 최후 앞에서 흥분하거나. 대학생 형이나 누나를 둔 친
구들이 말을 많이 했다. 한수의 누나는 재수생이었다. 한수는 오 년
전 여름의 어떤 날을 떠올렸다.

*

　그날 서울에는 아침부터 비가 내렸다. 제2차세계대전 종전 기념일
이었고, 서울에 처음으로 지하철이 개통된 날이었다. 한수는 누나와
함께 우산을 쓰고 충무로의 골목길에 서 있었다. 대한극장에서 상영
중인 〈공포의 드라큘라〉를 보기 위해서였다. 매표소에서 시작된 줄은
극장 건물을 한 바퀴 감은 뒤에 주변 골목까지 늘어서 있었다. 한수는
장화를 신지 않은 것을 후회했다. 빗물에 젖은 운동화 속 축축한 양말
이 기분 나쁜 감촉으로 발바닥에 들러붙었다.

　같은 시각 충무로에서 멀지 않은 남산 국립극장에서는 광복 29주

년 기념식이 치러지고 있었다. 식순의 절정은 일본군 장교 출신 군 통수권자의 경축사였다. 그의 한국어는 반도의 남동쪽 억양이 뚜렷했다. 조국 통일은 반드시 평화적인 방법으로 이루어져야 한다는 것을…… 한 방의 총소리가 났다. 낭독은 계속되었다. 다시 한번 강조하면서 우리가 그동안 시종…… 객석의 소란과 함께 탕, 탕, 탕탕! 총소리가 연이어 들려왔다.

충무로의 한수 남매는 매표소의 반원형 창구로 내밀어진 두 장의 영화표를 집어들었다. 그들은 분식집에서 통만두를 사먹은 뒤에 극장 안으로 들어갔다. 극장 로비는 부모와 함께 온 아이들로 북적였다. 한수의 아버지는 집에서 자고 있었다. 엄마는 장 보러 나가서 안 돌아온 지 삼 년째였다. 그날 아침 한수의 누나 한숙은 아빠의 옷을 뒤져 약간의 돈을 찾아냈다. 한수에게 들키지 않았어도 동생을 두고 혼자 영화 보러 갈 생각은 아니었다. 세 살 터울이지만 한숙은 한수에게 엄마 같은 누나였다.

영화관의 어둠 속에서 남매의 관계는 뒤집어졌다. 무서운 장면이 나올 때마다 한숙은 비명을 지르며 동생의 작은 가슴에 얼굴을 묻었다. 한수는 오빠처럼 한숙을 감싸고 있다가 장면이 바뀌면 누나의 귀에 속삭였다. 지나갔어. 고개를 든 한숙은 반드시 묻고 지나갔다. 어떻게 됐니. 한수는 누나가 왜 공포영화를 보고 싶어하는지 이해할 수 없었다. 어떻게 됐는지 말해줘야 하기에 눈을 감지 못하는 한수는, 스크린과 객석을 함께 보는 방법으로 무서움을 참아냈다. 영화는 어둠으로 시작해서 빛으로 끝났다.

한수는 드라큘라가 다시 살아날지도 모른다고 걱정하며 극장을 나섰다. 한수의 걱정대로, 송곳니가 길고 날카로운 트란실바니아의 성주는 머나먼 이국의 수도 한복판에서 하루에도 몇 번씩 되살아날 것이었다. 그를 찾는 구경꾼의 행렬이 그칠 때까지. 서울에는 여전히 비가 내리고 있었다. 우산을 펴든 한숙은 동생의 손을 잡고 걷기 시작했다.

남매는 을지로로 해서 서울운동장을 지나 왕십리에서 발길을 멈추고 짜장면을 사먹었다. 옆자리에서는 어른들이 침통한 표정으로 낮술을 마시고 있었다. 왕십리의 짜장면값은 시내 중심가보다 이십원이 쌌다. 한숙은 이백원을 내고 십원짜리 동전 여덟 개를 거슬러받았다. 하늘은 여전히 잿빛이었지만 비는 그쳐 있었다. 남매는 뚝섬행 버스를 타고 집으로 향했다. 차 안의 라디오는 정규방송을 중단한 채 한 여인의 이름을 자꾸 불러대고 있었다.

한수 아버지 영만은 TV를 보면서 라면을 먹고 있었다. 여기저기 칠이 벗겨진 호마이카 상에는 라면 냄비만 놓여 있었다. 영만은 냄비 뚜껑에 라면을 덜다 말고 멈춰진 화면처럼 굳어버렸다. TV에서 총소리가 들려온 순간이었다. 흑백 화면에서는 짙은 정장의 사내들 틈에 대통령의 부인이 하얀 한복을 입고 앉아 있었다. 실제로는 붉은 옷이었다. 그녀가 투명인간에게 머리를 얻어맞은 사람처럼 혼자 휘청거렸다. 그 장면은 느린 동작으로 여러 번 되풀이되었다.

집에 돌아온 한수는 불어터진 라면 앞에 넋을 잃고 앉아 있는 아버지를 보았다. 영만이 사라진 아내를 못 견디게 그리워할 때 보여주는 모습이었다. 영만의 아내는 대통령 부인을 빼닮은 여자였다. 열 살의 나이 차를 비롯한 수많은 차이가 두 여자의 인상을 다르게 만들었을 뿐. 한수가 대통령 부인이 인쇄된 우표를 색깔별로 빠짐없이 모은 이유도 같은 것이었다. 그날 한수는 평소와 달리 뉴스가 지루하지 않았다.

문제의 장면에서 한 발의 총알이 연설대를 맞고 튕기는 순간 대통령은 황급히 몸을 숙였다. 방탄처리된 연설대가 그의 몸을 가려주는 사이 그의 부인은 꼿꼿한 자세로 앉아 있었다. 누가 쏘았는지 모를 총알이 머리를 관통할 때까지. 무대 구석에서 달려온 경호원은 그녀의 의자 뒤에 숨었다. 그녀는 만 사십팔 세의 나이로 생을 마감했다.

*

결국 죽었군. 친구들의 대화를 듣고만 있던 한수가 불쑥 내뱉은 말이었다. 어떤 친구는 그 말에 코웃음이 섞였다고 느꼈고, 어떤 친구에게는 그 말이 고뇌 어린 탄식으로 들렸는데, 어느 쪽이든 뭔가 좀 아는 사람의 무게와 깊이가 실린 한마디로 받아들여진 것만은 틀림없었다. 친구들은 입을 다물었다. 한수는 오 년 전에 죽을 수도 있었던 사람이 이제 죽었다는 생각에 그렇게 말했을 뿐 다른 뜻은 없었다. 대통령은 그의 관심 밖이었다.

그날 아침 한수의 관심은 오후의 약속에 쏠려 있었다. 한수가 그 약속에 대해 들은 것은 전날 밤, 종로구 궁정동 어느 가옥에서는 대통령이 별 탈 없이 술 마시며 놀고 있을 시간이었다. 한수는 방바닥에 배를 깔고 엎드려서 라디오를 듣고 있었다.

고독을 느껴보았나 그대.

심수봉이 부르는 〈젊은 태양〉이었다.

우리는 너나없는 이방인. 왜 서로를 사랑하지 않나.

노래를 따라 부르며 한숙이 방 안으로 들어왔다.

소리 좀 줄여.

한수는 라디오를 껐다.

한수야.

왜.

내일 밖에서 좀 보자.

어디서.

광화문 덕수제과.

왜.

왜긴. 빵집에 빵 먹으러 가지.

빵 먹으러 광화문까지?

한수야.

왜 자꾸 불러.

엄마한테 연락이 왔어.

팔 년 만이었다. 한수는 말없이 라디오를 켰다.

밤잠을 설치고도 한수는 수업시간에 졸지 않았다. 교사들은 저마다
의 입장에 따라 간밤의 사건에 대해 말하거나 침묵했다. 그들이 어떤
관점으로든 말해주기를, 길게 말해주기를 바라는 것은 학생들의 입장
이었다. 한수는 아무래도 상관없었다. 제자들의 기대를 저버리고 침
묵을 택한 쪽은 삼 교시의 독일어 교사였다. 네 시간의 수업이 거의

끝나갈 때까지 교실에서는 아무 일도 일어나지 않았다.

사 교시는 기술 시간이었다. 기술을 배우러 온 학생이 없어서 수업 분위기는 엉망이었다. 담당 교사의 성품이 온화한 탓이기도 했다. 그는 학생들이 떠들고 장난쳐도 웃어넘기기를 잘해서 별명이 미스터 스마일이었다. 기술 시간이 되면 교실은 토론 기술의 수련장이 되었다. 미스터 스마일의 진짜 별명은 호구였다.

한수는 강자에게 약하고 약자에게 강한 친구들이 못마땅했다. 강자에게 강할 수는 없어도 약자에게 강하지는 말자, 늘 약하자는 쪽이 수업을 듣는 한수의 자세였다. 그는 학생들에게 호구 잡힌 교사들의 수업을 경청했다. 한수의 성적이 중간을 유지할 수 있었던 비결이었다. 하지만 그날 한수는 딴짓하는 것도 아니면서 네 시간 내내 한눈팔고 앉아 있었다.

스마일 씨는 시무룩한 표정으로 수업을 진행했다. 칠판에 전기회로를 그리다가 분필이 부러지자 얼굴을 찡그리기까지 했다. 학생들은 평소대로 웃고 까불었다. 스마일 씨의 눈치는 안 보는 게 습관이 되어버린 탓이었다. 스마일 씨는 평소답지 않게 몇 번의 주의를 줬다. 목소리에는 신경질이 섞여 있고, 그의 모습은 어딘지 모르게 불안해 보였다. 학생들은 주의대로 따를 수 없었다. 주의깊게 들은 사람이 없기 때문이었다. 스마일 씨는 폭발했다.

아버지도 알아?

전날 밤 라디오를 다시 켠 한수가 한숙에게 건넨 물음이었다.

아니. 아빠한텐 말하지 말랬어.

심수봉의 노래는 절정으로 치닫고 있었다.

먼 하늘에 저 태양이 웃는다.

난 안 가. 누나 혼자 만나.

한수는 라디오의 튜너를 돌리며 말했다. 심한 잡음에 섞여 평양방송 아나운서의 목소리가 스치고 지나갔다.

엄마가 날 보자는 거겠니.

한수는 대꾸하지 않았다.

두시야. 난 학원 때문에 좀 늦을지도 몰라.

한숙은 동생의 마음을 이해했다. 한수는 며칠 전에 아버지가 구해다 준 독수리표 카세트 라디오만 만지작거렸다. 내가 엄마를 보고 싶어하나.

스마일 씨가 폭발한 순간에도 한수는 그 생각을 하고 있었다. 보고 싶으면 봐야 하나. 한수는 애도 아니고 어른도 아닌 나이가 불만스러웠다. 광화문 덕수제과로 갈 것인가 말 것인가. 한수는 빵을 먹고 싶다는 쪽으로 마음을 정했다. 교실 안은 여전히 시끄러웠지만, 특별히 더 심해졌다고 보기는 어려웠다.

칠판을 지우던 스마일 씨가 고함을 지르며 지우개를 던졌다. 맨 뒷줄에 앉아 키득거리던 두 학생이 과녁이었다. 그들은 『선데이 서울』에 실린 누드 화보를 보던 중이었다. 빗나간 지우개는 게시판에 빗살무늬를 찍고 떨어졌다. 하얀 가루가 화약 연기처럼 흩날렸다. 학생들은 일제히 스마일 씨를 응시했다. 저 양반이 왜 저러냐는 눈빛이 대세였다. 갑작스런 주목에 당황한 스마일 씨는 벌겋게 달아오른 얼굴을 실룩거렸다.

　말이야, 어? 너 너 너희들이 지금 말이야, 이렇게 장난치고 히 히 히히덕거릴 때야? 어? 지금 저 전쟁이 말이야, 날지도 모 모르는데 어? 국가원수가 지금 마 말이야, 휴 흉탄에 맞고 돌아가셔서 오 오 온 국민이 어? 우리가 말이야, 애도하면서 모두 겨 경각심을 가지고 말이야……

　한수는 자기도 모르게 쿡 웃었다. 말의 내용이 우스워서가 아니었다. 미소에 익숙한 스마일 씨의 얼굴은 인상을 쓰려고 하자 괴상하게 일그러졌다. 한수는 희한한 표정으로 말이야, 어? 더듬거리는 착한 선생의 분투를 나 몰라라 할 수 없었다. 당혹스럽거나 관심 없는 표정들 틈에서 한수의 웃음은 도드라졌다. 스마일 씨는 다시 폭발했고, 이번에는 제대로 된 폭발이었다.

　너 이 새끼 이리 나와. 진짜 무서운 얼굴로 변한 스마일 씨는 더듬지 않고 호통치더니, 나오려고 일어서는 한수에게 달려가서 오른손으로 한수의 뺨을 사정없이 후려치기 시작했다. 웃어? 한수는 왼쪽 귀를 정통으로 얻어맞고 엄청난 아픔과 함께 이상한 느낌에 휩싸였다. 지금 웃음이 나와? 어딘가 다른 세상을 엿본 듯한 기분. 빨갱이들이 쳐들어와도 웃을래? 한심한 새끼.

　코피가 터지고 입안에도 피가 고였다. 수업시간의 끝을 알리는 차임벨 소리가 들려온 뒤에도 스마일 씨는 폭행을 멈추지 않았다. 친구들은 믿기 어려운 광경에 놀라 입 벌리고 구경할 뿐이었다. 분이 덜 풀린 스마일 씨는 한수의 멱살을 잡고 교실 밖으로 나갔다. 한수는 교무실로 끌려갔다. 도중에 종례를 하러 오는 담임과 마주쳤지만, 그가

하키 스틱으로 스마일 씨를 제압하고 한수를 구해 양호실로 데려갈
리는 없었다.

*

　간밤에 한수는 잠 못 이루다가 새벽에 꿈속에서 엄마를 보았다. 그
녀는 아들의 꿈속에서 치마저고리를 환하게 차려입고 시장 골목을 거
닐었다. 어물전에서 엄지와 검지로 생선 꼬리를 쥐고 뒤집어보는 그
녀의 손놀림은 우아했다. 한수가 좋아하는 고등어였다. 팔뚝에 털이
무성한 사내가 고등어 한 마리를 네모난 칼로 내리쳤다. 잘려나간 머
리에서 피가 솟구쳤다. 그녀의 옷이 붉게 물들었다. 사내가 그녀의 손
목을 움켜쥐고 골목의 어둠 속으로 들어갔다. 순순히 끌려가는 엄마
의 뒷모습이 한수의 가슴을 아프게 했다. 돌아보며 웃는 그녀의 얼굴
은 한숙이었다.

*

　캐비닛이 늘어선 교무실 구석에 한수는 무릎 꿇고 앉아 있었다. 코
피는 멎었지만 입안에 고인 침을 삼킬 때마다 피맛이 났다. 한수는
욱신거리는 왼쪽 귀를 손바닥으로 눌렀다. 발전기 돌아가는 소리가
났다.
　종례를 마치고 돌아온 스마일 씨는 제정신으로 돌아와 있었다. 이
리 와봐. 입모양을 보고 짐작한 한수는 비틀거리며 일어나서 스마일

씨 곁으로 갔다. 교무실로 들어온 한수네 담임은 못 본 척 신발을 갈아 신고 서둘러 나갔다.

반성 많이 했어?

스마일 씨는 한수의 얼굴을 쳐다보지 못하고 작은 소리로 물었다.

예?

스마일 씨는 대답으로 알아듣고 고개를 끄덕였다. 할말이 궁한 그가 침묵 끝에 중얼거렸다.

아버지는 뭐 하시냐.

예?

한수는 분명한 억양으로 다시 말해주기를 청하며 몸을 왼쪽으로 틀고 오른쪽 귀를 내밀었다.

아버지 직업이 뭐냐고.

영만의 직업은 도둑이었다.

잘 모르겠는데요.

아버지 하시는 일도 몰라?

예전엔 기술자였는데, 요즘은 이것저것, 정확히는 저도 잘……

그래? 무슨 기술자셨지 예전엔?

고장난 시계도 고치고, 금고나 자물쇠도 열어주고……

너 자세가 이게 뭐야. 선생님 앞에서 삐딱하게. 똑바로 못 서. 주번 교사 완장을 찬 사내가 한수의 뒤통수를 때리면서 말했다. 학생들은 그를 불독이라고 불렀다. 한수는 똑바로 섰고 불독은 투덜거리며 자리에 앉았다. 실내화를 다시 신기든지 해야지, 카악. 불독은 재떨이에 가래를 뱉었다. 먼지를 하도 마셨더니 이거, 교실이고 복도고 흙 천지야. 불독의 시선이 한수의 발 쪽을 향했다. 어라, 너 학생이 이런 구두 신어도 되는 거야? 동네 제화점에서 맞춘 한수의 구두는 제비족이 즐겨 신는 스타일이었다. 어쭈, 바지는 당꼬에다. 한수의 발목을 감싼 바지 밑단의 폭은 육 인치 반이었다. 불독은 한수의 교복 윗도리를 들췄다. 노 벨트에, 그렇지 주머니는 사십오 도로 트고. 이건 또 뭐야. 누가 교복 안에 와이샤쓰 입고 다니랬어. 게다가 색깔이 이게…… 이 새끼 완벽한 날라리네. 한수가 아버지한테 물려받은 보라색 셔츠를 학교에 입고 온 것은 그날이 처음이었다. 다음부턴 입고 오지 마. 스마일 씨는 웃어넘기려 했지만…… 무슨 소리야. 벗어. 압수야. 불독은 쉽게 놓아주지 않았다. 한수는 가만히 서 있었다. 안 들려? 당장 벗으라니까. 한수는 교복 윗도리만 벗고 다시 가만히 서 있었다. 너 이 새끼 개기는 거야? 빨리 안 벗어! 저만치서 독일어 교사가 돌아보며 눈살을 찌푸렸다. 한수는 주춤거리며 말했다. 안에 아무것도 안 입었는데요. 그것은 영만이 아들에게 가르쳐준 옷차림 예절의 기본이었다. 하, 이놈 봐라. 아주 골고루 다 하는구만. 이 새끼 빤쓰도 안 입은 거 아니야. 안 되겠군. 따라와 새끼야. 한수는 학생부로 끌려갔다. 스마일 씨는 난처한 표정만 짓고 앉아 있었다.

*

그날 한수는 모처럼 아버지와 함께 아침을 먹었다. 영만이 아침에 일어나는 것은 드문 일이었다. 한숙이 차려놓고 나간 밥상에는 김치와 밑반찬들 말고도 미역국과 고등어구이가 올라 있었다. 한수가 고등어를 먹지 않자 영만이 의아해하며 물었다. 고등어 안 먹어? 한수는 대답 대신 영만을 불렀다. 아버지.

왜.

엄마가 밉죠.

영만은 미역국을 한 모금 마신 뒤에 말했다.

오늘이 제 아들 생일인 걸 기억이나 하는지 모르겠다.

왜 날 두고 갔을까요.

영만이 남은 밥을 국에 말며 말했다.

정신이 없었겠지.

도망가느라 바빠서요?

영만은 고등어 살을 떼어 한수 밥 위에 올려놓았다.

아버지.

왜.

제 아버지가 미워죽겠죠. 나 같으면 죽이고 싶을 거예요.

그러면 못써. 어쨌든 아버지 아니냐.

그런 아버지도 아버진가요.

이름과 달리 한수와 한숙은 모든 혈연으로부터 자유로운 남매였다.

영만은 말없이 수저를 놓고 주머니에서 곤색 비로드 케이스를 꺼내 한수 앞에 놓았다. 그 안에는 흔들어주면 자동으로 태엽이 감기는 오리엔트 손목시계가 들어 있었다. 영만이 오랜만에 돈 주고 산 그 시계는, 한수가 태어나서 처음으로 받아보는 선물이었다.

*

한수는 복도에 붙은 껌을 떼다 말고 시간을 확인했다. 서무실에서 틀어놓은 라디오 소리가 복도에 흐르고 있었다. 영화 〈엠마뉴엘 부인〉의 주제곡이었다. 복도는 납작하게 달라붙은 껌 천지였다. 한수는 다시 동전으로 시커먼 껌딱지를 떼기 시작했다. 땀에 젖은 교복 안감이 맨살에 달라붙어 몸을 놀리기 불편했고, 쪼그린 자세로 발을 옮길 때마다 부어오른 엉덩이가 쓰라렸다.

웃통을 벗은 채 학생부실 바닥에 엎드려뻗쳐서 빠따를 맞고 있던 한수를 구해준 사람은, 군복 차림으로 들어온 예비역 육군 대위였다. 그는 교련 시간에 총검술 16개 동작을 훈련소 조교 수준으로 해냈던 한수를 기억하고 있었다. 대위의 말을 듣고 불독은 한수를 선처했다. 일층 복도의 모든 껌이 제거된 뒤에 셔츠를 돌려준다는 것이 선한 처분의 내용이었다.

한수가 교문을 나선 것은 오후 세시가 다 되어서였다. 광화문행은 이미 단념한 뒤였다. 그날의 액운이 다 그 약속 탓이라고 여겨졌으므로 단념은 어렵지 않았다. 귀의 통증이 많이 가신 덕에 기분은 그런대로 괜찮았다. 어쨌든 토요일이었다. 이발소의 삼색등이 현기증을 일으키며 돌아가고 있었다. 한수는 자신에게 당장 필요한 것을 채우기 위해 걸음을 재촉했다. 아주 잠깐 한수의 눈길은 문방구 벽에 설치된 주황색 공중전화와 그 옆에 매달린 두꺼운 전화번호부에 머물렀다.

한수의 발길이 멈춘 곳은 분식집이었다. 동화동 즉석떡볶이 생각이 간절했지만 그 골목까지 걸어갈 힘이 남아 있지 않았다. 그 동네 특유의 얇은 가래떡과 함께 프라이팬에 눌어붙는 당면의 감칠맛을 포기하고, 떡볶이집 다락방에서 사복으로 갈아입고 화장을 마친 뒤 내려오는 여학생들의 모습도 떨치고, 한수는 학교 앞 분식집 안으로 들어섰다. 안에서는 한수네 반 친구들이 둘러앉아 라면을 먹고 있었다.

그럼 이제 어떻게 되는 거냐.
국무총리가 대신하게 되는 거지.
그 할아버지 땡잡았네.
몇 달 하다 말 건데 뭐.
축구와 농구로 땀을 뺀 친구들의 몸에서 개운한 피로감이 느껴졌다. 한수는 떡라면을 기다리며 말없이 앉아 있었다. 식사를 끝낸 친구들의 잡담은 계속되었다.
진짜 대통령은 선거로 뽑게 될 거야.
누가 될까.
누가 되든 성은 김씨겠지.
과연 그럴까.
김씨들이 들으면 서운할 소리를 뱉은 친구는 우진이었다.
누가 또 있대?
너네 아버지가 그래?
그냥 해본 소리야. 우진이 일어서며 말했다. 그만 가자.
친구들은 주섬주섬 가방을 챙겼다.
같이 안 갈래? 우진이 한수에게 말했다. 우리집 비었어. 기분도 그럴 텐데 같이 음악 듣고 놀자. 보헤미안 랩소디, 너 또 듣고 싶다 그랬잖아.

그랬다. 며칠 전 우진의 집에 놀러가서 한수는 라디오로 듣지 못하는 노래들을 판이 닳도록 들었다.

난 라면도 먹어야 하고……

기다리지 뭐.

그래. 같이 가, 한수야.

친구들이 거들고 나섰다.

호구한테 맞은 역사적인 날인데 그냥 넘어갈 수 있냐.

그럼. 기념을 해야지.

우진이네 집에 가서 지난번처럼 양주도 한 모금 빨고. 그 술 이름이 뭐였더라. 씨바……

나 약속 있어.

한수는 혼자 있고 싶었다.

혼자 남은 한수가 떡라면을 반쯤 먹었을 때 분식집 문이 벌컥 열리며 학생 한 명이 뛰어들어왔다. 교내 최강의 조직 회오리의 멤버였다. 그는 숨을 헐떡이며 주방 옆 골방의 문을 열어젖혔다. 방 안에서는 밴드부 이학년들이 낄낄대며 김밥과 튀김을 먹고 있었다. 급보가 전해지자 그들은 웃음을 거두고 자리에서 일어났다. 몇몇은 가방에서 연장을 꺼내들었다. 자전거 체인, 구부린 포크, 곤봉 길이로 잘라 검정테이프를 감은 야구 배트 같은 것들이었다. 우르르 몰려나가는 선배들을 한수는 바라만 보고 있었다. 닫히던 분식집 문이 도로 열리며 선배 한 명이 한수의 학년 배지를 확인하고 말했다. 너도 따라와. 쪽수가 쨉이 안 된다잖냐.

한수가 선배들을 따라 큰길로 나왔을 때, 건너편 중앙시장 입구에서 한 무리의 학생들이 튀어나왔다. 그들은 헉헉대며 육교 쪽으로 내달렸다. 곧이어 두 배가 넘는 수의 학생들이 나타나 그들의 뒤를 쫓았다. 학교는 달랐으나 제복은 같았으므로, 쫓고 쫓기는 두 무리는 앞서고 뒤처진 한 무리처럼 보이기도 했다. 그들과 평행선을 달리며 한수 일행 또한 축대를 지나 육교를 향해 나아갔다. 둘둘 말린 가마니를 옆구리에 낀 걸인이 한 손으로 코를 풀며 육교 계단을 내려오고 있었다.

육교 위의 싸움은 끝날 때까지 서로 치고 빠지기를 거듭하는 가운데 팽팽했다. 밴드부의 지원에도 불구하고 수적인 열세를 면치 못한 회오리패에게 육교보다 싸우기 좋은 곳은 드물었다. 도로 위를 가로지른 좁은 다리 위에서 머릿수의 위력은 미미했다. 한수는 패거리의 후미에서 까치발을 들고 선두에서 벌어지는 싸움을 구경했다. 싸움은 주먹과 발차기의 대결이 주를 이루었고 더러는 위협 삼아 연장을 휘두르는 모습도 눈에 띄었다. 장소가 육교 위라는 점 말고는 왕십리 주민들에게 낯선 장면이 아니었다.

한수가 구경꾼의 자세를 지킬 수 없게 된 것은 결국 모자란 머릿수 탓이었다. 뒷덜미를 잡아당기는 서늘한 기운에 고개 돌린 한수는, 계단으로 치고 올라오는 검은 옷의 무리를 보았다. 육교 밑으로 무단 횡단한 상대편의 남아도는 인력이었다. 그들의 표정은 건너서는 안 될 강을 건넌 반란군처럼 삭막해서 배경을 이룬 축대와 잘 어울렸다. 한수는 재빨리 무리 한가운데로 파고들었다. 자신이 속한 무리였다. 갑자기 후미가 선두로 바뀌는 아찔함 속에서 한수가 떠올린 것은, 언제 어디서나 중간이 되라는 아버지의 가르침이었다.

*

버스에서 내리는 한수의 발걸음은 무거웠다. 한수가 한 일은 별로 없었지만, 그렇기에 그는 더욱 지쳐 있었다. 해 질 무렵이었다. 왕십리에서도 십 리는 더 간 곳에 한수를 내려놓고 버스는 땅거미 속으로 묻혀갔다. 오라이…… 하늘색 나일론 제복의 소녀가 남기고 간 피로에 겨운 외침이 한수의 귓가에 맴돌았다. 다 괜찮아. 아무 문제 없어. 집으로 가는 그의 마음은 변두리 정류장의 풍경처럼 스산했다.

골목 어귀 구멍가게 앞에서 한수는 걸음을 멈추었다. 전봇대에 매달린 외등 불빛 아래 그의 그림자는 쓸쓸했다. 한수는 교복 맨 윗단추를 풀고 가게 안으로 들어갔다. 책을 펴들고 앉아 있던 한수 또래의 여학생이 몸을 일으키며 말했다. 늦었네. 토요일인데. 한수는 뒤돌아봤다. 아무도 없음을 확인한 그는 묻지 않을 수 없었다. 날 알아요?

몰라. 이름이 한수라는 거 말고는.

내 이름은 어떻게……

말하다 말고 한수는 가슴에 붙어 있는 하얀 명찰을 매만졌다.

난 미자야. 같은 일학년이니까 너도 말 놔.

처음 보는 사람한테 어떻게……

처음 아니야. 아침에 같은 버스 탔잖아.

그랬나.

그랬어. 넌 날 쳐다보지도 않았지만.

한수는 미자를 빤히 쳐다보다가 물었다.

너 누구니.

미자라니까.

왜 여기 있냐고.

삼촌 대신 가게 보고 있어.

아, 삼촌 댁에 놀러왔구나.

아니. 살러 왔어. 다 늦게 고아가 됐거든.

침묵하는 한수에게 미자가 물었다.

뭐가 필요해.

환희.

미자의 커다란 눈이 더 커졌다.

환희?

환희는 싸구려 휴지를 말아 필터로 삼은 백원짜리 담배 이름이었다.

그래. 성냥이랑.

환희의 정체를 모르는 미자는 엉뚱한 한수가 귀여웠다.

후후, 타오르는 환희를 맛보고 싶단 말이지.

응. 그게 제일 독해.

말하면서 한수는 문득, 얼마 전 난생처음 나간 미팅에서 파트너가
된 여학생에게 아무 말도 못하고 쩔쩔맸던 자신의 모습을 떠올렸다.
미자는 진지하게 대꾸했다.

독한 환희. 신선한데.

특별한 날이니까.

박정희가 죽어서 기쁜 거야?

한수는 걔가 누구냐고 물을 뻔했다. 여전히 대통령은 그의 관심 밖이었다. 한수는 정색을 하고 물었다.

사람 죽는 거 본 적 있어?

*

육교 위의 패싸움은 한 학생의 죽음으로 끝났다. 죽은 학생은 한수를 싸움판으로 이끈 선배였다. 한수는 무리 속으로 도망치는 자신을 바라보던 선배의 표정을 잊기 어려웠다. 그 표정에 담긴 뜻은 비겁한 후배를 향한 노여움이나 비웃음이 아니었다. 한수가 본 것은 그의 쓸쓸한 얼굴이었다. 쓸쓸하게 그의 얼굴은 말했다. 난 너처럼 그러지 못해. 한수처럼 숨을 용기가 없었던 그는 반대쪽으로 몸을 날렸다. 그 짧은 순간 한수의 뇌리에 떠오른 장면과 눈앞에 펼쳐진 장면은 일치했다. 순서를 분간하기 어려운 두 장면에서, 주먹을 뻗다가 계단을 헛디딘 선배가 고꾸라졌고, 그를 향해 휘두른 것이 아닌 연장이 그의 가슴팍을 찍었다. 앙증맞게 생긴 은빛 손도끼였다.

*

그래서 어떻게 되는데.

한수가 묻자 미자는 뜸을 들이며 손에 쥔 하드를 한입 베어물었다. 도둑이 싫어한다는 막대 아이스크림 누가바였다.

어떻게 끝나냐고. 그 남자도 죽어?

아니. 고향으로 돌아와. 그리고 사슴 사냥을 나가지.

끝이 시시하네. 사슴은 잡아?

쏘려다 말어.

왜.

나도 몰라.

봤다며.

본다고 다 알 수 있나. 느낌은 있어.

뭔데.

그 남자가 총을 겨누고 사슴을 바라보는데…… 아, 말하기 어려워.

말하기 어려운 느낌. 그런 게 있다는 것을 몇 시간 전에 알아버린 한수였다.

그런데 그 영화 미성년자 불가 아니야?

내가 고등학생으로 보여?

미자는 단발머리를 뒤로 모아 쓸어올리며 새침한 표정을 지어 보였다.

아니. 중학생으로 보여.

미자는 삐죽 내민 입으로 누가바를 깨물었다. 오물오물 움직이는 그녀의 입술을 보며 한수는 심한 허기를 느꼈다.

*

한수가 가방을 가지러 분식집에 돌아왔을 때 식탁은 말끔히 치워져 있었다. 어차피 식어서 불어터졌겠지. 사람이 죽은 마당에 먹다 만 떡라면이나 아까워하는 자신을 민망해하며 한수는 음식값을 치르고 밖으로 나왔다. 나오며 슬쩍 들여다본 골방에는 가방들이 어지럽게 흩어져 있었다. 모양은 조금씩 달라도 이른바 국방색으로 통일된 그 가방들 중에서 어느 것이 주인을 잃은 물건인지는 알 도리가 없었다.

　분식집 골방에 가방을 남겨두고 거리로 뛰쳐나간 고교생이 성년의 문턱에서 실족하여 터무니없이 숨을 거두자 육교 위의 두 패거리는 싸움을 끝냈다. 그들은 서둘러 도망쳤다. 손도끼의 주인이 속한 무리가 벌벌 떠는 그를 에워싼 채 육교를 떠나고, 그들의 본진이 건너편으로 흩어지고, 그렇게 트인 길로 회오리패가 육교를 빠져나갔다. 그들에게 묻어서 땅 위로 내려온 한수는 중앙시장 입구에서 무리를 벗어나 횡단보도로 다시 길을 건넜다. 그는 분식집으로 바로 가지 못하고 축대 모서리에 숨어 싸움과 죽음의 현장을 기웃거렸다. 육교에는 밴드부원들만 남아 친구의 시신을 둘러싸고 어찌할 줄 모르다가, 그들 중 한 명이 계단을 내려와 한수를 지나쳐 문방구의 공중전화로 달려갔다. 사람들이 육교 주위로 몰려들기 시작했고, 사이렌 소리와 함께 경찰차와 앰뷸런스가 도착했다. 하얀 천이 얼굴을 덮는 것으로 하나의 죽음이 확정되는 순간, 한수는 망자가 이승에 남기고 간 마지막 한마디를 떠올렸다. 그냥 싸우는 거지.

　왜 싸운대요. 선배를 따라 분식집을 나서며 한수가 물었을 때, 그는 피식 웃으며 말했다. 이유가 어딨냐. 그냥 싸우는 거지.

　가방을 찾아 큰길로 나온 한수는 통행이 금지된 육교를 바라보다가 퇴계로 방향으로 몸을 틀었다. 정류장을 하나 거슬러올라가서 버스를 타야겠다는 생각이었다. 한수는 가방을 옆구리에 끼고 모자챙을 눈썹 높이까지 당겼다. 바삐 걷는 행인들이 딴 세상 사람들 같아 보였다. 바람에 전깃줄 우는 소리가 웅웅 한수의 왼쪽 귀를 흔들고 지나갔다. 한수는 그대로 집에 들어가기 싫어졌고, 길거리를 쏘다니는 것은 그의 취미가 아니었다. 그는 만화방 간판이 붙어 있는 낡은 건물 안으로 들어갔다.

*

독특한 애야. 집으로 들어서며 한수는 미자 생각을 하고 있었다. 독고탁을 좋아하는 건 맘에 드는군. 가게에서 한수가 만화 얘기를 꺼내자 미자는 손뼉을 치며 반기더니 이상무의 최근작 『비둘기 합창』에 대해 신나게 말하다가 제풀에 눈물을 글썽였다. 탁이 아빠가 말했지. 인간은 행복하지도 불행하지도 않단다. 그 만화의 꼬마 주인공 독고탁은 엄마를 하늘나라로 보내고 가난하게 살아가는 오 남매의 막내였고, 한수가 좋아하는 독고탁은 『우정의 마운드』에서 고아 출신으로 불같은 강속구를 뿌리는 비운의 고교생 투수였다. 미자는 새끼손가락으로 눈물을 찍어내며 말했다. 탁이가 그날 일기를 뭐라고 끝맺었는지 기억나? 나도 이학년이 되었으니 다음부터는 글씨를 깨끗이 써야겠다. 슬프지 않아? 한수는 슬펐다.

한수네가 전세로 살고 있는 집은 방 두 개에 작은 마당이 있는 기와 집이었다. 아무도 없는 집은 한수에게 묘한 안도감을 주었다. 한수는 마당에서 마루로 가방을 내던지고 부엌으로 갔다. 양푼에 찬밥을 쏟고 김치와 콩나물무침을 참기름과 함께 섞어 비비는데 전화가 왔다. 한수는 덜 비빈 밥 한 덩이를 입에 퍼담고 씹으며 부엌을 나와 마당을 지나 신발을 벗고 마루로 뛰어올라 수화기를 들어 오른쪽 귀에 댔다. 여보데요. 한수는 뭉개진 발음으로 전화를 받았다. 너 뭐 먹니? 한숙의 목소리가 음악 소리에 섞여 들려왔다. 한수는 입안을 비운 뒤에 말했다. 밥 비볐어.

엄마랑 저녁 안 먹었어?

무슨 소리야. 누나도 안 나갔어?

그럼 너도?

누나까지 안 가면 어떡해!

왜 소릴 지르고 그래. 넌 꼭 갔어야지.

학교에서…… 일이 있었어.

나도 학원에서…… 아빠는?

안 계셔.

나 좀 늦어.

알았어. 일찍 들어와.

그래. 이따 얘기해.

수화기를 내려놓으며 한수는 빵집에 혼자 앉아 있는 엄마의 모습을 떠올렸다. 빵이나 먹으면서 기다렸을까. 비로소 스마일 씨와 불독을 향한 적개심이 끓어올랐다. 극심한 이명이 한차례 다녀간 뒤에, 한수는 부엌으로 가서 양푼을 들고 부뚜막에 걸터앉았다. 비비다 만 밥을

그대로 꾸역꾸역 입안에 넣다가 숟가락을 놓은 까닭은, 주머니 속의
담배가 생각났기 때문이었다.

처음 맛보는 환희는 지독했다. 친구들 표현대로 혀가 말리는 느낌
이었다. 환희 한 대를 다 피우고 났을 때 한수는 거북선 세 대를 연달
아 피운 것과 맞먹는 효과를 볼 수 있었다. 장독대 구석에 웅크리고
있던 그는 머리가 핑 돌아 떨어질 뻔했고, 간신히 계단을 밟고 내려온
뒤에도 어지럽고 몽롱한 기운이 가시지 않았다. 한수는 헛것을 보았
다. 낮에 죽은 선배가 넋 나간 얼굴로 육 연발 리볼버의 총구를 관자
놀이에 대고 있는 모습이었다. 끼리릭…… 한수의 왼쪽 귀를 긁는 소
리와 함께 권총의 동그란 탄창이 육십 도 회전하면서, 지지직…… 어
디선가 돌아가는 레코드판에 바늘이 올려지더니, 이즈 디스…… 흐
르기 시작한 노래는 프레디 머큐리의 금지곡이었다.

이것은 진짜 인생인가. 그저 환상일 뿐인가.

판이 자꾸 튈 때마다 노래는 건너뛰어 한수가 알아듣는 가사로만
이어졌다.

눈을 떠, 난 가난한 아이, 쉽게 오고 쉽게 가고, 엄마…… 방금 사
람을 죽였어요.

선배가 방아쇠를 당겼다. 철컥. 총알은 다른 구멍에 있었다. 선배
는 한수에게 총을 건네며 눈짓으로 말했다. 네 차례야. 노래는 계속
되었다.

엄마…… 인생이 막 시작됐는데, 너무 늦었어, 굿바이 에브리바디,
엄마…… 우우, 나 죽고 싶지 않아요. 따르르릉……

한수를 깨운 것은 마루에서 들려온 전화벨 소리였다.

생각났어.

뭐가.

러시안룰렛이야.

그게 뭔데.

목숨 건 도박 말이야. 총 가지고 하는 거. 아까 내가 얘기했잖아. 영
화에 나온다고.

그게 뭐라고?

러시안룰렛.

러시아면, 소련?

그래. 차이코프스키와 푸시킨의 나라.

차이코프스키랑 누구?

푸시킨. 알렉산드르 세르게예비치 푸시킨. 시인이야.

아, 그 이발소에 걸려 있는 시.

이발소?

그래. 삶이 그대를……

속일지라도.

슬퍼하거나…… 뭐 하지 말랬는데.

노하지 말라.

그렇지. 알렉…… 푸시킨. 시인이지. 러시아.

소설도 썼어. 대위의 딸.

그래? 아무튼, 러시안…… 룰렛.

맞아.

그 얘기 하려고 전화했어?

응.

한수는 할말이 없었다. 그럼 잘 있어, 하고 미자는 전화를 끊었다. 한수는 혼자 있기 싫었다. 우진의 집에 전화하려고 손을 뻗는데 또 전화가 걸려왔다. 상대는 경찰이었다.

제2장

달은 구름에 가려
보이지 않고

우리 좀 걸을까.
비라도 내렸으면 좋겠다는 마음이 뱉은 말이었다.
우진이 씩 웃으며 말을 받았다.
어차피 걸어야 해요.
찻길에는 여전히 사람들뿐이었다.
저렇게 젊어서 어떻게 살까 싶도록 젊은 사람들.
그들은 용산 쪽과 남대문 쪽으로 크게 갈라져 흩어졌다.
흩어지며 작은 무리들을 이루어 나아갈 때,
그들의 노래와 외침이 부딪치고 섞이며 너울너울 밤하늘로 올라갔다.

1981년 9월 30일. 우진의 집에서 나온 일행은 마을을 벗어나 남쪽으로 걸었다. 그들의 얼굴은 노을처럼 붉었다. 해 질 무렵이었다. 하얏트호텔 객실 몇 곳에 불이 켜졌고, 운전면허시험장에서 언덕길에 멈춘 트럭이 고비를 넘지 못하고 미끄러졌다. 단국대 캠퍼스 위로 검은 새 한 마리가 날아갔다. 오거리에 다다른 일행은 순천향의대 쪽으로 발길을 꺾었다. 그들이 걸음을 멈춘 곳은 '태양의 길목'이었다.

　지하에 있는 경양식집 '썬웨이'의 구석 룸에서는 곰팡이 냄새가 났다. 둥근 테이블 위에 새 둥지 모양의 갓을 씌운 백열등이 매달려 있었다. 둘러앉은 일행 앞에 진 토닉이 한 잔씩 놓였다. 안주는 유라시아 대륙을 닮은 돈까스였다. 진 토닉을 한 모금 맛본 우진이 웨이터에게 말했다. 형, 다음 잔부터는 토닉 워터를 반으로 줄여줘. 국산 보드카 하야비치를 대접으로 돌려 마시고 나온 그들에게 칵테일은 음료수였다. 건배 한 번에 음료수는 바닥났고, 돈까스 접시가 비워질 때까지 아무도 말하지 않았다.

*

　대화를 곁들여 식사하는 모습은 우진의 가족이 이룩한 평화의 표상이었다. 대화는 주로 어머니 닥터 정과 아버지 신검사 사이에 이루어졌다. 우진은 묻는 말에만 짧게 대꾸하는 요령을 익힌 지 오래였다. 그날 아침 식탁에서 부부가 나눈 대화의 대부분은 하나뿐인 자식의 장래에 관한 것이었다. 토스트에 버터나 잼을 바르며, 오믈렛을 오물오물 씹어 삼키며, 두툼한 크리스털 잔에 우유나 주스를 따르며, 그들은 고3 아들을 둔 부모로서 필요한 대화를 이어가기에 힘썼다.
　신검사는 우진이 법대에 들어가서 고시를 준비하기를 원했다. 아들이 아버지와 같은 길을 가기 바라다니. 한수네 같으면 어림도 없는 일이었다. 닥터 정은 가업에 대한 남편의 집착을 이해하지 못하는 바는 아니었지만, 법대 아니면 대학을 왜 가냐는 식의 편협한 생각은 위험하다는 것을 알고 있었다. 그녀는 무조건 법대에 가야 한다는 법이 어디 있냐고 남편에게 물었다. 신검사는 빵이 너무 탔다고 말했다. 닥터 정이 보기에 우진이 조건 없이 가야 할 데는 서울대였다. 무엇을 전공할 것인가는 다음 문제라는 것이 그녀의 지론이었다. 부모를 둘 다 만족시키려면 서울대 법대에 붙는 길밖에 없는 우진은 학교에 가자마자 양호실로 가서 소화제를 먹어야겠다고 생각했다. 그나저나 이제라도 다시 과외를 시켜야 하지 않겠냐고 닥터 정이 말했다. 대학생들에게는 몰래바이트로 통하던 비밀 과외 얘기였다. 타지 않

40

으면 그게 토스트냐고 신검사는 말을 바꿨다. 우진은 지난해 여름의
어떤 날을 떠올렸다.

*

그날 우진은 남영동에 있었다. 치안본부 근처에 자리잡은 '왕자분
식'은 미팅의 명소였다. 식당의 넓은 홀은 마주앉은 남녀 고등학생들
로 바글바글했다. 수요일 오후 두시에 모두 사복을 입고 있는 것은 방
학이기에 가능한 풍경이었다.

우진의 양옆에는 한수와 민호가 앉아 있었다. 민호는 교내 최고의
킹카답게 아무나 소화할 수 없는 화이트 톤으로 위아래를 맞춰 입었
고, 우진은 청바지에 회색 라운드 티셔츠를 입은 평범한 차림이었다.
셋 중에 가장 튀는 쪽은 한수였다. 한수는 울긋불긋한 하와이언 셔츠
와 연두색 기지바지를 입었고 맨발에 하늘색 쪼리를 신고 있었다.

그들 맞은편에는 소영이 혼자 앉아 있었다. 네 사람은 팥빙수에 쌓
인 토핑이 쏟아지지 않도록 조심조심 숟가락을 놀렸다. 친구들을 못
데리고 나온 미안함의 표시로 소영이 시킨 팥빙수였다. 우진은 교회
에서 볼 때와는 전혀 다른 소영의 모습이 신기하고 놀라워 팥빙수를
다 먹고도 입을 다물지 못했다. 소영은 스판 소재의 타이트한 주황색
민소매 원피스에 굽 높은 샌들을 신었고 얼굴에는 옅은 화장기가 감
돌았다. 그녀의 배경처럼 흐르는 음악 속에서 올리비아 뉴튼 존은 내
손을 잡으라고, 넌 날 알아야 하며 내가 널 이끌어줄 거라고 노래하
고 있었다. 노래를 들으며 우진은 영화 〈그리스〉에서 그녀가 나온 장

면들을 되살렸고, 한수는 AFKN에서 본 라이브 쇼에서 바로 그 노래 〈매직〉을 부르던 그녀의 모습을 되새겼으며, 민호는 그녀의 나라 오스트레일리아에서 보낸 지난겨울의 더웠던 날들로 되돌아갔다. 그들은 모두 그녀의 연인이 되고 싶었다. 올리비아 뉴튼 존이 만나게 되는 일생일대의 사랑은 여덟 살 연하의 한국계 남자였다.

노래가 바뀌면서 시작된 대화는 그날 아침 전국을 강타한 소식에 관한 것이었다.

그럼 이제 어떻게 되는 거지. 민호가 말했다. 예비고사로 끝이라는 거야?

그러게요. 너무 허탈하지 않아요? 민호의 말을 받은 사람은 소영이었다.

소영의 질문 아닌 질문에 한수가 대꾸했다. 허탈해요.

민호의 타박이 뒤를 이었다. 니가 허탈할 게 뭐 있냐. 학교에서 잠만 자는 녀석이.

한수가 소영의 기색을 살피며 말했다. 그래도 허탈해 인마.

민호는 피식 웃으며 말머리를 돌렸다. 그나저나 우진아, 우리 팀도 깨지는 거네.

둘은 광화문 뒷골목에서 같이 그룹 과외를 해온 사이였다.

깨지는 거지. 잘된 일 아니냐. 너도 과외 지겹다고 노래를 불렀잖아.

그래도 놀 땐 좋았는데.

같이 놀 애들이 없어서 과외했냐.

아무튼 아쉽다. 이제 시내 나오기도 힘들어지게 됐으니.

둘의 대화가 오가는 동안 나머지 두 사람은 말없이 앉아 있었다. 소영은 민호를 보고 있었고 한수는 소영 말고 따로 볼 사람이 없었다. 소영을 바라보는 한수의 왼쪽 귀로 들려온 환청은 방금 전에 들었던 올리비아 뉴튼 존의 목소리였다.

유어 데스티니 윌 어라이브.

나풀나풀 춤추며 노래하는 그녀의 황홀한 자태가 소영의 모습 위로 겹쳐 떠올랐다. 소영은 여전히 민호를 보고 있었다. 친구들의 엇갈리는 시선을 눈치챈 우진이 소영에게 말을 건넸다. 심심하지. 대답 대신 어깨를 으쓱 들먹일 때 소영의 쇄골이 도드라졌다. 한수는 가슴이 터질 것 같았다. 니가 애 좀 재미있게 해줘. 우진이 한수의 어깨를 치며 말했다. 퍼뜩 정신을 차린 한수의 넓어진 시야로 낯익은 얼굴 하나가 들어왔다. 빈 그릇들이 놓인 자리에 미자는 혼자 앉아 있었다. 긴 소매에 반쯤 덮인 그녀의 손에는 먹다 만 누가바가 들려 있었다. 그녀가 눈짓으로 한수를 재촉했다. 어서 말을 붙여봐. 한수는 헛기침을 하고 나서 말했다. 저…… 취미가 뭐예요. 미자는 고개를 절레절레 흔들었다.

글쎄 뭐 특별히……

소영의 목소리에는 따분함이 잔뜩 묻어 있었다.

난 음악 감상인데.

한수는 입술에 지퍼를 채워 보이는 미자의 손짓이 무엇을 뜻하는지 알아차리지 못했다.

음악 좋아해요?

소영은 짜증을 참지 못하고 되물었다.

음악 안 좋아하는 사람도 있어요?

갑자기 커진 음악 소리가 소영의 말을 삼켰다.

네?

외치듯 말하며 한수는 버릇처럼 오른쪽 귀를 내밀었다.

누가 음악을 싫어하냐고요!

한수는 고개를 갸웃거리며 말했다.

글쎄요. 누구죠. 난 아닌데.

미팅만 나오면 바보가 되는 친구의 잘생긴 두상을 바라보면서, 우진은 걷는 게 취미인 여자와 함께 서울의 밤거리를 걸었던 지난봄의 어떤 날을 떠올렸다.

*

그날 우진은 광화문 네거리에 있었다. 서울역 광장에도 있었고 덕수궁 돌담길에도 있었다. 전날 저녁 우진은 집에서 아버지의 전화를 받았다. 신검사는 아들에게 내일은 과외하러 가지 말라고 말했다. 왜요. 위험해. 뭐가요. 종로 일대가 무법천지라는 것이었다. 신검사는 며칠째 집에 못 들어오고 있었다. 우진은 아버지가 하라는 대로 과외를 쉬고, 무법천지를 구경하기로 했다. 일하는 아주머니가 퇴근한 뒤에, 우진은 '테스'의 전화번호를 하나하나 떠올리며 전화기의 다이얼을 돌렸다. 테스는 아현동 로터리에 있는 미용실 이름이었다.

다음날 저녁 우진은 광화문 덕수제과 이층 창가에 앉아서 엽차를 마시고 있었다. 엽차는 한때 보리차였던 흔적을 희미하게 간직한 맛이었다. 우진은 잔을 내려놓고 창밖을 바라보았다. 거리의 상점과 자동차

들이 하나둘 불을 밝히기 시작했다. 해 질 무렵이었다. 행인들의 발걸음은 빠르지도 느리지도 않아서, 춥지도 덥지도 않은 날씨와 잘 어울렸다. 공안 검사의 신경을 건드릴 만한 움직임은 눈에 띄지 않았다. 거리는 지나치게 평온했다. 거대한 해일이 밀려오기 직전의 고요한 바닷가처럼. 우진이 앉아 있는 청록색 인조가죽 소파에서는 자세를 바꿀 때마다 스티로폼 비비는 소리가 났다. 우진은 어깨를 움츠렸다. 일층 카운터에서 우진에게 전화가 왔다는 안내방송을 내보낸 것은, 우진이 길 건너 '미리내 분식'의 우동에 얹어나오는 쑥갓에 대해, 그 쓰디쓴 채소가 들어가야 국물 맛이 제대로 난다는 것에 대해 생각하고 있을 때였다.

광화문 네거리에서 출발한 우진은 시청 앞 로터리를 지나 서울역까지 걸었다. 한숙을 만나기 위해서였고, 오지 않는 버스를 더 기다릴 수 없었기 때문이었다. 전화 통화에서 한숙은 좀 늦을 테니 먼저 빵을 시켜 먹으라고 했다. 왜 늦어요. 급한 일이 생겼어. 그리로 갈게요. 그럼 그러라며 한숙은 있는 곳을 알려줬다.

서울역에 점점 가까워지면서 우진이 품었던 두 가지 의문이 함께 풀렸다. 버스가 오지 않은 것은 버스가 갈 수 없기 때문이었고, 종로 쪽이 조용했던 것은 사람들이 죄다 서울역 앞에 모여 있었기 때문이었다. 광장을 메우고 넘친 인파는 광장보다 넓은 도로에 가득 퍼져 건너편 대우빌딩 앞까지 넘실거렸다. 만리동으로 넘어가는 고가도로 난간에 기대어 내려다보는 사람들에게 그것은 장관이었다. 광장을 가로질러 역사로 가야 하는 우진에게는 헤치고 나아가야 할 힘겨운 난관이었다.

군중의 숲에서 빠져나온 우진 앞에 식민지 시대에 지어진 유럽풍의 건물이, 왜 여기서 이러고 있어야 하는지 모르겠다는 표정을 짓고 서 있었다. 대합실 출입구를 지나쳐 화강암 계단을 오른 우진은 서울역 '그릴'의 육중한 문을 열어젖혔다. 순간 그는 현기증을 느꼈다. 눈앞에 펼쳐진 풍경과 등뒤에 놓인 세상 사이의 아득한 낙차 때문이었다. 높은 천장과 온화한 조명, 두 겹의 식탁보에 싸인 테이블의 행렬, 커피향과 고기 굽는 냄새와 흩어지는 담배 연기…… 그리고 오랜 세월 잘 손질되어 낡아온 것들만이 풍길 수 있는 격조가 그곳에는 있었다. 너무 많지 않은 사람들이 너무 크지 않은 소리로 얘기하고 있었고, 더러는 침묵과 응시로 만남을 기다리거나 헤어짐을 준비하고 있었다. 우진은 그릴에 매료되었다.

한숙은 구석 자리에 혼자 앉아 커피를 마시고 있었다. 치렁치렁한 플레어스커트에 짧고 잘록한 청재킷 차림이었다. 그녀 앞에 앉자마자 우진이 물었다. 일 다 끝난 거예요?

아직. 만나야 할 사람이 아직도 안 왔어.

버스가 안 다녀요. 걸어왔어요.

뭐 마실래. 콜라? 주스?

커피.

한숙은 웨이터를 불러 커피 한 잔을 시켰다.

빵 먹으면서 좀 기다리면 되지 여기까지 걸어와? 뭐 좀 먹을래?

안 먹어도 배불러요.

한숙은 우진을 물끄러미 바라보다가 물었다.

웬 정장?

우진은 감색 싱글에 자줏빛 넥타이를 매고 있었다.

나이들어 보이려고.

더 어려 보인다. 귀여워. 아버지 옷이지?

우진은 고개를 끄덕이며 짧은 머리를 쥐어뜯었다. 한숙은 웃었다.

누나.

불러놓고 우진은 말없이 한숙을 바라보기만 했다.

불러놓고 왜 말이 없니.

말하면서 한숙은 손끝을 코에 갖다 댔다. 파마약 냄새가 났다.

그 남자 아직도 만나요?

저기 온다.

저기서 온 그 남자는 다시 저기로 가서 문을 열고 그럴 밖으로 사라질 때까지, 담배를 피우며 한숙이 남긴 식은 커피를 마시고, 우진을 향해 뜻 모를 미소를 지어 보이고, 바깥의 군중에 대해 예언과도 같은 말을 남겼다. 좀 있으면 끝날걸. 다 흩어질 거야. 그걸로 끝이겠지.

준비는 잘돼?

한숙은 남자에게 하얀 편지봉투를 건네며 물었다.

세상이 뒤숭숭해서 영……

남자는 얼버무리며 봉투를 주머니에 쑤셔넣었다. 봉투의 내용물이 편지가 아니라는 것쯤은 우진도 알 수 있었다.

*

한숙이 그 남자를 만난 곳은 서대문 학원가의 음악다방이었다. 한숙이 재수할 때였고, 그 남자는 그 다방의 디제이였다. 한숙은 그를 문오 오빠, 대개는 그냥 오빠라고 불렀다. 그 동네에서 문오는 군대 갔다 온 복학생으로 알려져 있었다.

우진이 문오를 처음 본 곳은 경찰서였다. 한숙을 처음 본 때와 장소이기도 했다. 10월의 마지막 일요일이었다. 아침에 우진은 한수의 전화를 받았다. 부탁할 게 있다는 한수에게 우진은 만나서 얘기하자고 했다. 경찰서에 있어. 무슨 일로? 그럴 일이 있어. 우진은 더 캐묻지 않고 경찰서의 위치를 확인했다.

우진의 부모는 자고 있었다. 각자 바쁜 주말을 보내고 밤늦게 귀가한 그들은 아들이 잠들었음을 확인하고 오랜만에 정사를 벌였다. 잠든 척하고 누워 있던 우진은 안방에서 새어나오는 소리에 시달리다가 겨우 잠들었는데 머리가 아프고 목이 말라 일찍 깨어났다. 아들의 숙면을 방해한 부부는 잠시 후 일어나 교회 갈 채비를 서두르며 우진에게도 서두르라고 재촉할 게 분명했다. 그전에 집을 나서기 위해 우진은 서둘러 이 닦고 세수했다. 거울에 비친 얼굴이 붉어 보였고 양치질을 해도 입에서 술냄새가 나는 것 같았다. 우진의 옷장에는 전날 친구들과 해치운 술병들이 처박혀 있었다.

성동경찰서 구내매점 앞에 한수는 서 있었다. 친구를 따라 매점 안으로 들어서면서부터 우진은 가슴이 두근거렸다. 네모난 플라스틱 탁자 앞에 한숙은 다리를 꼬고 앉아 있었다. 딱 붙는 청바지를 입어서 종아리에 배긴 알이 톡 튀어나와 보였다. 우진의 마음을 움직인 것은 밤새 한숨도 못 잔 한숙의 해쓱한 얼굴이었다. 그녀 옆에 앉아서 담배를 꺼내는 문오의 모습도 초췌하기 이를 데 없었다. 한수의 소개를 받

고 인사하는 우진에게 한숙은 반갑다며 손을 내밀었다. 우진이 당황
하며 살짝 잡았다 놓은 그 손은 의외로 크고 거칠었다. 문오는 말없이
담배 연기를 내뿜고 있었다. 아무도 그가 누구인지 말하지 않았지만
우진은 그가 한숙의 남자임을 직감했다. 그들이 왜 휴일 아침에 경찰
서에 있는지, 한수가 전화로 하려 했던 부탁이 무엇인지 말해준 사람
은 한숙이었다. 한숙이 모르거나 말하지 않은 사실을 포함한 자초지
종은 이러했다.

　전날 저녁 형사의 전화를 받은 한수는 아버지의 이름을 듣고 안 계
신다고 했다. 여기 있다고 형사는 말했다. 그 말의 뜻을 헤아리기 전
에 한수는 아버지의 목소리를 들었다. 한숙이냐. 한수예요. 누나는?
좀 늦는대요. 영만은 별일 아니니까 걱정 말라며 전화를 끊었다. 한수
는 누나를 기다렸다. 밤이 깊도록 한숙은 오지 않았다. 자정 무렵 한
수가 마당에서 환희에 취해 있을 때 마루에서 전화벨이 울렸다.
　친구 집에서 잔다는 말을 하려고 집에 전화했을 때 한숙은 문오와
함께 여관에 있었다. 서대문 로터리 근처의 허름한 여인숙이었다. 벽
에는 팔분음표를 눕혀놓은 듯한 모양의 플라스틱 옷걸이가 몇 개 붙
어 있었고, 거기에 두 남녀의 옷들이 나란히 걸려 있었다. 한숙의 청
바지 밑에 떨어져 있는 하얀 물체는 딱지 모양으로 접힌 메모지였다.
한숙이 몸에 걸친 것은 문오의 셔츠 하나뿐이었다. 한숙은 아빠가 경
찰서에 있다는 말을 듣고 걱정돼서 술이 확 깨면서도 한편으로 올 게
왔다는 생각이 들었고 심지어 마음이 놓이기까지 했다. 어쨌든 아빠
가 집에 없는 것이었다. 통금이 풀리자마자 출발하기로 동생과 약속

하고 한숙은 전화를 끊었다. 문오는 다 벗은 몸으로 누워 있었다. 무슨 일이냐는 그의 물음에 한숙은 사실대로 말했다. 문오가 경찰서에 같이 가주겠다며 한숙의 허리를 끌어안았다. 한숙은 아빠 생각에 잠이 오지 않았다. 새벽닭이 울 때까지 두 남녀는 세 번의 정사를 치르고 해 뜨기 전에 여관을 빠져나왔다. 경찰서 앞에서는 첫차를 타고 온 한수가 기다리고 있었다. 한숙은 동생에게 친구 오빠가 도와주러 같이 왔다고 말했다. 한수는 누나에게 입술이 왜 부었냐고 묻지 않았다.

그들은 영만을 만날 수 없었다. 면회금지 조치가 내려져 있기 때문이었다. 무슨 일인지는 말해줄 수 없다고 형사는 말했다. 가족도 알면 안 되는 일급 기밀이라는 것이었다. 한숙은 고개를 갸우뚱했다. 그들을 상대한 형사의 소속은 보안과였다. 대화중에 그와 문오가 같은 고등학교를 나왔다는 사실이 드러났다. 문오는 형사에게 새로 인사한 뒤에 무슨 일인지 말해달라고 다시 청했다. 형사는 후배 일행을 데리고 행당동 시장 골목으로 가서 국수를 사먹였다. 멸칫국물에 야채볶음과 계란지단을 고명으로 얹은 잔치국수였다. 밤새 몸을 혹사한 두 남녀는 물론이고 한수 또한 몹시 허기진 상태였다. 젓가락질에 정신 없는 세 사람을 바라보던 형사가 뜬금없이 누구 아는 검사 없냐고 물었다. 세 사람은 동작을 멈추고 다음 말을 기다렸다. 형사는 고개를 절레절레 흔들며 담배를 꺼내 물었다. 니들한테 검찰청 수위 빽이라도 있겠냐는 표정으로 그는 말했다. 국수 더 먹을 사람? 그가 끝내 말해주지 않은 '무슨 일'은 이런 일이었다.

얼마 전 마장동의 한 주민으로부터 전화신고가 들어왔다. 그가 돌린 번호는 113이었다. 중고로 구입한 라디오의 배터리함에서 난수표가 나왔다는 것이었다. 단파수신 전환레버가 달려 있는 일제 '나쇼날' 트랜지스터라디오였다. 경찰은 유통경로를 역추적해서 문제의 라디오가 장물이라는 단서를 잡았다. 장물아비 판씨는 대낮에 화양리 텍사스 골목 여관방에서 대통령 사망 관련 뉴스를 보며 인근 티켓 다방에 배달시킨 커피를 기다리다가 붙잡혔다. 성동경찰서 취조실에서 판씨는 보안과 형사들이 지켜보는 가운데 라디오 절도범에게 전화했다.

영만은 아까도 전화했냐고 판씨에게 물었다. 판씨는 그런 적 없다며 술이나 한잔하자고 말했다. 영만이 집을 나선 때는 해 저문 저녁이었다. 두 번이나 말없이 전화를 끊은 상대는 누구였을까. 생각에 잠긴 채 영만은 골목 어귀를 향해 걸었다. 한수에게 영화 얘기를 해주고 있던 미자는 한수가 등지고 앉은 가게 유리문 밖 외등 불빛 아래로 고개 숙이고 지나가는 중년 남자의 옆모습을 보았다. 그래서 어떻게 되는데. 한수가 물었지만 잠깐 멍해 있느라 듣지 못한 미자는 말없이 하드를 한입 베어물었다. 영만은 행당동 시장 골목 순댓국집 앞에서 체포되었다.

영만이 훔친 라디오는 알루미늄 몸체에 고동색 가죽 케이스를 갖춘 물건이었다. 오래됐지만 험하게 다루지 않아 외양과 소리 모두 깨끗했다. 영만은 그것을 한수에게 주려다 말았다. 한수가 갖고 싶은 것은 최신형 카세트라디오라고 한숙이 말해줬기 때문이었다. 한때는 가장 새로운 모델이었을 그 은색 라디오는 영만이 처음 시도한 대낮 빈집털이의 성과물이었다.

그날 영만은 아침 겸 점심을 먹고 설거지를 마친 뒤에 정장으로 갈아입고 마루에서 빨래를 개며 비가 오기를 기다렸다. 마지막 남은 일감은 자신이 아끼는 보라색 셔츠였다. 영만은 양쪽 엄지와 검지를 집게처럼 만들어서 셔츠 어깨의 끄트머리를 집어 눈높이로 들어올렸다. 구겨진 옷소매가 목매단 시체의 두 팔처럼 축 늘어졌다. 이 옷은 이제 그만 입고 한수 녀석 입으라고 줘야겠어. 영만은 팔 년 전 생일에 한수 엄마가 사준 그 옷을 다림질감 더미 위에 던져놓았다. 마당에 빗방울이 떨어지기 시작했다. 영만은 007가방과 우산을 챙겨들고 집을 나섰다.

목적지에 도착했을 때는 가을비가 제법 굵어져 있었다. 뚝섬 경마장 부근 주택가였다. 비 내리는 오후 두시의 골목길은 한산했다. 판씨의 말대로라면 개들도 자기 집으로 기어들어가 배 깔고 엎드려 비구경을 하거나 낮잠을 자고 있을 것이었다. 영만은 골목길을 천천히 오가며 집들을 관찰했다. 한 손엔 우산, 한 손엔 가방을 든 그의 모습은 월부 책 외판원으로 봐줄 만했다. 대문이 열려 있거나 소리가 나는 집들을 솎아낸 끝에 영만은 비어 있을 가능성이 큰 몇 집을 골라냈다. 일 순위는 인터폰이 달린 집이었다. 영만은 초인종을 눌렀다. 말똥 냄새를 싣고 온 바람이 골목을 휘젓고 지나갔다. 누구시냐는 여자 목소리가 들려왔다. 세계문학전집 한 질 들여놓으시라고 영만이 말하는 도중에 인터폰은 꺼졌다. 한 번만에 문을 열어주는 집은 없으니 걱정 말라는 판씨의 말대로였다.

다음 집으로 향해 가는데 저만치서 문이 열리며 펼쳐진 우산이 먼저 나왔다. 우산을 내려 쓴 영만은 가까운 집 앞에서 초인종을 누르는 척하며 곁눈질로 그쪽을 살폈다. 우산을 따라 집 밖으로 나온 사람은 영만과 비슷한 연배로 보이는 여자였다. 아무리 젊게 봐줘도 그 시간에 집에 와 있거나 오고 있는 자녀가 있어 보이지는 않았다. 여자는 잠긴 대문을 밀어본 뒤에 발걸음을 옮겼다. 그녀는 영만의 가방처럼 빈 장바구니를 들고 있었다. 그녀의 행선지가 시장이든 카바레든 시간은 충분했다. 그리고 나가서 팔 년째 소식 없는 사람도 있었다.

여자가 길모퉁이를 돌아 사라졌다. 영만은 열을 센 뒤에 그 집 앞으로 갔다. 초인종을 누르고 또 열을 셀 동안 아무 응답이 없었다. 한번 더 반복해도 마찬가지였다. 개소리도 나지 않았다. 골목에 아무도 없음을 확인한 영만은 우산과 가방을 한 손에 몰아쥐고 주머니에서 자신만의 연장을 꺼냈다. 한 손으로 문을 따는 그의 동작은 열쇠로 제 집 문을 열듯 매끄러웠다. 영만은 팔꿈치로 문을 밀고 들어가서 뒷발질로 문을 닫았다. 마당에는 개집이 아예 없었다. 영만은 우산을 어깨에 걸치고 가방은 다리 사이에 끼우고 주머니에서 면장갑을 꺼내 두 손에 끼었다.

안방으로 들어온 영만은 방 안을 한 바퀴 둘러보았다. TV가 비교적 새것이고 일제 도시바이긴 했지만, 그 덩치 큰 물건을 007가방에 담는 일이 코끼리를 냉장고에 넣는 것처럼 간단할 리 없었다. 어차피 전자제품을 노리고 들어온 게 아니므로 아쉬움은 크지 않았다. 영만은 판씨의 주문대로 금붙이를 찾기 위해 장롱을 뒤졌다. 서랍장과 경대까지 꼼꼼히 뒤졌지만 패물함은 고사하고 휴지에 싼 14K 실반지 하나 나오지 않았다. 그럴 때 미련을 갖고 작업을 계속하는 것은 금물이었다. 그렇다고 첫 집에서 빈손으로 나간다면 스스로에게 소금을 뿌려 마땅할 것이었다. 영만은 경대에 놓인 라디오를 가방에 담고 신문지를 찾아 쿠션을 만들어 가방의 빈 곳을 채웠다. 구겨진 신문의 머리기사는 남쪽의 두 항구도시에서 대통령에게 화가 나 거리로 뛰쳐나온 사람들에 관한 것이었다.

경찰은 영만의 신병을 확보하자마자 라디오의 출처부터 파악해서 형사대를 급파했다. 용의자의 집 대문 안쪽에는 일주일치 신문이 놓여 있었다. 경찰은 부산 항만청에 의뢰해서 열흘 전 시모노세키행 페리호 탑승객 명단에 문제의 부부가 올라 있음을 확인했다. 같은 시각, 이십년 동안 정붙이고 살아온 서울을 떠난 부부는 일본 니가타 항에 정박해 있는 삼천오백 톤급 화물여객선 만경봉호의 선실에 누워 잠을 청하고 있었다. 날이 밝아 출항하면 그들은 스물일곱 시간의 항해를 거쳐 낯선 땅 원산에 발을 디디게 될 것이었다.

경찰의 보고를 받은 검찰은 사안의 처리를 놓고 전에 없이 고민에 빠졌다. 상부의 지시대로 움직여야 하는데 지시를 내려줄 상부가 없었다. 일인지하 만인지상의 권력을 뽐내던 예비역 육군 소령 차실장은 궁정동 안가에서 시체로 변한 지 하루가 지나서 지시를 내릴 수 없었고, 그를 벌레 취급한 것으로 알려진 예비역 육군 대장 김부장은 서빙고동 육군 보안사령부 취조실에서 새까만 후배들을 상대하느라 정신이 없었고, 그와 사관학교 동기인 '코드 넘버원' 박씨는 경복궁 근처 국군수도지구병원 영안실에 누워 말이 없었고, 그의 권한을 대신 행사하게 된 전직 외교관 최씨는 화동에서 보낸 학창 시절 영어사전을 한 장씩 씹어 삼킨 후유증으로 손 하나 까딱할 힘이 없었고, 그 덕에 마음만 먹으면 막강한 권력을 손에 쥘 수도 있었던 현역 육군 대장 정총장은 용산 육군본부 지하 벙커에 들어앉아 간밤에 마신 시바스리갈의 개운치 않은 뒷맛을 되씹느라 여념이 없었다.

그런 가운데 성수동 빈집털이 건을 처리하기 위한 검찰의 저울질은 계속되었다. 저울 위에서 하루를 보낸 방안은 두 가지였다. 증거가 변변치 않고 사람도 놓쳤으니 없던 일로 덮어두거나, 증거를 보완하고 사람은 만들어서 한 건 터뜨리거나. 사실을 있는 그대로 공개하는 방안은 검토되지 않았다. 만들기로 작정하면 사람은 얼마든지 있었고, 이미 잡아둔 사람도 있으니 문제될 게 없었다. 영만은 절도 혐의를 벗고 라디오의 주인이 될 수 있었다. 아는 검사 없냐는 형사의 말은 그런 맥락에서 나온 것이었다. 형사가 경찰서 매점에서 한숙이 뽑아준 자판기 커피를 마시고 자리를 뜬 뒤에, 한수는 친구 아버지가 검사라고 누나에게 말했다.

*

무슨 일인지 알아봐줄 수 있겠니.

한숙이 우진에게 할 수 있는 부탁은 그것뿐이었다.

그럼요.

우진의 목소리는 밝았다. 꾸벅꾸벅 졸던 문오가 먼저 자리를 뜬 뒤였다.

고마워.

고맙긴요. 누구 일인데요.

누구를 좋아하는지 아닌지는 그 사람의 부탁을 받아보면 알 수 있었다.

한수가 참 좋은 친구를 뒀구나아.

한숙은 하품을 이기지 못하고 입을 쩍 벌렸다. 우진은 매점 밖을 향해 눈길을 돌렸다. 본관 앞에 경찰차가 멈추고 교복 차림의 남학생 한 명이 경찰관을 따라 내렸다. 몹시 불안하고 피곤해 보이는 모습이었다. 한수도 그 광경을 보고 있었지만, 전날 육교에서 손도끼를 휘두르던 그의 모습은 떠오르지 않았다. 한수가 떠올린 사람은 전날 본 만화의 주인공 독고탁이었다. 독고탁, 고아, 미자, 러시안룰렛, 〈디어 헌터〉…… 한수의 연상은 그 영화에서 사슴을 쏘지 않은 귀향 군인의 마음은 무엇일까 하는 생각까지 나아갔다. 생명의 소중함을 깨달아서? 그건 너무 시시해. 심오한 답은 떠오르지 않고 대신 하품이 나왔다. 옆에서 한숙은 두 손으로 코까지 가리고 있었다. 남매의 하품에 전염된 우진은 벌렸던 입을 다물며 손등으로 눈을 비볐다. 먼저 간 문오를 포함해서 그들 모두에게 필요한 것은 잠이었다.

집으로 가는 버스에서 한숙은 차창에 기대어 졸다가 번쩍 눈을 뜨고 옆에 앉은 동생을 불렀다. 한수야.

왜.

한숙은 바지 주머니에 손을 집어넣으며 말했다.

보여줄 게 있어.

뭔데.

어, 어디 갔지.

한숙은 다른 주머니를 뒤지고 가방 속을 살피고 필통까지 열어봤다.

보여줄 게 없나본데.

한숙은 할 수 없이 말로 때우기 시작했다.

한수야.

그만 좀 불러.

엊저녁에 학원에 남아서 공부하다가, 너랑 통화했잖아. 그리고 나서……

전화를 걸 때 한숙이 있었던 곳은 문오가 일하는 다방이었다.

가만 있을 수가 있어야지. 친구한테 먼저 집에 가 있으라 그러고……

한숙은 문오와 술집에서 보기로 하고 다방을 나왔다.

덕수제과에 갔었어.

거긴 왜.

왜긴. 내가 거길 빵 사먹으러 갔겠니.

그럼 뭐하러.

엄마가 너한테…… 우리한테 편지를 남겼더라.

덕수제과 일층 카운터 옆 코르크 메모판에 압정으로 꽂힌 쪽지의 겉면에는 'To 한숙 한수 에게'라고 적혀 있었다.

뭐래.

한수는 눈을 감으며 물었다.

미안하대. 그리고……

여관 종업원이 청소하다가 주워서 펴보고는 바로 쓰레기통에 버린 그 쪽지에는 정확히 이런 글이 적혀 있었다.

한숙아 한수야

오지않는 거니 입이 열개라도 할말이 없다 집에

전화했다가 그냥 끊었어 니들은 없고 미안하구나

미안해 미안하고 미안하고 또 미안하다 한수 귀

빠진 날인대 저녁 한끼 사줄랬는대 못보고 가야

하나부다 너히가 않오면 이거도 못보는구나 엄만

서울을 떠난다 한수야 아버지가(親父) 고향가서

살고싶데 한숙아 부디 공부 열심히해서 좋은

대학 가야지 한수도 그럼 이만 줄인다

PM 5시 10분 못난 엄마가

세 시간 넘게 기다린 거지 뭐니.

한수는 어제 만화를 안 보고 길을 건너 버스를 탔으면 몇시쯤 광화
문에 도착했을까 따져보고 있었다.

고향이 어딘지 알아?

한숙이 물었다.

어디긴. 서울이지.

너 태어난 데 말고. 니 아버지……

몰라. 알고 싶지도 않고. 그보다도 누나, 아버진 괜찮을까. 별일 없
겠지.

난들 아니.

집에 돌아온 남매는 깊이 잠들지 못하고 자꾸 깨어나 멍하니 누워
있곤 했다. 늦은 저녁을 라면으로 때우고 둘은 TV 앞에 말없이 무릎

을 세우고 앉아 〈수사반장〉을 봤다. 〈명화극장〉을 볼 때는 엎드려서 두 손으로 턱을 괸 자세였다. 프레드 진네만 감독의 〈지상에서 영원으로〉였다. 데보라 카와 버트 랭커스터가 해변에서 사랑을 나눌 때, 한숙은 제 팔을 베고 잠들어 있었다. 친구의 죽음을 애도하는 〈밤하늘의 트럼펫〉이 연병장에 울려퍼질 때, 한수는 다시 무릎을 모으고 앉은 자세로 돌아와 있었다. 영화가 끝난 뒤에 한수는 마당에서 마지막 한 대 남은 환희를 피우고 누나 곁으로 돌아와 잠들었다.

월요일 아침 식탁에서 우진은 아버지에게 친구의 부탁을 들어달라고 부탁했다.

무슨 일인지 알아보기만 하면 돼요.

신검사는 무슨 일인지 알고 있었다.

알아보는 건 어렵지 않은데, 한 가지 조건이 있어.

뭔데요.

앞으로 그 녀석하고 가까이 지내지 마라.

그래. 그런 애랑은 안 어울리는 게 좋아.

닥터 정이 거들었다. 걔를 본 적도 없지 않냐는 항변을, 우진은 입 밖으로 내지 않았다.

약속하는 거다.

신검사가 다그쳤다.

알았어요.

우진은 순순히 응했다. 약속을 안 지키면 될 것이었다.

대신 빨리 풀려나게 해줄 수 있어요?

신검사는 요거 봐라 하는 표정으로 대답했다.

억울한 일을 당하지는 않게 해주지.

신검사는 약속을 지켰다. 영만의 조서는 몇 건의 절도 혐의에 대해서만 작성되었다. 성수동 빈집털이 건은 누락되었고, 라디오는 보안과 고참 형사의 책상에 비치되었다. 영만은 이 년 형을 선고받고 영등포교도소에 수감되었다. 상습 절도 혐의가 인정되나 타인의 주거지에 침입시 문호 또는 장벽, 기타 건조물의 일부를 손괴하지 않았다는 정상이 참작된 형량이었다. 한숙은 학원을 그만두고 다방에서 잠시 일하다가 미용실로 일터를 옮겼다. 자기 방을 갖게 된 한수는 외출할 때마다 장롱에서 아버지의 옷을 꺼내 입었다.

경찰서에서의 만남 뒤로 우진과 한수는 더 친한 사이가 되었다. 한수가 한숙의 동생이기 때문만은 아니었다. 둘은 서로에게 없는 것을 갖고 있었다. 우진의 방에 인켈 전축과 수백 장의 레코드가 있다면, 제 방이 없던 한수에게는 부모의 간섭을 받지 않는 생활의 자유가 있었다. 가진 게 없어서 갖게 된 자유였다. 우진은 이따금 자신이 보유한 음악을 테이프에 담아 한수네 집으로 놀러갔다. 한숙이 집에 있는 날일 때가 많았다. 한수의 카세트라디오는 스피커가 하나뿐이라서 우진이 담아온 스테레오 사운드를 구현하지 못했다. 우진은 한숙이 해주는 밥을 먹을 수 있으면 다른 것은 아무래도 상관없었다. 식사 후에 세 사람은 우진이 사온 맥주나 과일을 먹으며 모노 사운드의 음악을 들었다.

한숙은 문오를 예전처럼 자주 만날 수 없었다. 한숙이 시간을 내기 어렵기도 했지만, 문오가 시간을 내기 어렵기 때문이기도 했다. 문오는 가을에 있을 대학가요제에 나가기 위해 밴드를 결성했다. 밴드의 이름은 '서울'이었다. 이름이 그게 뭐냐고 한숙이 시큰둥한 반응을 보이자, 문오는 미국의 유명 그룹 '보스턴'과 '시카고'를 예로 들며 서울이 뭐가 어떠냐고 볼멘소리를 냈다. 밴드 내부에서도 서울은 서울대 애들한테나 어울리는 이름이라는 반발이 일었다. 문오는 그럼 한양대 애들은 밴드 이름을 한양이라고 지어야 하냐는 이상한 반론으로 동료들의 입을 틀어막았다. 문제는 이름이 아니라 돈이었다. 밴드의 멤버들은 모두 가난했고, 가난한 자가 손을 벌릴 수 있는 상대는 가난한 자뿐이었다. 문오의 상대는 당연히 한숙이었다. 그녀가 애인의 손에 다만 얼마라도 쥐여줄 수 있는 방법은 하나뿐이었다. 미용실 원장에게 가불을 청할 때마다 한숙은 속이 쓰렸다. 미용실 보조가 대학생을 만나려면 지불해야 할 대가인가 싶었기 때문이었다.

*

왜 계속 만나요.

날 만나주니까.

내가 대신 만나줄게 그만 만나면 안 되나.

까불지 마.

우진은 더 안 까불고 얌전히 커피를 마신 뒤에 한숙을 따라 그릴 밖으로 나왔다. 서울역 광장의 분위기는 어수선했다. 광장을 빠져나가는 행렬이 곳곳에서 부딪치고 뒤엉킨 탓이었다. 광장 어귀의 시계탑이 아홉시를 가리키고 있었다. 벌써 끝나. 한숙이 혼잣말을 했다. 오빠 말이 맞네. 밤새 할 것처럼들 그러더니. 흩어지는 군중을 바라보며 우두커니 서 있던 한숙이 불쑥 말했다. 우리 좀 걸을까. 비라도 내렸으면 좋겠다는 마음이 뱉은 말이었다. 우진이 씩 웃으며 말을 받았다. 어차피 걸어야 해요. 찻길에는 여전히 사람들뿐이었다. 저렇게 젊어서 어떻게 살까 싶도록 젊은 사람들. 그들은 용산 쪽과 남대문 쪽으로 크게 갈라져 흩어졌다. 흩어지며 작은 무리들을 이루어 나아갈 때, 그들의 노래와 외침이 부딪치고 섞이며 너울너울 밤하늘로 올라갔다.

긴 밤 지새우고
전두환은 물러가라
내 맘에 설움이 알알이 맺힐 때
전두환은 물러가라 훌라훌라
태양은 묘지 위에 붉게 떠오르고
전두환은 물러가라 전두환은
나의 시련일지라 나 이제 가노라 저 거친 광야에
물러가라 훌라훌라 전두환은
모두 버리고 나 이제 가노라

우진과 한숙은 서울역을 뒤로 하고 남대문을 향해 북쪽으로 걸었다. 치마를 입은 여자와 정장을 입은 남자는 그들뿐이었다.
누난 왜 날 만나주는 거예요.
니가 만나자고 하니까.

62

그렇군요.

한수는 어떠니.

뭐가요.

학교에서 잘 지내?

잘 지내요.

그래.

대화는 끊어지고 두 사람은 앞만 보고 걸었다. 그들 앞에서 흩어지는 사람들은, 흩어지면서 뭉쳤고 흩어질수록 뭉쳤다. 남아서 똘똘 뭉친 사람들이 스크럼을 짜고 앞으로 나아갔다. 대열의 선두가 남대문에서 태평로로 접어들었다. 소공동을 지나면 시청 앞에 다다를 것이었다. 한숙은 우진의 팔짱을 끼고 오른쪽으로 방향을 틀어 무리의 꽁무니에서 벗어났다. 남대문시장으로 가는 길부터는 차들이 다니기 시작했다. 우진이 한숙을 인도로 이끌며 말했다. 면회 갔다 왔죠? 좀 어떠세요. 한숙은 애써 웃어 보이려 하던 아빠의 생기 잃은 눈동자를 떠올렸다. 거기서 좋을 수야 있겠니. 검사님은…… 아버지 안녕하시지.

그럴걸요.

인사 한번 못 드렸네.

그럴 거 없어요.

한숙이 팔짱을 풀고 말했다.

아버지가 그렇게 싫으니.

엄마도 싫어요.

왜 싫은데.

그냥 싫어.

그런 게 어딨어.

그런 게 있어요. 누나가 그냥 좋은 거랑 같은 거야.

한숙은 입을 다물었다. 우진도 말없이 걸었다. 두 사람은 신세계백화점을 뒤로 하고 한국은행 쪽으로 길을 건넜다. 우진은 어렸을 때 이런 의문을 품은 적이 있었다. 한국은행에서 돈을 왕창 찍어내면 우리도 미국처럼 부자 나라가 되는 거 아닌가. 통화와 인플레이션에 대해 배우기 전이었던, 그때가 좋은 시절이었다는 생각에 우진은 한숨을 내쉬었다. 거의 동시에 한숙의 입에서도 한숨이 새어나왔다. 감옥에 갇힌 아빠를 향한 원망과 푸념의 한숨이었다. 도둑질을 하려거든 대차게 한국은행을 털든지 할 것이지. 두 사람은 서로의 한숨을 캐묻지 않고 계속 말없이 걸었다. 양복점들이 즐비한 거리를 지날 때 어디서 풍선 터지는 소리가 연달아 났다. 우진이 한숙에게 물었다. 미도파나 코스모스에는 있고 신세계에는 없는 게 뭔지 알아요?

백화점 물건이 다 비슷하지 뭐.

에스컬레이터.

그게 뭐.

신세계엔 에스컬레이터가 없어요.

그러네. 그래서?

그렇다고요.

싱겁기는.

웃으려다 말고 한숙은 얼굴을 찡그리며 기침을 했다. 기침도 하품처럼 전염되는 것인지 주변의 행인들이 앞다투어 콜록거렸다. 우진은 숨을 참았다. 프라자호텔 뒷길로 접어들자 거센 바람이 불어왔다. 바람을 맞고 사람들은 눈물을 흘렸다. 울고 싶지 않은데 울어야 하는 고통의 표정이 거리에 가득했다. 우진은 눈물을 흘리지 않았다. 한숙은 손수건으로 눈물을 닦으며 신기하다는 듯 우진의 얼굴을 올려다봤다.

넌 아무렇지도 않니.

눈이 조금 따끔거리네요.

데모하면 잘하겠다. 대학 가서.

데모하면 호적에서 파버린대요. 검사님께서.

한숙은 괴로워서 아무 대꾸도 할 수 없었다. 따가운 눈을 비볐더니 안티푸라민을 바른 것처럼 화끈거려 가만히 걷기조차 힘겨웠다.

괜찮아요 누나? 택시 잡을까.

눈을 씻고 싶어.

우진은 한숙의 손을 잡고 큰길가로 나왔다. 한숙은 눈을 거의 감은 채 우진이 이끄는 대로 따랐다. 건너편 대한문 앞에서는 한 무리의 젊은이들이 구호를 외치고 있었다. 흩어지기를 거부한 그들의 구호는 자동차 소음에 섞여 흩어졌다. 그들 앞에는 방독면과 투구를 쓰고 곤봉과 방패를 든 젊은이들이 네 겹으로 막아 서 있었고, 그 뒤에는 창문에 철망을 덧댄 버스들과 검은색 페퍼포그 차량 한 대가 늘어서 있었다. 우진은 한숙을 이끌고 지하철 1호선 시청역으로 내려갔다.

화장실은 눈을 씻으려는 사람들로 북새통이었다. 사람들 틈을 비집고 화장실로 들어간 우진은 간신히 목적을 이루고 한숙에게 돌아왔다. 한숙은 우진이 물에 적셔온 손수건으로 눈을 닦고 코를 풀고 입술을 축였다. 화장 안 한 그녀의 얼굴은 물기를 머금어 청초했다 우진은 숨쉬기가 괴로운 사람들 속에서 혼자 다른 이유로 숨막혔다. 지하도로 흘러든 불순한 공기는 출구를 찾지 못하고 떠다니다가 사람들의 눈과 코로 스며들었다. 한숙은 다시 눈물을 줄줄 흘리며 손수건으로 코와 입을 막았다. 우진은 가까운 출구로 한숙을 이끌었다. 계단을 지키는 전경은 그들을 검문하지 않았다.

땅 위로 올라온 한숙은 걸음을 멈추고 깊은 숨을 쉬었다. 뒤에서 누군가 출구를 빠져나오며 일행에게 말했다. 아 상쾌해. 가스실에서 살아 나온 거 같아. 그것은 무례한 과장이고 틀린 비유였다. 살아남은 자의 기분이 상쾌할 수 있을까. 정말 그 지옥에 대해 말할 수 있는 사람은 살아 돌아오지 못했다. 살아 돌아왔으나 끝내 스스로 목숨을 끊은 어떤 이는, 누구나 그 형제들에게 카인이라고 말했다. 한숙은 숨쉬기가 한결 편하다고 우진에게 말했다. 그러자 본의 아니게 쏟은 눈물 덕에 뭔가 후련해진 기분마저 들었다. 그녀는 지난 몇 달 동안 애써 참은 것이 울음이었음을 알았다.

우진은 덕수궁 쪽으로 가보자며 앞장서 걸었다. 광학빌딩을 지나서 대한문 가까이 갔을 때 고함과 비명소리가 터졌다. 흩어지는 사람들과 뒤쫓는 사람들은 모두 '태양처럼 젊었다'. 우진은 달아나는 무리에 휩쓸려 덕수궁 옆 골목길을 달렸다. 우진에게 손목을 잡힌 한숙도 함께 달렸다. 몸이 무거운 전경들은 멀리 쫓아오지 않았다.

우진과 한숙은 돌담을 따라 걸었다. 같이 걷는 연인들은 헤어진다고 소문난 그 길은, 연인들이 즐겨 찾는 데이트 코스로 유명했다. 연인들은 헤어지고 싶은 사람들이었다. 한숙과 우진은 달리다가 숨차서 그 길을 걷고 있었다. 뒤에 남은 사람들은 너무 흩어져서 더는 뭉칠 수 없었다. 우진의 마음은 무겁고 어두웠다. 집에 가야 할 시간이 다가오고 있었다.

　다행이에요.

　뭐가.

　우린 아직 연인 사이가 아니잖아요.

　한숙은 아무 말도 하지 않았다.

　까불지 말라고 안 하네.

　까불지 마.

　나도 잘할 수 있는데.

　뭘.

　그 남자랑 안 자면 안 돼요?

　그러다 맞는다.

　나도 자고 싶은데.

　집에 가서 자.

　그 남자랑 결혼할 거예요?

　형이야.

　그 형이랑 결혼할 거냐구요.

　너 같으면 하겠니. 나 같은 애랑.

　나 같으면 해요. 누나 같은 여자 말고, 누나랑.

　그러니까 니가 아직 어리다는 거야.

　한숙은 조금 전까지 자신을 지켜주고 이끌어준 우진의 어른스러운
모습을 떠올렸다.

　나 정말 잘할 수 있어요.

　글쎄 뭘.

뭐든. 누나가 하자는 대로.

한숙은 어이없다는 듯 웃다가 걸음을 멈추더니 돌담에 등을 기대고 섰다. 그녀는 돌담의 그림자 속에 폭 안겨서 물끄러미 우진을 바라보았다. 우진은 어리둥절한 표정으로 달빛 아래 엉거주춤 서 있었다. 주위를 둘러본 한숙은 우진을 향해 손가락을 까딱이며 말했다. 이리 와. 우진은 빛과 어둠의 경계를 넘어 한숙에게 갔다.

*

누가 사랑을 아름답다 했는가.

실내에는 조용필의 노래가 흐르고 있었다. 창밖에는 많은 여자와 남자 들이 골목을 지나다니고 있었다. 남영동 스테이크 골목이었다. 골목은 고소하고 느끼한 냄새로 가득했다. 해 질 무렵이었다. 왕자분식에서 나온 우진 일행은 그 골목으로 오기 전에 전자오락실에서 시간을 죽였다. '스페이스 인베이더'는 적들이 움직이는 최초의 아케이드 게임이었다. 하늘을 메운 침입자들의 대오는 좌우로 움직이며 서서히 압박해내려왔다. 지상의 방호벽이 미사일에 맞아 부서질 때마다 세상의 종말을 앞당기는 소리가 났다. 쿠와아콰르르……

소영과 세 친구는 구석진 자리에 앉아 소시지와 야채가 섞인 티본 스테이크를 먹고 있었다. 술은 소주였다. 식탁은 사 인용이었고, 민호 앞에 우진과 한수가 앉아 있었다. 소영은 민호가 앉자마자 얼른 옆자리에 앉았다. 한수는 소영과 마주볼 수 있어서 좋다는 쪽으로 마음을 다스렸다.

차라리 그대의 흰 손으로 나를 잠들게 하라.

우진이 작은 소리로 노래를 따라 불렀다.

죽여달라는 뜻일까.

한수가 술잔을 내려놓으며 말했다.

재워달래잖냐.

민호가 술잔을 들어올리며 말했다.

영원히 재워달라는 거 아닐까. 내 목을 졸라서. 니 손으로.

취했냐. 소주 두 잔 먹고.

세 잔이야.

한수와 민호의 대화를 들으며 우진은 한숙의 손에 목이 졸리는 자신의 모습을 상상했다.

너 술 마시니까 재밌다.

소영이 한수의 잔에 술을 따르며 말했다. 한수는 대꾸하지 못했다.

그나저나 본고사도 없어지고…… 민호가 화제를 돌렸다. 우리 이제 뭐 하냐.

여지껏 공부만 한 애처럼 말한다 너.

우진이 자기 잔에 술을 따르며 대꾸했다.

예비고사…… 아니 학력고사도 있고, 내신도 신경써야지.

한수의 말에 우진과 민호는 어이없다는 표정을 지었다. 시험 보다가 잠들어서 답안지를 침으로 적셔버린 적도 있는 한수였다. 중간을 유지하던 한수의 성적은 쑥쑥 떨어져 바닥을 기고 있었다.

우리 같이 공부할까. 일요일마다 도서관에 가는 거야. 어때.

소영의 제안을 주저 없이 반긴 사람은 한수였다.

정말 좋은 생각이야.

넌?

소영이 민호에게 물었다.

글쎄. 우진이가 좋다고 하면……

소영이 재빨리 말을 가로챘다.

우진아 너도 좋지.

우진은 부모 따라 교회 가는 것보다는 나쁠 게 없다고 생각하며 소영에게 물었다.

교회는 어쩌고.

소영이 특유의 어깻짓을 하며 말했다.

좀 쉬지 뭐. 요즘은 재미도 별로 없잖아.

좋은 생각이야. 한수가 술잔을 들며 말했다. 우리 공부하자. 투게더.

네 개의 잔이 부딪칠 때 튀어오른 소주 한 방울이, 지글거리는 불판 위로 떨어져 연기와 함께 사라졌다. 소영과 눈이 마주친 한수의 가슴이 쿵쾅쿵쾅 뛰었다. 한수는 술을 삼키다가 문득 뒤돌아봤다. 유리문 밖에 미자가 서 있었다.

*

민호는 벌써 시작했다더라. 닥터 정이 우진에게 건넨 말을 받은 사람은 신검사였다. 누가 그래. 어제 민호 할머니랑 통화했거든요. 방학 때부터 했다는데, 알고 있니. 몰래 하는 걸 어떻게 아냐고 대꾸하는 대신 우진은 답했다. 몰라요. 그 팀에 넣어줄까 아니면 따로…… 우진은 고개를 가로저었다. 그래 역시 민호랑 같이…… 난 안 해요. 식탁에는 빈 접시와 빈 컵 들이 놓여 있었다. 얘가 당신 걱정해서 이러는 거예요. 우진은 천만의 말씀이라고 하고 싶었지만 참았다. 신검사는 옷에 묻은 빵부스러기를 털어냈다. 오늘은 여기까지. 그런 뜻의 몸짓이었다. 신검사는 냅킨으로 입가를 닦으며 말했다. 당신 수고가 많아. 밖에서는 애 받으랴 안에서는 애 뒷바라지하랴. 닥터 정은 겸양의 미덕을 발휘했다. 이번 아주머니가 일을 야무지게 잘하네요. 우진이 신경도 많이 써주고. 그렇지 아들? 그래요. 오늘은 일하는 아주머니가 일이 있어 못 온다고 닥터 정이 말했다. 혼자 챙겨 먹어야 하는데 괜찮겠어 아들? 우진은 고개를 끄덕였다. 그놈의 아들이라는 소리만 빼면 아주 괜찮은 소식이었다. 당신 오늘도 늦나. 신검사는 말투가 너무 직업적이었다고 반성했다. 그는 부드러운 목소리로 자기도 열두시 전에 들어오기 힘들 거라고 말했다. 우진의 얼굴에 미소가 스쳤다. 우진이 부모에게 고마운 것 한 가지는, 그들이 야간통행증을 지닌 인사들이라는 점이었다. 닥터 정은 빠른 시일 안에 가족끼리 밖에서 저녁을 먹자고 제안했다. 신검사는 기왕이면 아들의 시험 날짜에 맞추는 게 좋겠다는 의견을 내놓았다. 닥터 정이 고개를 갸우뚱하며 대학 입시는 두 달 후라고 지적했다. 신검사는 웃음을 터뜨렸다. 당신도 참. 이번 모의고사 말이야. 그는 일어서며 아들에게 시험이 언제냐고 물었다. 우진은 오늘이라고 답했다.

*

경양식집 썬웨이의 구석 룸은 담배 연기로 자욱했다. 크리스 노먼의 허스키한 목소리가 어울릴 분위기였지만, 흐르는 노래는 〈엔드리스 러브〉였다. 따분하게 이어지는 억지스러운 멜로디. 그런 곡이 두 달 가까이 빌보드 차트 정상을 지키고 있는 현상을 우진은 이해할 수 없었다. 같이 길을 걷다가, 마이 러브…… 그 노래가 들려오자 얼굴을 찌푸리는 한숙을 보고 마음이 놓인 적도 있는 우진이었다. 한숙은 그 곡의 허황된 제목부터 싫었다. 끝없는 사랑이라니. 그녀에게 변치 않는 것은 가난일 뿐이었다.

자욱한 담배 연기 속에 둘러앉은 어린 손님들은 고뇌에 차 있었다.

좋은 건 하루만 본다는 거고 나쁜 건 하루종일 본다는 거야.

맞아. 사람 진을 빼놔.

수학은 답안지 통째로 베낄 거라더니, 성공했냐.

모의고사는 반드시 실력대로 보라고 교사들은 당부했지만, 모의 점수라도 부풀려서 잠시라도 부모의 시름을 덜어주려는 학생들의 효심은 막을 수 없었다.

말도 마라. 하필이면 그 시간에 호구가 들어왔지 뭐냐.

저런, 꼼짝도 못했겠네.

당연하지. 보여야 속여먹을 거 아냐.

시험 감독관일 때의 스마일 씨는 호구가 아니었다. 그는 웃지도 않고 교실 뒤쪽에 서서 학생들을 감시했다.

시험 얘기 그만하자. 속만 쓰리다.

영어 답안지를 밀려 쓴 녀석의 말이었다. 잠깐의 침묵 뒤에 누군가 입을 열었다.

박노준이 야구 계속할 수 있을까.

그러게. 니들 개 다리 부러지는 거 봤어?

부러진 게 아니라 꺾였다니까.

안 부러지고 꺾일 수도 있냐.

아예 발목이 바깥쪽으로 접히던데.

문제의 경기에서 2루에 나가 있던 박노준이 짧은 안타에 홈으로 쇄도하며 다리를 뻗어 슬라이딩을 시도한 순간, 내야석의 관중과 TV 앞의 야구팬들은 경악했다. 여학생들은 비명을 지르며 눈을 가렸다. 박노준의 뒤틀린 왼쪽 발목은 완전히 돌아가서, 땅을 스쳐야 할 안쪽 복숭아뼈가 하늘을 향했다. 그 장면이 느린 화면으로 되풀이될 때마다 소녀 팬들은 눈물을 흘리며 몸부림쳤다.

병원 앞에 여자애들이 줄을 섰다더라.

한 달이 넘었는데 아직도?

내 친구 한 놈은 여자애랑 헤어졌잖아. 박노준 문병 간 거 갖고 싸우다가.

박노준이 잘생겼냐.

야구를 잘하잖아.

잘하는 정도냐. 겁나게 잘하지.

작년에 선동열도 홈런 맞은 거 기억나? 황금사자기 결승에서.

생긴 거도 매력 있지. 모자 푹 눌러쓴 게 멋있잖아.

내 동생은 콧날에 반했다는데.

박노준이 팔을 뻗어 머리부터 슬라이딩했다면, 콧날이 좀 상했을지는 몰라도 그런 끔찍한 부상을 입지는 않았을 것이었다. 그의 발이 빠르지 않았다면, 상대 투수 성준의 공이 십 년 후처럼 느렸다면, 비 때문에 경기가 하루 늦춰지지 않았다면…… 그 사고를 막을 수 있었던 가정은 셀 수 없이 많았다. 박노준이 야구를 하지 않았다면. 그것은 현장에 있던 한수가 박노준이 다치기도 전에 떠올린 가정이었다.

그날 텔레비전에 한수가 나왔다며.

여자애랑 같이 있었대.

나도 봤어. 둘이 사이좋게 오징어를 씹고 있던데.

팔자 좋구나. 학교 때려치더니 계집애랑 야구나 보러 다니고.

근데 한수 이 자식 왜 안 오는 거야. 벌써 아홉시잖아.

그러네. 난 집이 멀어서 지금 가야 되는데.

우진아, 걔 오긴 오는 거냐.

글쎄.

오지 않을 거라고 우진은 짐작했다. 소영을 만나고 있을 거라고. 친구들은 다른 친구들 얘기를 하고 있었다.

그나저나 민호가 진짜 맘잡았다며.

노는 거 다 끊고 공부만 한댄다.

걔네 반 애한테 들었는데 쉬는 시간에도 안 자고 공부한대.

만나던 여자애들은 다 끝낸 거야?

끝냈거나 기다리랬거나. 아무튼 학력고사 볼 때까지는 올 스톱.

신기한 일이야. 월팝 죽돌이가 책상 앞에 죽치고 앉아 있게 될 줄이야.

월팝은 서초동 뉴욕제과 뒤에 있던 디스코텍 '월드팝스'의 약칭이었다.

갠 대학 가려고 기를 쓸 필요 없잖아. 부모 재산 물려받으면 평생 놀고 먹어도……

그만 가자. 늦었어. 우진이 일어섰다. 한수는? 안 기다려? 말은 그렇게들 했지만 계속 앉아 있는 사람은 없었다. 계산을 치른 우진은 웨이터에게 부탁했다. 형, 혹시 한수한테 전화 오면 우리집으로 전화하라고 해줘. 열두시 넘어도 좋다고.

땅 위로 올라온 일행은 슈퍼에서 우유를 사마시고 껌도 한 통씩 챙겼다. 우유를 마시면 술이 빨리 깬다는 것은 사실보다 믿음에 가까웠다. 그들은 불빛 깜박이는 남산타워를 바라보며 한남동의 밤길을 걸었다. 사복 차림의 미군 병사 둘이 그들 사이를 가르고 지나갔다. 장충동 방면에서 좌회전해 달려온 버스가 검은 연기를 흩날리며 멀어져 갔다. 버스가 건너갈 제3한강교 밑으로 강물은 흘러갈 것이었다.

외국인 마을의 밤 풍경은 아늑하고 화사했다. 화단에 피어 있는 가을꽃 향기가 부드러운 바람에 실려 떠다녔고, 길 위에 떨어진 노란 나뭇잎들이 가로등 불빛을 받아 반짝였다. 그 길을 걸어가는 우진 일행은 표류에 지친 소년들 같았다. 그들은 노래를 흥얼대거나 휘파람을 불며 나아갔다. 빌리 조엘의 〈스트레인저〉였다. 산책 나온 금발의 중년 부부가 눈부신 미소로 화답했다. 휘파람은 고음을 내지 못하고 바람 새는 소리로 바뀌었다.

친구들이 옷과 가방을 챙겨 떠난 뒤에 우진은 혼자 남아 전화를 기다렸다. 창문을 모두 열고 거실에 앉아 음악을 들으며 기다렸다. 크리스토퍼 크로스가 부르는 영화 〈아더〉의 테마곡. 영화는 정략결혼을 조건으로 유산을 상속받게 되어 있는 부잣집 도련님과 가난한 웨이트리스의 사랑을 그린 로맨틱 코미디였고, 주제가는 이 주 뒤에 〈엔드리스 러브〉를 끌어내리고 빌보드 싱글 차트 일위에 오르게 될 아름다운 노래였다. 더 베스트 댓 유 캔 두.

살면서 한번쯤은 마음을 뒤흔드는 상대를 만나게 되지
그곳을 떠날 때가 되어서야 뒤늦게
아침에 눈을 떠도 여전히 떨쳐버릴 수가 없고
이미 그녀와는 멀리 떨어져 살게 된 마당에
속절없이 혼자 중얼대기나 할 뿐
헤이, 내가 찾은 게 뭐지
달과 뉴욕 사이에서 갈피를 못 잡고 헤맬 때
미친 짓이란 걸 알지만 사실이야
달과 뉴욕 사이에 붙들려 어찌해야 할지 모를 때
그대가 할 수 있는 최선은
그대가 할 수 있는 최선은
사랑에 빠지는 거야

'달과 뉴욕'이란 이상과 현실, 사랑과 돈을 뜻했다. 우진은 테라스로 나가 하늘을 올려다봤다. 달은 구름에 가려 보이지 않았고, 그가 사는 도시는 어디까지나 서울이었다. 우진은 창문을 닫고 거실로 돌아와 소파에 누웠다.

　전화가 걸려온 것은 우진이 깜빡 잠들었을 때였다. 전화벨 소리에 눈을 뜬 우진은 스피커의 볼륨을 낮추고 수화기를 들었다.

　여보세요.

　엄마야. 별일 없지.

　무슨 일.

　시험은. 좀 올랐니.

　별로.

　우진아, 지금부터 정신 바짝 차려야 되는 거 알지. 엄마가 좋은 과외 선생 알아보고 있으니까……

　언제 와요.

　알았다. 그 얘긴 나중에 하고. 저녁은 잘 챙겨 먹었어?

　내가 어린애야?

　아버진?

　혼자 있어요.

　엄마 수술 하나 남았어.

　잘하세요.

　그래. 공부하고 있어.

　대꾸 없이 전화를 끊고 우진은 벽에 걸린 시계를 봤다. 두 바늘이 하나로 포개지기 직전이었다. 우진은 전축을 끄고, 뭘 보겠다는 생각 없이 TV를 켰다. 시끄러운 함성과 함께 밝아진 컬러 화면에서는, 외국인들에게 둘러싸인 초로의 한국 남자들이 두 팔을 치켜들거나 서로 부둥켜안으며 펄쩍펄쩍 뛰고 있었다. 대학에 붙은 수험생들처럼 기뻐

하는 그들의 모습 위로 큼지막한 자막이 뜨는 순간 또 전화가 걸려왔다. 우진은 화면에 눈길을 둔 채 전화를 받았다.

여보세요.

다행이야. 니가 안 받으면 끊으려고 했는데.

소영이었다.

무슨 일이야 이 밤중에. 너도 티비 보고 있니.

티비?

서울에서 올림픽이 열린대.

한수가 병원에 있어.

우진은 눈에 보이는 뉴스와 귀로 들려온 소식 사이에서 갈피를 잡기 어려웠다.

어디가 아파서. 어디 다치기라도 한 거야?

혼수 상태라는데, 자세한 건 나도 몰라. 응급실에 있대.

같이 있지 않았어?

우진은 화면에서 눈을 떼고 통화에 집중했다.

아니. 나도 전화 받고 알았어. 아까 저녁에 한숙 언니가……

근데 왜 이제 전화해.

세번째 하는 거야.

어느 병원인데.

위생병원. 휘경동이래.

휘경동이면 청량리 더 가서?

어딘지는 나도 몰라.

알았어.

끊어야 돼.

소영이 다급하게 속삭이고는 전화를 끊었다. 우진은 수화기를 내려 놓고 TV로 눈을 돌렸다. 통일 전 서부 독일의 작은 온천 휴양지 바덴 바덴으로부터 날아온 화면은 두고두고 되풀이될 것이었다. 외계에서 보내올 법한 신호처럼도 들리는 소리와 함께. 쎄울 뻽띠뚜, 나고야 뜨엔띠쎄븐. 쎄울 뻽띠뚜, 나고야 뜨엔띠쎄븐. 쎄울⋯⋯

제3장

절대로 변하지
않는 것들

소영은 운명을 인연으로 바꿔 생각해봤다.
인연을 믿는다? 그냥 오는 거지.
오면 엮일 수밖에 없는 거지. 왔다 간다면?
안 보낼 도리가 있을 텐가.
혹시 보내고 싶어도,
떠나지 않는 그 인연이 지겹다 해도
어쩔 수 없다는 생각을 소영은 하고 있었다.

1984년 4월 2일. 서울대학병원 후문으로 나온 소영은 걸음을 늦추었다. 빨리 걷는 동안 뻣뻣이 들려 있던 두 어깨가 힘을 빼고 내려앉았다. 소영은 가방을 고쳐메고 밴드에 묶인 머리를 풀었다. 그녀의 치렁치렁한 생머리가 나풀거리며 어깨를 덮었다. 손목에 찬 시계는 다섯시를 가리키고 있었다. 약속시간이 되려면 한 시간을 더 기다려야 했다. 공원에서 시간을 보내기로 마음먹고 건널목 앞에 선 소영은, 신호등이 바뀌기를 기다리며 자신의 차림새를 훑어보았다. 치마를 입고 나올걸 그랬나. 소영은 연두색 니트에 조다쉬 청바지를 입고 있었다. 그녀는 소매에 묻은 짧고 구불구불한 머리카락을 떼어내 바람에 날려보냈다.

소영이 병실 문을 열고 들어섰을 때, 홍교감은 침대에 앉아 손거울을 보며 머리를 빗고 있었다. 파마머리가 브러시에 걸릴 때마다 그녀의 뾰족한 턱이 까딱까딱 들리곤 했다. 소영을 보고도 홍교감은 묵묵히 빗질을 계속했고, 소영도 인사 없이 다가가서 침대 옆 의자에 앉았다. 빗질을 마친 홍교감은 브러시에 얽힌 머리카락을 뽑아 아무렇게나 버렸다. 소영이 눈살을 찌푸리며 입을 열었다. 이렇게 앉아 있어도 돼?

되니까 앉아 있지. 뭐하러 와.

가깝잖아.

소영이 다니는 학교는 명륜동에 있었다.

언니 왔다 갔어?

언니가 너처럼 한가한 줄 아니.

내가 한가해 보여?

병실은 이 인용인데 병상 하나가 비어 있어 독실이나 다름없었다.

아침 회진 때 따라왔더라. 인턴이라 입도 뻥긋 못하고……

괜찮대?

인턴생활이 원래 힘들다지 않던.

언니 말고 엄마. 의사가 뭐래.

의사 선생님이 니 친구니.

괜찮댔냐니까.

괜찮지 않으면. 그까짓 거 들어낸 게 뭐 대수라고.

소영은 남는 시간을 엄마의 병실에서 때우려 한 자신의 불찰을 뉘우쳤다.

하긴 이렇게 쌩쌩한 거 보니 당장 퇴원해도 되겠네.

말하면서 일어서는 소영을 보고 홍교감은 뜨악한 표정을 지었다.

어디 가게.

약속 있어.

또 그 한순가 한강인가 하는 놈 만나고 다니는 거야 요즘?

아니.

소영은 속으로 이어 말했다. 만나고 싶어도 만날 수 없어.

정신 차려 이것아. 어디 남자가 없어서 그런 녀석을……

아니라니까. 나 가요.

약속이 몇신데!

다섯시 오십분에 소영은 마로니에공원을 벗어났다. 문예회관 소극
장에서는 피터 셰퍼의 연극 〈블랙 코메디〉가 상연되고 있었다. 소영
은 골목으로 접어들면서 오히려 사방이 탁 트이는 기분이었다. 그녀
가 머문 공원은 사람보다 비둘기를 위한 휴식처였다. 시민들이 던져
주는 과자 부스러기를 쪼아먹으며 비둘기들은 유유히 공원 마당을 거
닐었다. 사람을 무서워하지 않고 뒤뚱뒤뚱 걸어다니는 살찐 비둘기
들의 징그러움. 소영은 어떤 소설에서 비둘기를 잡아 구워먹는 가난
한 연인들을 떠올렸다. 남자는 한수의 얼굴을 하고 있었다. 여자의 얼
굴이 또렷해지기 전에 도리질로 생각을 떨치고 소영은 걸음을 빨리
했다. 모퉁이를 돌자 하얀 회벽으로 담을 두른 이층 건물이 나타났다.
'낙산가든'의 환풍기가 뿜어내는 숯불갈비 냄새를 맡으며 소영은 주
단을 깔아놓은 계단을 따라 지하로 내려갔다.

레스토랑 '라 까브'의 색조는 퍼플 톤이었다. 짙은 자주색 카펫이
깔린 바닥에 연한 자주색으로 칠해진 벽과 천장, 테이블보는 크림슨

계열이고 의자의 비로드 천은 벽돌색이었다. 그 속에서 연두색 니트를 입은 소영은 낙엽 더미 위에 놓인 청개구리 같았다. 흐르는 음악은 프랜시스 레이의 〈사랑의 종말을 위한 협주곡〉이었다. 그 우울한 단조의 선율을 위해서라도 세상의 모든 사랑은 끝나야만 할 것 같았다. 소영 혼자 앉아 있는 자리로 웨이터가 다가와서 물컵을 내려놓고 물러갔다. 소영은 자궁 절제수술을 받고 입원해 있는 엄마의 스산한 삶을 생각했다.

소영이 가버린 뒤에 병실에 혼자 남은 홍교감은 심통난 얼굴로 중얼거렸다. 망할 년. 그녀는 누워서 뒤척이다가 다시 일어나 앉아 성경을 펼쳤다. 에베소서를 더듬어내려가던 그녀의 눈길이 한 구절에 오래 머물렀다. 세월을 아끼라 때가 악하니라. 아무 깨달음 없이 묵상에서 깨어난 홍교감은 한숨과 함께 성경을 덮었다. 오십 평생에 좋았던 때가 언제였던가.

남편과 사별하고 혼자 두 딸을 키우며 살아온 십오 년의 세월은 말할 것도 없고, 짧았던 결혼생활 또한 그녀에게는 광야의 삶이었다. 홍교감의 남편이 손을 대면 그 사업은 반드시 망했다. 뒷감당은 언제나 홍교감 몫이었다. 돈을 꾸고 곗돈을 붓고 곗돈을 타서 빚을 갚고 곗돈을 붓고 빚을 져서 집을 사고 곗돈을 붓다가 계주가 도망가고 집을 팔아서 빚을 갚고 곗돈을 붓고 빚을 지고…… 봉급은 남편이 곶감 빼먹듯 가져다 쓰고 그녀는 촌지를 받아 딸들의 학비를 댔다. 남편이 죽은 뒤에야 빚은 줄고 돈이 모이기 시작했다. 빚을 다 없애고 계모임을 끊은 뒤부터 그녀는 교회에 십일조를 내고 딸들의 장래를 위해 기도했다. 큰딸은 엄마의 소원대로 자라 의대를 졸업했지만, 작은딸은 크고 작은 말썽 끝에 재수를 하고 고집대로 불문과에 들어갔다. 홍교감이 보기에는 아무짝에도 쓸모없는 전공이었다. 하기는 카뮈가 밥을 먹여주거나 사르트르가 시집을 보내주기는 쉽지 않을 것이었다. 홍교감은 한 방울씩 떨어지는 링거액을 바라보다가 입술을 삐죽이며 중얼거렸다. 망할 년.

소영이 커피를 시키려고 웨이터를 향해 손을 들어올릴 때, 문이 열리며 민호가 들어왔다. 브라운 계열로 위아래를 맞춰 입은 모습이었다. 민호는 마주 손을 흔들며 소영에게 다가왔다. 여섯시 삼십분이었다. 민호가 자리에 앉으며 말했다. 늦어서 미안해. 차 댈 데가 없어서 한 바퀴 도느라고.

차 갖고 다녀? 학교에?

왜, 그러면 안 돼?

안 될 건 없지만……

멀잖아.

장충동에서 회기동이?

민호는 실내를 둘러보며 화제를 바꿨다. 여긴 꼭 무슨 동굴 속 같네. 기역자로 꺾인 안쪽의 아늑한 공간은 몇 계단 아래 있었다. 주문을 받은 웨이터가 물러간 뒤에 소영이 말했다. 이름이 동굴이잖아.

그래?

정확한 뜻은 와인을 저장하는 창고야. 옛날엔 와인을 동굴에……

그렇구나. 민호가 소영의 말을 끊고 물었다. 근데 너 최은희 얘기

들었어?

누구?

최은희 몰라? 영화배우 최은희.

최은희가 니 친구니. 속으로 엄마 흉내를 내본 뒤에 소영은 말했다.

실종됐잖아 몇 년 전에. 홍콩에선가……

이북에 있대.

누가 그래.

안기부. 운전하다 들었어. 라디오로.

왜 거기 있대.

왜긴. 납치된 거지. 신상옥 감독도 끌려갔대. 나중에.

둘이 부부였지.

헤어진 지 꽤 됐잖아.

어쨌든…… 살아 있네. 같이.

살아 있으면 뭐해. 자유가 없는데.

자유?

그럼, 자유가 있어? 북한에?

북한에만 자유가 없니.

아니지. 소련에도 없고 중공에도 없고……

체코에도 없고 헝가리에도 없고?

잘 아네.

또 생각나는 데 없어?

많지. 동독, 폴란드, 유고……

멀리서만 찾지 말고.

베트남 얘기하는 거야? 아니면 크메르?

웨이터가 왔다 가는 사이에 끊어진 대화는 더 이어지지 않았다. 테이블에는 맥주 두 병과 얇은 피자 한 판이 놓여 있었다. 두 사람은 서로의 잔에 술을 따르고 말없이 잔을 부딪치고 맥주 한 모금을 마시고 피자를 한 조각씩 먹었다. 자주색 냅킨으로 입가를 닦는 민호의 동작은 능숙했다. 민호가 피자 한 조각을 소영의 접시에 덜어주며 말했다.

우진이는 잘 있겠지.

일 년 지났잖아. 그럼 좀 편해진다며.

몰라. 안 가봐서.

넌 언제 갈 건데.

개길 때까지 개겨야지. 안 갈 수 있으면 안 가고. 난 우진이를 이해할 수가 없어.

이해 못하겠으면 외워.

뭐?

*

이 년 전 우진은 종로학원에 합격했다. 우진의 점수로는 서울대의 어떤 과도 갈 수 없었고 서울에 있는 어떤 대학의 법학과에도 들어갈 수 없었다. 우진은 점수에 맞춰서 원서를 쓰겠다는 소신을 피력했으나, 닥터 정과 신검사는 자식에게 기회를 한번 더 줌으로써 부모의 도리를 다하고자 했다. 우진은 재수하면서 착실히 점수를 쌓아 입시 한 달 전에 당구 애버리지 스코어를 백오십 점으로 올려놓았다. 학력고사에서는 일 년 전과 비슷한 점수를 받았다. 전년도에 비해 상당히 쉽게 출제되었다는 것이 문교부와 수험생들의 공통된 견해였다. 이번에는 우진의 부모가 점수에 맞춰 아무 데나 가기를 원했다. 입학하자마자 휴학계를 내고 다시 도전해보자는 생각이었다. 우진은 이번에도 부모와 생각이 달랐고, 지난번과 달리 자신의 생각대로 행동했다. 우진이 신병훈련소로 떠나버리자 닥터 정은 식욕을 잃고 불면증에 시달렸다. 아들이 군생활 편히 할 수 있게 손 좀 써보라고 남편에게 아무리 말해도, 그런 놈은 고생 좀 해야 한다는 신검사의 생각은 확고했다. 우진은 최전방 수색대에 배치되었다.

*

우리 오랜만이지. 얼마 만이지.
민호가 소영에게 물었다. 만나서 한 시간이 지난 뒤였다.
우진이 휴가 때 봤으니까…… 그게 언제였지.
너랑 나랑 둘만 본 거 말이야.
글쎄. 생각 안 나.
테이블에는 차갑게 식어 모형처럼 굳은 피자 한 조각이 남아 있었다.
우리 다시 만나자.
소영은 못 들은 척했다.
만나는 남자 있어?
없어.

나도.

너도?

그래.

만나는 남자 없다고?

여자 말이야. 다 끊었어.

그래서?

그러니까 다시 만나자고.

나가자. 소영이 가방을 어깨에 걸며 말했다. 여긴 니가 내.

*

민호는 다른 여자들과 만나느라 바쁘게 살다가 어느 날 문득 소영이 생각났다. 만나던 여자들이 모두 비슷비슷해서 싫증날 무렵이기도 했다. 그녀들은 한결같이 우아하고 세련되고 교양 있고 친절한 종업원들이 시중을 드는 고급 식당과 부티크의 브이아이피 고객이었다. 연애든 결혼이든 처지가 비슷한 사람들끼리 해야 탈이 없는 법이다. 민호가 지난 삼 년 동안 할머니로부터 귀에 못이 박이도록 들은 말이었다. 탈 없는 인생에서 탈출하는 기분으로 민호는 소영에게 연락했다.

소영이 민호를 가장 좋아했을 때는 처음 봤을 때였다. 그때 소영은 미팅을 펑크 낸 친구들이 같이 있다면 팥빙수라도 사주고 싶은 마음이었다. 민호가 소영의 맘에 든 것은 오로지 잘생긴 얼굴과 세련된 옷맵시 덕이었다. 그 시절 소영이 남자를 보는 기준은 외모 한 가지였

다. 그녀가 그 지경이 된 것은 다 엄마 탓이었다. 남자는 볼품없고 촌
스러워도 능력만 있으면 된다는 것이 홍교감의 기준이었다. 얼굴은
알랭 들롱인데 사글세 단칸방에 살거나 최종학력이 고졸 이하인 남자
는 그녀의 사윗감으로 자격 미달이었다. 홍교감이 그 지경이 된 것은
다 자기 탓이었다. 사람을 외모로 판단해서는 안 된다는 그녀의 믿음
에는 두 가지의 지식이 빠져 있었다. 홍교감은 여자도 사람이라는 사
실을 몰랐고, 능력도 외모에 속한다는 사실 또한 알지 못했다. 엄마와
는 모든 면에서 반대가 되고 싶었던 소영은, 남자를 볼 때 순수하게 겉
모습만 따지는 독특한 안목을 갖게 되었다. 그 눈으로 나란히 앉은 한
수와 우진과 민호를 봤을 때 셋 중의 제일은 민호가 아닐 수 없었다.

그뒤로 일요일마다 모이기로 한 그들의 약속은 지켜지지 않았다. 남
은 방학 기간 동안 그들은 이틀이 멀다 하고 모였다. 일주일에 하루 공
부해서 대학 갈 수 있겠냐고 뒤늦게 이의를 제기한 사람은 한수였다.
소영은 한수가 원하는 새로운 약속을 마다할 이유가 없었다. 과외가
금지된 우진과 민호에게도 날마다 집 밖으로 나돌 수 있는 좋은 구실
이 마련된 셈이었다. 어떤 날은 남산으로 어떤 날은 화동으로…… 새
벽에 집을 나선 소영과 세 친구는 저마다의 노선을 따라 서쪽으로 가
서 태양이 쫓아오기를 기다렸다.

도서관에서 시작되는 그들의 하루는 빈틈없이 규칙적으로 분주했
다. 오전에 놀고 오후에 쉬고 저녁에 먹고 밤에 헤어지는 빠듯한 일과
의 연속이었다. 바쁜 와중에도 그들은 틈틈이 공부에 관한 대화를 나
누었다. 공부가 안돼서 죽겠다는 하소연과 내일부터 놀지 말고 공부
하자는 다짐이 매일 되풀이되었다. 이따금 민호는 여자친구와 함께

나타났다가 일찌감치 사라지곤 했는데, 그때마다 바뀌는 파트너의 얼굴이 소영에게는 차라리 위안이었다. 그런 날 소영은 집에서 저녁을 먹겠다며 혼자 도서관을 빠져나왔다. 버스에 오르면 흔들리는 재미로 하루를 살지. 왠지 끌려서 외워두었던 시의 한 구절이 완벽하게 이해되는 기분이었다. 그런 날은 한수와 우진도 넷이 늘 가는 광화문 미리내 분식이나 명동 롯데리아로 가지 않고 아현동으로 가는 버스를 탔다. 버스에 올라 흔들리는 내내 쓸쓸한 사람은 한수였고, 버스에서 내려 걷는 동안 가슴이 설렌 사람은 우진이었다. 그들이 미용실 테스에서 한숙을 불러내 밥과 커피를 얻어먹을 때, 소영은 제 방에 틀어박혀 음악을 듣거나 소설을 읽었고, 민호는 강 건너 서초동 월드팝스나 '스튜디오 80'에서 디스코를 추었다.

민호가 소영을 좋아하게 된 것은 그녀와 따로 만나면서부터였다. 먼저 만나자고 한 쪽은 소영이었다. 방학이 끝나자 모임은 뜸해졌고 소영은 민호가 보고 싶었다. 처음부터 그녀가 좋아한 것은 민호를 '보는 것'이었다. 민호와 단둘이서 만난 소영은 그를 보는 데 정신이 팔려 좀처럼 입을 열지 않았다. 민호는 친구들과 같이 있을 때와는 달리 조용한 소영의 모습이 신선했다. 민호에게 어필한 것은 소영의 '조용한' 모습이 아니라 '새로운' 모습이었다. 오히려 민호는 말수가 적은 여자를 싫어하는 편이었다. 그런 여자 앞에서는 뭐든 자꾸 말해야 하고, 게다가 말을 잘해야 한다는 부담이 커지기 때문이었다. 민호의 외모에 대한 관심의 순도와 진정성이 떨어지는 여학생들은, 몇 번 만나 대화를 나누다보면 그를 달리 보게 되는 경우가 많았다. 소영의 경우는 달랐다. 그녀는 민호에게 멋진 말을 전혀 기대하지 않았으므로, 그가 무슨 말을 해도 달라 보이지 않았다. 그 느낌은 고스란히 민호에게 전해졌다. 민호는 소영을 만나면 굳이 말하려고 애쓰지 않아도 된다는 점이 맘에 들었다. 두 사람은 말보다 행동으로 가까워졌다.

그들의 몸이 조금씩 가까워질 때마다, 민호는 처음인 척했고 소영은 처음이 아닌 척했다. 다시 말해 소영은 과감했고 민호는 조심스러웠다. 그 절묘한 조합은 매우 만족스러운 것이어서, 그들에게 서로가 꽤 잘 어울리는 짝일지도 모른다는 착각을 불러일으켰다. 자주 만날 수 있는 처지가 아니었기에 둘의 만남에는 제법 애틋한 기운이 감돌았고, 편하게 전화할 수 있는 입장도 아니었기에 둘의 통화에는 어떤 간절한 여백이 흐르는 듯했지만, 그 모든 것은 단지 할말 없는 사람들 사이에 끼어드는 평범한 침묵일 뿐이었다.

*

소영과 민호가 말없이 동숭동 골목길을 걷고 있을 때, 홍교감은 병실 침대에 앉아 큰딸 미영을 위해 사과를 깎고 있었다. 미영은 하얀 가운 차림으로 침대 옆에 앉아 청진기를 만지작거리고 있었다.

소영이 누구 사귀니 요즘?

홍교감이 사과 한 조각을 미영에게 건네며 물었다.

걔랑 얘기해본 지 오래됐어.

사과를 한입 베어문 미영은 눈살을 찌푸리며 남은 조각을 쟁반에 내려놓았다.

그놈 또 만나는 건 아니겠지. 지는 아니라는데.

아니라면 아니겠지.

뭐 딴 거 줄까.

아니.

인절미도 있고, 오렌지주스 마실래?

됐어. 가봐야 돼.

그래. 어서 가봐.

오 분만 더 있다가.

홍교감은 미영의 어깨에 묻은 머리카락을 떼어냈다.

소영이 말이야, 그 민호란 애하고는 아주 끝난 거니.

모르지.

난 개랑 다시 잘됐으면 좋겠는데.

그 수모를 당하고도?

아니 그 할망구야 살면 몇 년을 더 살겠니. 며느님은 사람이 선해 뵈지 않든. 우리한테 미안해하는 눈치였잖아. 아니면 또 어떻고. 그런 집 아들 중매나 들어오겠니 우리 처지에.

엄마, 소영이 지금 이학년이야.

후딱이다 애. 금방 졸업이야.

미영의 눈가에 피곤한 웃음이 번졌다.

우진이네도 탐나긴 하는데. 개는 어쩌다 대학을 못 갔는지 몰라.

홍교감의 말이 끝나기 전에 미영은 몸을 일으켰다.

엄마 나 보면 소영이 얘기만 하는 거 알아? 내 걱정은 안 하지.

너야 늘 알아서 잘하니까. 왜, 무슨 일 있어? 싸웠니.

*

소영과 민호 사이가 틀어진 것은 삼학년 여름이 시작될 무렵이었다. 5월의 마지막 일요일에 그들은 여의도로 갔다. 집에는 도서관에 간 것으로 되어 있었다. 뜸하게나마 이어지던 도서관 모임은 한수가 학교를 그만두면서 깨졌다. 한수는 신설동 학원가로 떠났고, 우진은 한남동 독서실에 둥지를 틀었다. 소영은 민호를 건졌으니 모임이야 어찌 되든 상관없을 줄 알았는데, 뜻밖에도 넷이 모여 놀던 때가 그리웠고 웬일인지 민호를 봐도 예전 같지 않았다. 그럴수록 민호와 더 친해지려 애쓰는 그녀가 미처 몰랐던 것은, 몸이 가까워질수록 마음은 멀어지기도 한다는 관계의 역설이었다.

해 질 무렵이었다. 소영과 민호는 붉게 물든 하늘을 배경으로 광장 귀퉁이에 서 있었다. 여남은 명의 다른 구경꾼들과 함께였다. 그들 앞에서는 한 청년이 기타를 치며 노래하고 있었다. 그의 육성은 광장의 소음을 이겨내지 못했다. 소영은 몹시 지쳐 있었다. 드넓은 광장을 시장 골목처럼 비좁게 만들어놓은 사람들에게 짜증이 났고, 자신도 그들 중 하나라는 생각을 하면 더 짜증이 났다. 민호를 따라 여기저기 기웃거려봤지만 건질 게 없었던 하루였다. 연극은 야외무대에 어울리지 않게 심각했고, 씨름은 샅바 싸움만 치열해서 지루했다. 간이식당에서 파는 떡만둣국에는 만두가 달랑 두 개였다. 그나마 재미있는 행사는 가요제였는데, 대상을 받은 남자 대학생이 지나치게 자신만만해서 역겨웠다. 얘는 뭐 볼 게 있다고 이런 델 오자고 했나. 민호를 향한 소영의 눈길이 고울 리 없었다. 민호는 민호대로 실망해서 소영의 기분을 살필 여유가 없었다. 저녁은 집에 가서 먹어야겠다는 생각을 소영이 하고 있는데, 갑자기 주변의 다른 소리는 모두 멈춘 듯한 느낌과 함께 한 가닥의 기타 선율이 그녀의 귀로 스며들었다. 〈호텔 캘리포니아〉의 전주였다.

소영은 눈을 감고 언젠가 AFKN에서 봤던 돈 펠더의 더블넥 기타를 떠올렸다. 짜증과 피로가 싹 가시면서 머릿속이 맑아지는 느낌이었다. 소영은 청년의 통기타 연주를 원곡의 소리로 바꿔 들으며, 어느새 그 상상의 소리가 불러낸 상상의 풍경 속에 들어와 있었다. 이제 곧 어두운 사막의 고속도로에서 그녀의 머리카락이 서늘한 바람에 흩날리게 될 것이었다. 드디어 돈 헨리가 드럼을 탕탕 두드리며 입을 여는 순간, 소영의 환상을 깨뜨리며 들려온 것은 민호의 목소리였다. 배 안 고파? 집에 가자.

일주일 뒤 소영은 우진의 전화를 받고 금호동 집에서 나와 한남동 독서실로 갔다. 우진은 소영에게 민호의 편지를 전했다. 소영은 그 자리에서 편지를 꺼내 읽었다. 대학 가서 만나자는 진부한 내용이었다. 소영은 민호의 집에 전화했다. 대학을 가든 못 가든 만나지 말자는 말을 하고 싶어서였다. 시간을 정하지 않고 전화한 것은 처음이었다. 전화를 받은 사람은 민호의 할머니 남여사였다. 소영은 민호를 바꿔달라고 말했다. 남여사는 네가 소영이냐고 물었다. 소영은 그렇다고 답한 뒤에 다시 민호를 바꿔달라고 말했다. 남여사는 바꿔줄 수 없다며 어디서 계집애가 전화질이냐고 언성을 높였다. 소영은 공중전화라고 대답했다. 얘가 뭐라는 거야 지금. 남여사는 다시 전화하면 가만두지 않겠다며 전화를 끊었다. 소영은 다시 전화했다. 남여사는 전화를 받자마자 끊어버리고는 며느리를 앞세워 집을 나섰다.

일주일 전 여의도광장을 다녀간 수많은 사람들 중에는 우진의 어머니 닥터 정도 있었다. 그녀는 남편 신검사의 직속상관의 딸이 포함된 여대생들이 주최한 의류 바자회에 참석한 뒤 식당에서 점심을 먹다가 밖으로 지나가는 민호를 보았다. 민호와 손잡고 걷는 여자애가 같은 교회 홍권사 댁 둘째 딸임을 생각해낸 것은 집으로 돌아오는 차 안에서였다. 닥터 정은 아들이 다니는 독서실에 들러 총무에게 양해를 구하고 남학생들의 방을 몰래 들여다봤다. 칸막이된 지정 좌석에 우진은 앉아 있었다. 방금 옥상에서 담배 한 대 피우고 내려와 한숙에게 보낼 편지를 마무리하려는 참이었다. 안심한 닥터 정은 집에 들어오자마자 민호네 집에 전화했다. 전화를 받은 사람은 민호의 어머니 문여사였다. 닥터 정은 문여사에게 남여사를 바꿔달라고 했다. 문여사는 닥터 정에게 말이 안 통하는 여자로 찍힌 지 오래였다. 통화를 끝낸 남여사는 며느리부터 야단쳤다. 저녁에 여의도에서 돌아온 민호는 할머니의 집요한 추궁을 견디지 못하고 소영에 관해 털어놓았다. 남여사는 소영의 집 주소와 전화번호가 적힌 쪽지와 함께, 당장은 물론이고 나중에 대학 가서도 그런 애는 만나지 않겠다는 다짐을 받아냈다. 소영을 본 적도 없는 남여사에게, '그런 애'는 물론 '그런 집 애'를 뜻했다. 남여사가 보기에 소영은 겨우 국민학교 교감 딸이었고, 아비 없이 자라서 근본을 모를 게 뻔한 아이였다.

남여사가 다녀간 뒤에 홍교감은 머리를 싸매고 드러누웠다. 의대 본과 이학년인 미영이 아픈 엄마를 위해 할 수 있는 일은 없었다. 얘가 서울대 의대 다닌다고 홍교감이 남여사에게 두번째 말했을 때, 미영은 휴일을 집에서 보내기로 한 자신의 안일한 선택을 꾸짖었다. 남여사는 남의 속을 뒤집는 말만 골라서 하는 재주가 뛰어났다. 그녀와 마주한 이십여 분 동안 홍교감은 십여 차례나 속이 뒤집어지는 아픔을 겪어야 했다. 남여사는 교양 있는 말투와 기품이 넘치는 표정으로 '집에 남자가 없어서'라는 표현을 망설임 없이 사용했다.

홍교감은 금식했다. 뒤집어진 속을 다스리는 그녀의 방법이었다. 홍교감은 빈 식탁 위에 성경을 펼쳐놓고 머리를 싸맨 채로 예레미야의 슬픈 노래를 읊조렸다. 나의 탄식이 많고 나의 마음이 병들었나이다…… 그날 그녀는 둘째 딸을 집에서 내쫓을 수 없었다. 둘째 딸이 집에 안 들어왔기 때문이었다. 한남동 지하 경양식집 썬웨이에서 정신을 잃은 소영이 깨어난 곳은 한숙의 방이었다.

*

한수 걔 또라인 거 몰라? 혼자 중얼중얼대는 거 너도 봤잖아.

민호의 말에 소영은 아무 대꾸도 하지 않았다. 라 까브에서 나온 두 사람이 옮겨간 곳은 큰길 건너 학림다방이었다. 소영이 머물렀던 공원 자리가 학교의 뜰이었던 시절, 삐걱이는 나무 계단을 오르면 스메타나의 몰다우 강이 쏟아졌다는 유서 깊은 찻집이었다.

그 자식 때문에 너도 힘들어질 거라구.

흐르는 음악은 듀크 조던 트리오의 재즈 연주곡 〈에브리씽 해픈즈 투 미〉였다. 쏟아지고 남은 강물에 빗방울이 떨어지듯, 경쾌하면서도 차분한 피아노 소리가 통, 통, 소영의 머리와 가슴을 두드렸다.

우진이 봐라. 한수랑 붙어다니더니 그 모양이잖아. 안 보고 사는 게 좋아. 너도 또라이가 되고 싶지 않으면. 설마 좋아하는 건 아니겠지. 그딴 녀석을. 소영아. 넌 대학생이야.

그날따라 민호는 말이 많았다. 소영은 무료했다.

팔자도 기구하지. 옆자리에서 들려온 말이었다. 말년에 무슨 고생이냐. 대접받고 살 텐데 뭐. 다른 건 몰라도 영화 찍기는 더 편할걸. 흥행에 신경 안 써도 되고. 평양에 촬영소가 있다는데 규모가 어마어마하대. 아서라. 그러다 잡혀갈라. 검열은 아무래도 북쪽이 더 심하겠지. 갑갑하겠네. 지금 영화가 문제냐. 가족들이 얼마나 놀랬을까. 죽은 줄 알았을 텐데. 죽은 셈 치고 살아야지. 살아서 또 보겠냐 어디. 다시 만나도 골치 아프다 야. 신감독만 해도 그렇지. 부인은 재혼해버렸지, 자기는 전처랑 다시 살고 있지…… 두 사람 인연도 참……

소영은 옆자리의 대화를 듣고 있느라, 민호가 그녀에게 말을 걸었을 때 미처 알아차리지 못했다.

뭐라고?

운명을 믿냐고.

운명?

그래. 운명적인 만남이라든가…… 사랑, 뭐 그런 거…… 믿어?

아니.

대답하면서, 소영은 운명을 인연으로 바꿔 생각해봤다. 인연을 믿는다? 그냥 오는 거지. 오면 엮일 수밖에 없는 거지. 왔다 간다면? 안 보낼 도리가 있을 텐가. 혹은 보내고 싶어도, 떠나지 않는 그 인연이 지겹다 해도 어쩔 수 없다는 생각을 소영은 하고 있었다.

  삼 년 전 한숙의 방에서 깨어난 소영은 마당으로 뛰쳐나가 수돗가에 토했다. 집에는 그녀뿐이었고, 그녀는 그곳이 누구의 집인지 몰랐다. 마루에는 소영을 위한 밥상이 차려져 있었다. 군데군데 칠이 벗겨진 호마이카 상 위에는, 밥과 콩나물국과 몇 가지 밑반찬에다 메모지와 버스 토큰 한 개가 놓여 있었다. 소영은 식은 국물을 한 숟가락 떠 마시며 메모를 읽었다. 많이 먹고 기운내라는 한수의 짧은 편지였고, 그 아래 다른 글씨체로 이런 메모가 남겨져 있었다. 상 치우지 말고 냅둬─ 한수 누나 한숙. 소영은 한수와 같이 있었던 장면들을 우진의 말과 함께 기억해냈다. 한수가 너랑 술 마실 때 꼭 부르랬어. 소영은 국물만 다 마시고 토큰을 챙겨 한수의 집을 떠났다. 그의 등에 업혀 온 기억은 떠오르지 않았다.
  소영은 쫓겨날 각오로 집에 들어갔지만, 홍교감은 그날도 소영을 내쫓지 못했다. 밤새 한숨 못 자고 통성으로 기도하다 탈진해서 병원으로 실려갔기 때문이었다. 언니의 전화를 받고 응급실로 간 소영은, 누워서 꼼짝 못하는 엄마를 보고 눈물을 참기 어려웠다. 그 마음의 반은 안심이었다. 홍교감은 침대에서 벌떡 일어나 소영의 머리채를 휘어잡고 싶었지만, 의지와는 반대로 그녀가 보여준 모습은 포용과 인내의 화신이었다. 어디서 잤니. 엄마의 입술이 움직이는 모양을 보고 소영은 사실대로 말했다. 한숙이네. 홍교감은 한숙이가 누구냐고 묻지 못한 채 잠들었다.
  소영이 엄마에게 그 물음을 들은 것은 팔십 일쯤 지난 뒤였다. 여름

내내 소영은 집과 학교만 오가며 살았다. 그녀는 입시를 몇 달 앞둔 수험생 처지에 그럴 때도 되었다는 생각으로 근신했다. 홍교감은 소영의 교회 출석도 금했다. 등교는 그녀에게 허용된 유일한 외출이었다. 방학식을 치른 뒤에 계속 학교에 가는 이 나라 특유의 풍습은 유구했다. 그날도 소영은 보충수업을 마치자마자 바로 귀가했다. 우산을 털며 현관으로 들어서는 그녀에게 홍교감이 들고 있던 수화기를 내밀었다. 니 전화다. 한숙이가 누구냐. 소영이 대답을 얼버무리며 전화를 받는 사이, 한숙의 집에서는 한숙이 한수에게 수화기를 건넸다. 소영의 목소리를 확인한 한수는 서둘러 용건부터 전했다. 나 한순데 내일 야구 보러 안 갈래?

*

아홉시가 넘자 학림다방은 갑자기 몰려든 손님들로 왁자지껄했다. 주인은 음악의 볼륨을 높여서 어수선한 분위기를 수습했다. 턴테이블에 걸린 음반은 밥 시거의 1978년도 앨범 '스트레인저 인 타운'이었다. A면 두번째 곡 〈스틸 더 세임〉. 당신은 최고의 갬블러였고, 어제 봤더니 여전하더라는 노래였다. 여전히 모두가 당신의 플레이를 지켜보고 있는데 나는 돌아서서 나와버렸다는, 당신이 여전히 그러고 사는데 내가 무슨 할말이 있겠냐는 노래였다. 어떤 것들은 절대로 변하지 않는다는.

손님들은 모두 젊은이였다. 너무 젊어서 젊음을 감당하기 힘겨운 사람들. 어떤 이들은 오전에 안기부가 발표한 납치사건에 대해 말하면서 '키스'라는 단어를 자주 입에 올렸다. 조선민주주의인민공화국 주석의 영어 이니셜 KIS. 젊은이들이 키스를 좋아하지 않기란 쉽지 않을 터였다.

다른 젊은이들이 어느 대배우와 거장의 근황을 염려하거나 키스의 나라를 고무 찬양할 때, 소영은 지나간 어떤 날의 한순간을 돌아보고 있었다. 그날 야구장에 가지 않았다면 어떻게 됐을까. 그 순간 한수가 보여준 이상한 모습을 보지 않고 살 수 있게 됐을까. 그뒤로도 이따금 봐야 했던 모습들을. 핏발 선 눈을 부릅뜬 한수의 얼굴이 떠올랐고, 소영은 알 수 없는 위급함을 느끼며 속으로 말했다. 한수야 눈을 감아. 그러고 앉아 있는 여자와 마주앉은 한 남자의 모습은 쓸쓸했다. 민호는 쓸쓸함을 감추고 소영에게 물었다. 무슨 생각 해.

아무 생각도 안 해.

한수 생각하니.

응.

다시 물을게 대답해. 그 자식이 좋은 건 아니지.

아닐까.

대꾸하며 소영은 생각했다. 한수는 어디에 있을까.

그건 좀 아니지.

왜.

안 어울리잖아.

뭐가.

여러 면에서 그렇지. 수준이란 게 있잖아.

내가 어디가 어때서.

한수 말이야. 아까도 말했지만 넌 학생이고 걘……

민호야.

말해.

너도 선린상고 팬이었지.

야구? 물론이지. 우리 고삼 때 굉장했잖아. 준우승만 두 번 했던가.

세 번이었어.

아무튼 무관의 제왕이었지. 넌 김건우 좋아했잖아. 모자 벗으면서 파울플라이 잡을 때가 멋있다는 둥……

박노준이 왜 다쳤는지 알아?

아, 경북고랑 붙었을 때? 그건…… 걔가 슬라이딩을 잘못한 거지.

러시안룰렛이라고 들어봤어?

알지. 머리에 대고 총 쏘는 거. 그게 뭐.

*

한수가 전화로 야구를 보러 가자고 했을 때, 소영은 뭔가에 이끌리듯 그러자고 했다. 자신을 이끈 그 무엇이 야구인지 한수인지 아니면 또다른 어떤 것인지 그녀는 알 수 없었다. 어쩌면 그저 전화를 빨리 끊기 위해 시간이 덜 걸리는 쪽을 고른 것일 수도 있었다. 서둘러 통화를 끝낸 소영에게 홍교감이 무슨 전화냐고 물었다. 소영은 사실대로 말했다. 친구가 내일 야구 보러 가재. 뜻밖에 홍교감은 갔다 오라고 했다. 홍교감 스스로도 뜻밖의 허락이었다. 그녀는 그동안 소영이 보여준 착실한 모습에 마음이 누그러진 거라고 자신을 이해하기로 했다.

다음날 늦은 오후, 동대문 서울운동장 야구장 백스크린 옆 외야석에 소영과 한수는 나란히 앉아 있었다. 홈 플레이트와의 거리는 백이십 미터가 넘었다. 포수가 공을 받거나 타자가 공을 치면 조금 뒤에 소리가 들렸다. 소영은 그 0.3초의 간극이 아득했다. 한수는 구운 오징어를 찢고 있었다. 1회 말이었다. 2사 만루 상황에서 선린상고 6번 타자 이경재의 타구가 3루수와 유격수 사이를 뚫고 좌익수 앞으로 굴러갔다. 박노준은 3루를 돌아 멈추지 않고 달렸다. 박노준이 슬라이딩을 했고 홈 송구가 뒤로 빠졌고 한수가 이렇게 중얼거렸다. 다친다 다쳐. 아니면 한수가 그 말을 뱉은 뒤에 박노준이 몸을 눕히며 오른발을 쭉 뻗고 나서 포수가 공을 뒤로 빠뜨렸는지…… 박노준과 공은 너무 멀고 한수의 말은 너무 가까웠다. 소영은 그 세 가지의 순서를 분간할 수 없었다.

다친다 다쳐. 그 말에 소영이 돌아봤을 때 한수는 오징어 다리를 씹고 있었다. 이렇게 표정 없이 오징어 다리를 씹을 수도 있구나 싶은 얼굴이었다. 그 순간 한수는 가구 하나 없는 방에 혼자 있는 사람 같았다. 소영은 아무 말도 할 수 없었다. 홈 플레이트 옆에 누워 있는 박노준은 사람들에 둘러싸여 보이지 않았다. 친구의 부상을 걱정하는 김건우의 몸짓만 아른거렸다. 한수가 오징어 다리를 씹다 말고 중얼거렸다. 사슴을 쐈어야 했어. 무슨 말이냐는 소영의 물음에 한수는 대답하지 않았다. 그리고 마치 앞에 누가 있어 대화를 나누기라도 하듯 말했다. 이유? 나도 몰라. 그래. 박노준은 달릴 수밖에 없었던 거야. 소영이 한수의 어깨를 잡고 흔들었다. 한수야. 고개 돌린 한수가 소영을 바라보다 눈을 한 번 끔벅이고는 말했다. 어떻게 됐니. 몇 대 몇이야.

눈을 뜬 홍교감은 정신을 차리고 병실 안을 둘러봤다. 움직이는 것은 TV 화면 속의 사람들뿐이었다. 큰딸이 다녀간 뒤에 홍교감은 TV를 보다가 얕은 잠에 빠졌다. 꿈속에서 그녀는 죽은 남편을 보았다. 처음 만났을 무렵 보았던 청년의 모습이었다. 남편은 돈이 필요하다며 병실 서랍을 뒤졌다. 홍교감은 사과 깎던 칼을 남편에게 들이댔다. 남편은 고맙다며 칼을 받아 주머니에 넣고 벽을 통과해 사라졌다.

TV에서는 납치사건에 대한 보도가 한창이었다. 육 년 전 사건이 지금 일어난 것처럼 다뤄지고 있었다. 사건의 주인공 남녀가 연출과 주연을 맡은 영화들이 자료 화면으로 흘렀다. 옛날 영화들이었다. 노배우의 젊은 시절 모습은 태양처럼 빛났다. 그 모습을 젊은 날의 노감독은 카메라 뒤에서 뚫어지게 바라보았을 터였다. 홍교감은 화면에서 눈을 떼며 한숨지었다. 살아 있으면 저렇게들 다시 엮이기도 하는구먼. 저렇게 험한 꼴로 엮이느니 차라리 누구든 먼저 죽는 편이 나을런가. 꿈에서 사라진 젊은 남편의 모습이 잔상으로 벽에 어른거렸다. 홍교감은 눈을 감고 딸들의 앞날을 위해 기도했다. 다시 잠든 그녀는 꿈속에서, 젊은 시절의 노배우처럼 눈이 커다란 단발머리 소녀를 보았다.

소영과 민호는 어둠 속에 나란히 앉아 있었다. 차 안이었고, 문예회관 뒷골목이었다. 차 안에 음악은 흐르지 않았다. 민호가 틀어놓은 카세트에서 영화 〈엔드리스 러브〉의 주제가가 흘러나오기 시작했을 때, 민호는 볼륨을 높였고, 소영은 오디오를 꺼버렸다. 민호가 침묵을 깨고 말했다. 우리 예전에 좋았지. 아니야?

좋았어.

소영은 대답하며 한수를 생각했다. 도대체 어디로 가버린 거니.

왜 이렇게 됐지.

소영은 말하지 않았다.

말해봐. 나 때문이야?

아니.

내가 만나지 말자고 했던 거 때문 아니야?

아니야.

아주 안 보자는 게 아니었잖아.

너 때문이 아니라고 했잖아.

그럼 누구 때문이야. 할머니 때문이야?

누구 때문도 아니야.

그럼 왜.

소영은 말하지 않았다.

이유가 있을 거 아니야. 그냥 이렇게 된 거야?

그래. 그냥. 어쩔 수 없이.

어쩔 수 없이. 피할 수 없다?

그래. 피할 수 없어.

또 그 러시안룰렛?

말하사변.

민호는 라디오를 틀었다. 윤수일의 노래 〈아파트〉가 흘러나왔다. 민호는 소영의 반응을 살폈다. 소영은 손가락을 까닥이며 듣고 있었다. 민호가 말했다. 우리 정말 좋았는데. 너도 좋았던 거 맞지?

맞아.

난 더 좋을 수 있다고 생각하는데.

다시 잘 생각해봐.

정말이야. 오늘 널 보고 알았어.

소영은 노래를 따라 불렀다. 흘러가는 강물처럼.

내가 널 얼마나 좋아하는지.

소영은 계속 노래를 따라 불렀다. 흘러가는 구름처럼.

우리 하려다 참은 거…… 남겨둔 거 있잖아. 끝까지 안 가고.

소영은 더 크게 노래를 따라 불렀다. 오늘도 바보처럼 미련 때문에.

민호가 소영의 손을 잡고 말했다. 다 하고 나면 좋아질 거야. 날 믿어.

소영의 손가락은 민호의 손 안에서도 멈추지 않고 까닥거렸다.

아무도 없는 쓸쓸한 너의……

소영은 노래를 중단했다. 민호의 입술에 입이 막혔기 때문이었다. 소영의 입술은 열렸지만, 맞물린 이가 민호의 혀를 막았다. 민호의 혀는 끝내 소영의 혀에 닿지 못한 채 그녀의 이만 닦고 말았다. 민호는 소영의 몸에서 떨어졌다. 〈아파트〉는 끝나 있었다. 민호는 라디오를 껐다. 소영이 창문을 내리며 말했다. 가자. 민호는 말없이 시동을 걸었다. 소영의 말이 이어졌다. 너 가고 싶은 데로.

정말?

소영은 말없이 눈을 감았다.

제4장

이제 어디로
가야 하나

한수는 의식하지 못했지만,
그의 몸은 가야 할 곳을 알고 있었다.
피가 빠져나간 한수의 몸속에서는
새로운 피가 만들어지고 있었다.
나머지 피도 예전과는 다른 피였지만,
새로운 피는 나머지 피와도 다른 피였다.
그 피는 훨씬 강하고 위험했다.
그 피는 다른 피와 섞이지 못하고
한수의 몸속을 돌아다니게 될 것이었다.

1988년 11월 23일. 방배동 여관방에서 눈을 뜬 한수는 천천히 몸을 일으켜 침대 밖으로 나왔다. 소영은 보이지 않았다. 한수는 창에 드리운 두꺼운 커튼을 젖혔다. 햇살이 쏟아져들어와 한수의 알몸과 어질러진 방이 환히 드러났다. 한수는 벽에 걸린 시계로 눈길을 돌렸다. 정오였다. 너무나 많은 시간이 남아 있었다. 어디로 가나. 한수는 겨우 몇 걸음을 움직여 침대에 걸터앉았다. 축 늘어져 있던 고환이 침대 모서리에 닿으며 오그라들었다. 한수는 어디서 시간을 죽여야 하나 생각하며 머릿속의 달력을 짚어봤다. 너무나 많은 시간이 지나 있었다. 복도에서 덜컹거리며 바퀴 구르는 소리가 났다. 한수는 급하게 바닥에서 팬티를 찾아 입다가 어지러워서 비틀거렸다. 그 모습을 안쓰럽게 바라보며 미자는 창가에 서 있었다. 한수야. 언젠가는 우리 다시 만날 날이 오겠지. 아주 오래오래 기다릴 수 있기를. 난 널 떠나지 않아. 한수는 옷을 입고 미자 쪽으로 다가와 테이블에 놓인 낡은 시계를 집어들었다. 언제부턴가 한수에게는 미자의 모습이 보이지 않았고, 지난가을의 어느 날부터는 그녀의 목소리 또한 들리지 않았다. 한수는 얼굴을 씻고 신발을 신고 문을 열고 복도를 지나서 계단을 내려와 밝고 추운 세상으로 나왔다.

*

구 년 전 미자가 죽던 날 밤 서울의 기온은 영하 십오 도를 밑돌았다. 지물포마다 문풍지가 날개 돋친 듯 팔린 날이었다. 미자는 삼촌네 가겟집 문간방에서 혼자 자다가 연탄가스 중독으로 숨졌다. 잠든 그녀의 숨을 타고 스며든 일산화탄소가 적혈구 속 헤모글로빈에 달라붙어 산소 운반을 방해한 그 밤, 서울은 아수라장이었다. 삼청동 어느 집에 강도가 침입해서 노인을 위협하고 모종의 허가를 받아냈다. 그들은 경복궁과 서빙고동에 아지트를 둔 신흥 폭력조직의 두목과 그의 심복인 것으로 밝혀졌다. 한남동에는 저녁부터 일군의 무장 괴한들이 출현하여 밤새 주민들을 공포에 떨게 했다. 주변의 교통은 통제되었다. 망년회 때문에 강의 남북을 오가야 하는 시민들은 칼날 같은 바람을 맞으며 제3한강교를 걸어서 건넜다. 괴한들은 총격전 끝에 공권력을 제압하고 요인을 납치해서 아지트로 끌고 갔다. 그들 역시 삼청동에 출몰한 강도와 같은 패거리에 소속된 행동대원들인 것으로 드러났다. 그 밖에도 용산과 거여동 등지에서 동일 조직의 소행으로 판명된 테러와 납치와 공갈과 협박과 고문과 린치가 난무했다. 한마디로 그들은 폭도였다. 폭도는 폭도를 폭도라 부르지 못하도록 신문과 방송

112

에 재갈을 물렸다.

서울이 무법천지가 되어버린 그 겨울밤, 미자가 십칠 년을 함께 살아온 제 몸과 헤어지기 전에 만난 사람은 한수였다. 첫 만남 이후 사십여 일 동안 삼십 번쯤 마주친 사이였지만, 버스 정류장이나 가게가 아닌 곳에서 본 것은 그날이 처음이었다. 그날 저녁 두 사람은 동네 빵집에서 만났다. 아침에 버스에서 하던 얘기를 마저 하기 위해서였다. 사람이 죽으면 어디로 가냐는 것이 못다 한 얘기의 테마였다. 한수는 무덤으로 가지 어디로 가냐고 했고, 미자는 죽으면 죽었지 가긴 어딜 가냐고 했다. 저녁에 이어진 대화는 쉽게 합의에 도달했다. 어쨌든 죽어서 지옥이나 천당에 가지는 않는다는 것이 둘의 공통된 생각이었다. 차이가 있다면 한수는 천당과 지옥이 아예 없다고 보는 쪽이었고, 미자는 그것들이 따로 어디 있는 장소가 아니라고 믿는 쪽이었다. 한수는 미자의 말을 다 알아듣지 못했지만, 다음에 어디서 그런 얘기가 나오면 자기도 그렇게 말해야겠다고 생각했다.

죽음에 대한 얘기를 끝낸 뒤에 두 사람은 빵을 먹고 우유를 마셨다. 한수는 엄마 생각이 났고, 감옥으로 간 아버지와 고향으로 간 아버지 생각도 났다. 한수의 두 아버지 얘기를 듣고 나서 미자는 말했다. 나한텐 없는 아빠가 너한텐 둘이나 있네. 한수는 미자가 부모를 한꺼번에 잃었다는 사실에 생각이 미쳤다.

부모님이 어떻게 돌아가셨는지 물어봐도 돼?

돼.

어떻게 돌아가셨어?

둘이 손잡고 도망치다가 트럭에 치였대.

도망?

그래. 리처드 킴블처럼.

그럼 아내의 살인 누명을 쓰고…… 아니구나. 어머니도 같이 도망치셨다니.

아빠가 수배중이었어.

수배?

그래. 숨어 지내면서 가끔 사람을 보내 엄마를 불러냈지. 그날 잡혔으면 안 죽고 감옥에 갔을 거야.

뭘로. 절도? 사기?

미자는 우유를 한 모금 마시고 나서 말했다.

너 장준하 선생이 어떻게 죽었는지 알아?

그렇게 묻는데 그 양반이 누구냐고 묻기는 쉽지 않았다. 얘네 학교 선생인가. 한수는 요행을 바라고 말했다.

고혈압?

미자는 한수가 알 만한 사람 얘기로 건너뛰었다.

박정희가 제일 잘못한 게 뭐라고 생각해.

그 문제라면 한수도 할말이 있었다.

자기 아내를 지켜주지 못하고 대신 죽게 놔뒀지.

미자는 한수를 지그시 바라본 뒤에 말했다.

넌 참 엉뚱해.

엉뚱한 건 너라고 한수가 말하려는데 미자의 말이 이어졌다.

그래서 좋아.

한수는 왼쪽 귀를 새끼손가락으로 후비면서 오른쪽 귀를 내밀었다.

뭐라고.

미자가 다시 말하려는데 한수의 말이 이어졌다.

잠깐. 너도 들었어?

뭘.

방금 또 따다닥 하는 소리.

글쎄. 무슨 소리가 난 것도 같고.

어디서 불꽃놀이를 하나.

소리의 진원지는 빵집에서 육 킬로미터 떨어진 한남동 육군 참모총장 공관이었다. 뚝섬에 사는 모든 개들이 한수와 더불어 그 소리를 듣고 있었다. 미자는 불꽃놀이를 구경하는 사람 같은 표정을 짓고 한수를 보다가 입을 열었다. 한수야.

응?

크리스마스에 뭐 할 거니.

다음날 아침 한수는 정류장에서 미자를 볼 수 없었다. 그다음날도 마찬가지였다. 하굣길에 지나친 가게는 이틀째 덧문에 가려 있었다. 한수는 저녁을 먹고 미자네 집에 전화했다. 아무도 받지 않았다. 퇴근한 한숙이 가겟집 여자애가 죽었다는 소문을 전했다. 한숙은 그 여자애의 이름을 몰랐고 한수가 그 이름을 안다는 것도 몰랐다. 한수는 큰길까지 나가 환희 한 갑을 사가지고 와서 잠들기 전까지 다 피웠다.

크리스마스이브에 한수는 혼자 남산에 올라가서 케이블카를 타고, 명동으로 내려와서 칼국수를 먹고, 종로로 건너가서 영화를 봤다. 미자와 같이 놀기로 약속한 그날의 스케줄이었다. 약속을 지키는 한수의 모습은 죽은 지 십이 일째 되는 미자에게 천국의 기분을 선사했다. 미자는 그날 칼국수를 안 먹었을 뿐이지 한수가 가는 곳마다 함께 있었다. 집으로 가는 버스 안에서 한수는 차창에 머리를 기대고 어두운 하늘을 올려다보며 미자는 어디로 갔을까 생각했다. 태워서 재가 되어 강물에 뿌려졌다니 흘러흘러 바다로 갔을까. 미자는 창밖에서 한수를 보고 있었다. 니 곁을 떠나지 않을 거야. 한수는 왼쪽 귀가 간지러웠다.

한수가 버스에서 귀를 후비고 있을 때, 한숙은 문오가 기다리는 술집으로 가고 있었고, 우진은 한숙을 만나고 집에 들어와 혼자 음악을 듣고 있었다. 닥터 정은 우진이 교회에서 성가대 연습을 하는 것으로 알고 있었다. 닥터 정과 신검사는 호텔에서 정사중이었는데, 닥터 정은 집에서 가까운 하얏트호텔에 있었고, 신검사는 직장에서 가까운 프라자호텔에 있었다. 프라자호텔에서 멀지 않은 무교동의 디스코텍 '코파카바나'에서는 민호가 파트너의 발을 밟아가며 블루스를 추고 있었고, 민호를 알기 전이었던 소영은 성가대에 새로 들어온 남학생을 눈여겨보며 교회 문을 나서고 있었다. 하늘에서는 눈이 내리고 있었다. 폭도에게 점령당한 서울이 화이트 크리스마스로 술렁이는 동안, 영만은 교도소 감방에서 동료에게 현존하는 최고의 도둑에 대한 얘기를 듣고 있었다. 눈을 맞으며 집으로 돌아온 한수는 자고 들어온다고 할 게 뻔한 누나의 전화를 기다리며 TV를 보다가, 안 보이는 미자 곁에서 잠들었다.

한수에게 미자가 보이기 시작한 것은 이듬해 5월, 미자가 죽은 지

백육십 일째 되는 날이었다. 그날 한수는 휘경동에 있었다. 휘경동에는 같은 반 친구의 집이 있었고, 그 집은 허구한 날 비어 있었다. 일하는 아주머니가 없어서 우진네보다도 놀기 좋은 집이었다. 우진은 민호와 함께 광화문으로 가야 해서 동행하지 못했다. 닷새 전 대학생들의 거리 시위 때문에 펑크 난 과외수업의 보충이 있는 날이었다.

한수와 친구들은 국산 럼주 캡틴큐를 돌려 마신 뒤에 곧바로 댄스 타임에 들어갔다. 파란 플라스틱 야전의 턴테이블 위에서 돌고 돈 판은, 한 달 뒤 남산 숭의음악당에서 공연할 예정인 아이돌 스타 레이프가렛의 2집 앨범이었다. 아이 워즈 메이드 포 댄싱. 다 함께 따라 부른 노래 가사와는 달리 춤을 추기 위해 태어났다고 봐줄 만한 사람은 한 명도 없었다. 한수의 막춤은 그중에서도 압권이었다. 그의 동작은 춤이라기보다 자기 몸을 혹사하기 위한 여러 가지 시도에 가까웠다. 땀을 뻘뻘 흘리며 팔 다리 허리 어깨를 휘젓던 한수가 갑자기 뒷걸음질로 춤판을 벗어났다. 발가락에 쥐가 났기 때문이었다. 쥐가 나서 몸부림을 멈추지 않았으면 심장이 터져버렸을 것이었다.

한수는 벽에 등을 기대고 앉아 발을 주무르며 춤추는 친구들을 바라보았다. 그들은 옆으로 나란히 서서 한 친구에게 새로 나온 춤을 배우고 있었다. 두 다리를 고정시킨 채 상체를 좌우로 번갈아 돌리며 니은자로 뻗은 두 팔을 절도 있게 튕겨주는 동작이었다. 맞춤곡은 이럽션의 〈원 웨이 티켓〉이었다. 제법 괜찮아 보이는군. 한수는 눈물이 날 것 같았다. 까닭 모를 비애의 느낌은 석양의 노을처럼 불안하고 아득했다. 해 질 무렵이었다. 창에는 커튼이 드리워지고, 한 친구가 불을 껐다 켰다 하느라 스위치를 딸깍거렸다. 하지만 느려터진 형광등으로 사이키 조명을 대신할 수는 없는 노릇이었다. 한수는 캡틴큐를 병뚜껑에 따라 홀짝홀짝 마셨다. 아직은 한수 눈에 보이지 않았지만, 친구들이 늘어선 줄 맨 끝에서 미자가 방실방실 웃으며 춤동작을 따라하고 있었다.

아홉시에 한수는 혼자 그 집에서 나왔다. 친구 한 명이 만취해서 난동을 부리는 바람에 춤판은 싸움판으로 변했다. 한수는 어떤 싸움에도 휘말리고 싶지 않았다. 주택가를 빠져나온 한수는 정류장을 지나쳐 청량리 쪽으로 걸었다. 짧고 묵직한 이명이 한수의 왼쪽 귀를 훑고 지나갔다. 한수는 길가의 슈퍼에서 우유를 사가지고 나와 가게 앞 평상에 앉았다. 슈퍼 안의 작은 흑백 TV에서는 방송국이 불타는 장면이 방송되고 있었다. 한수의 친아버지가 태어난 도시에서 일어난 일이었다. 한수는 우유를 다 마시고도 자리를 뜨지 않았다. 지난겨울 서울을 접수한 폭도의 세력이 제주도를 포함한 전국으로 뻗친 지 나흘째였다. 한수는 보도에 귀를 기울였다.

앵커와 기자는 '폭도'라는 금지어를 여러 번 입에 담았다. 그 방송사고에 한수의 몸은 이상한 반응을 나타냈다. 갑자기 심장이 빨리 뛰면서 얼굴이 달아오르고 손등에 핏줄이 불거졌다. 한수는 술기운이 올라오는 줄 알고 심호흡으로 가슴부터 진정시키려 했다. 심장은 아랑곳없이 요동쳤고, 사납게 흐르는 피에 온몸의 혈관이 꿈틀거렸다. 머리끝과 손끝과 발끝과 귀두까지 치솟는 혈압을 버티기 힘겨워서, 한수는 입을 벌리고 가쁜 숨을 토했다. 몸을 구부렸다가 젖혔다가 뒤틀었다가 부르르 떨면서 견디는 동안, 그의 얼굴은 웃는 듯 우는 듯 찡그린 듯 정신나간 듯 온갖 표정들로 바뀌었다. 슬픔과 분노와 부끄러움과 희열이 엇갈리고 뒤엉키는 마음의 소용돌이. 행인들은 고개를 흔들며 지나가기도 하고 멀찌감치 떨어져서 구경하기도 하고 더러는 가까이 다가와서 살펴보기도 했지만, 누구도 한수에게 말을 걸거나 그의 몸에 손대지 못했다.

한수는 환청을 들었다. 쏘 잇 고우즈. 그가 모르는 어느 소설의 유명한 구절이었다. 그렇게 가는 거지. 그러자 한수가 알거나 알지 못하는 많은 사람들의 목소리가 그를 에워싸듯 들려왔다. 그 웅성거림에는 한수를 낳고 기르다 버리고 떠난 두 사람의 소리도 섞여 있었다.

한수는 밤거리가 너무 환하다고 느꼈다. 하늘과 땅이 밝게 빛나고, 사람들은 모두 흰옷을 입고 있었다. 두리번거리는 한수 앞에 하얀 교복을 입은 남학생이 은빛 트럼펫을 들고 나타났다. 그가 마우스피스를 입에 대고 숨을 들이쉬려는 순간, 탱크 소리 같은 이명이 먼저 한수의 고막을 때렸다. 진동이 온몸으로 퍼져나갔다. 빛이 어둠으로 바뀌고, 한수는 거리의 풍경이 변두리 극장의 영화처럼 잠시 흔들리는 것을 보았다. 끊겼던 거리의 소음이 다시 들려오기 시작했다.

평상에 드러누운 한수의 몸과 마음은 차분했다. 한수야. 속삭이는 목소리는 한수의 귓속에서 난 것처럼 가까웠다. 인기척이라고 할 수는 없는 어떤 기척을 느끼고 한수는 고개를 돌렸다. 막대 아이스크림을 입에 문 미자의 커다란 눈이 한수를 내려다보고 있었다. 한수는 놀라지 않는 자신에게 놀라서 벌떡 일어나 앉았다. 한줄기 세찬 바람이 불어와 작은 회오리를 일으키고 지나갔다. 평상에 놓여 있던 빈 우유곽이 팽그르르 굴러 떨어졌다. 미자의 단발머리는 흩어지지 않았다. 녹지 않는 아이스크림을 깨무는 시늉만 하며 미자가 말없이 한수에게 말했다. 집에 가야지.

*

　방배동 여관에서 나온 한수는 걸어서 구반포로 갔다. 사막을 건너가는 낙타의 걸음이 그와 같을 것이었다. 한수는 목이 말랐다. 주공아파트 단지를 지나는 왕복 육차선 도로 양쪽에는 야트막한 상가 건물들이 늘어서 있었다. 한수는 그늘을 피해 걸으며 야전 점퍼의 주머니를 뒤졌다. 담배만 있고 불이 없었다. 한수는 불 꺼진 '반포치킨'을 지나 상가의 마지막 건물에서 멈춰 섰다.

　한수가 미용실 '하디'의 유리문을 열고 들어갈 때, 예비역 육군 대장 전두환은 영동고속도로를 달리는 검은색 세단의 뒷좌석에 앉아 있었다. 그것은 한수의 선택이었다. 둘 다 서울을 떠난다는 것. 한수와 전씨 둘 다 서울을 떠나 죽은 듯이 살다가 죽는다는 것. 행선지는 서로 멀수록 좋았다.

　전씨가 논스톱으로 달리는 차 안에 갇혀 있을 때, 한수는 미용실 소파에 앉아 커피를 마시며 담배를 피웠다. 신장개업한 가게답게 하디의 분위기는 상큼했다. 손님을 배웅한 한숙이 한수에게 다가와 앉으며 말했다. 가게 어때.

　좋아. 이름은 누가 지었어.

　매형이. 사람 이름이야. 작가래.

　토머스 하디.

　맞아.

120

테스를 썼지. 더버빌가의 테스.

그래서 하디야. 너 많이 안다.

다 미자 덕이지.

아직도 개 달고 사니.

아니.

갔어?

그런 거 같아.

미자는 문밖에 있었다.

매형은 잘 있어?

그럼.

안 아파?

가끔.

뭐 하고 지내.

기타 치고 음악 듣고, 산책도 하고.

잘 있네.

잘 있다니까.

행복해?

불행하진 않아.

그러면 된 거라고 한수는 생각했다.

*

한숙이 문오와 결혼한 것은 일 년 전 여름이었다. 예식 없이 혼인신고만으로 성립된 조용한 결혼이었다. 육 년 가까이 동거해온 두 사람에게 결혼이 가져다준 생활의 변화는 미미했다. 중대한 변화는 결혼 직전에 있었고 그 변화가 두 사람을, 특히 한숙을 결혼으로 이끈 셈이었다. 문오가 불구의 몸이 되지 않았다면, 한숙은 자기 인생에 결혼은 없다는 해묵은 신념을 내려놓지 않았을 것이었다.

팔 년 전인 1980년, 문오와 그의 밴드 서울은 제4회 MBC 대학가요제에서 예선 탈락했다. 프로 수준의 연주가 오히려 감점 요인이었다는 것이 문오의 변명이었다. 그 팀의 드러머는 고등학교 때 밴드부에서 작은북을 쳐본 경험이 전부였다. 밴드는 해체되었고, 문오는 음악다방 디제이 생활로 돌아갔다. 한숙은 내심 잘된 일이라고 안도했다. 문오의 밴드 활동을 뒷바라지하느라 미용실에서 가불한 돈이 수십만 원에 달했다. 짜장면 한 그릇에 삼사백원 하던 때였다. 문오는 신촌 대학가로 일터를 옮긴 뒤에 여대생과 눈이 맞았다. 그 사실을 숨기지 않는 문오 앞에서 한숙은 비참했다. 언젠가는 그런 날이 올 줄 알았지만, 알았다고 하고 넘어갈 수 있는 것은 아니었다. 한숙은 문오가 말하기 전에 먼저 그만 만나자고 했다. 문오는 말 그대로 착잡한 표정을 지었다. 고맙다고 할 수도 없는 마음의 정직한 표현이었다.

문오와의 결별이 한숙에게 안긴 상처는 생각보다 깊고 오래갔다. 밥맛이 없고 밤에 잠이 안 오고 가슴이 아리듯 조여오는 증상이 좀처럼 가시지 않았다. 한숙이 문오를 그토록 좋아했다기보다는, 그녀의 상태가 그만큼 나빴다고 해야 맞을 것이었다. 모든 아픔은 자기로부터 오는 것일 터였다. 한숙은 문오를 잊으려 하면 할수록 그에게 가고 싶다는 충동을 참기 어려웠다. 그토록 문오가 보고 싶었다기보다는, 아현동과 신촌이 너무 가깝다고 해야 맞을 것이었다. 한숙은 자신이 속속들이 알고 있는 문오의 몸에 대한 기억을 떨쳐내기가 무엇보다 어려웠는데, 그것 역시 그의 몸을 향한 그리움보다는, 자기 몸에 닥친 결핍이 자아낸 상실감에 가까웠다.

어느 날 미용실에 혼자 남아 청소를 마치고 한참 동안 멍하니 앉아 있던 한숙은, 벌떡 일어나 불을 끄고 밖으로 나왔다. 신촌 독수리다방 디제이 부스에 문오가 앉아 있을 시간이었다. 미용실 문을 잠그고 돌아서는 한숙의 시야로 가로수에 기대어 선 남자의 모습이 들어왔다. 우진이었다. 한숙은 왈칵 눈물을 쏟을 뻔했다. 반가움과 실망감이 교차하는 마음의 누출이었다. 한숙은 오랜 습관대로 울음을 삼켰지만, 미처 거두지 못해 눈가에 고인 최초의 눈물이 까칠한 뺨을 타고 흘러내렸다. 가을이었다. 서늘한 바람에 눈물은 금세 말라붙었다. 한숙은 미소지었다. 고마움과 허전함이 함께 묻어나는 아름다운 미소였다. 잠시 후 한숙은 우진의 손을 잡고 있었다.

우진은 지난봄 한숙의 손을 잡고 덕수궁 돌담길을 걸었던 그날 이후로 자신의 모든 것이 달라졌다고 느꼈다. 몸과 마음과 정신이 한꺼번에 쑤욱 자라버린 느낌이었다. 그것은 착각이었지만, 착각도 변화일 것이었다. 착각이라는 변화 혹은 변화했다는 착각에 힘입어 우진은 많은 것을 알게 되었다. 그중에서도 결정적인 것은 시인의 마음이었다. 이를테면 첫 키스가 왜 날카로운지, 운명의 지침을 돌려놓는다는 게 어떤 것인지, 모든 죽어가는 것을 사랑해야겠다는 다짐의 의미라든가, 강을 건너는 님을 바라보는 이의 심정 같은 것을 우진은 바로 이해할 수 있었다. 참고서의 지루한 해설을 참고할 필요가 없었고, 참고서에 다 나오는 교사의 설명을 듣지 않아도 가능한 일이었다. 그렇게 중요한 것을 알아버린 우진에게 다른 것을 아는 일은 중요하지 않았다. 우진은 과외를 포함한 모든 수업에 흥미를 잃었다. 그것이 1980년 5월의 그날 이후 우진에게 일어난 진정한 변화였다. 그때부터 이미 학업에 뜻이 없었던 우진은, 그해 여름 과외가 금지되고 입시제도가 바뀌는 난리 속에서도 흔들리지 않고 의연할 수 있었다. 우진은 스스로 성장했다고 느꼈다. 물론 착각도 성장일 것이었다.

우진의 착각과 성장을 부추긴 것은 그 봄날에 보고 겪은 때 이른 성년의 징후들이었다. 그날 서울 하늘에 불어닥친 최루의 바람과, 그 바람 속에 흩어지고 모이던 군중의 함성과, 그 소란을 벗어난 곳에 딴 세상처럼 놓여 있던 고요한 그늘과, 그 속에 묻혔을 때 온몸을 휘감았던 아찔한 쾌감이, 입술과 목덜미와 귓불을 달구었던 놀라운 감촉과, 밀착된 가슴이나 다리 사이에서 뭉클뭉클 솟아났던 황홀한 기분이, 우진을 그 지경으로 만들어놓고 뒷걸음쳐서 사라져버린 황금의 차디찬 티끌이었다.

그날 이후로 한숙은 우진을 따로 만나주지 않았다. 우진이 한숙을 보려면 한수와 함께 보는 수밖에 없었다. 한수가 잠시 자리를 비워도 한숙은 우진을 동생 친구로만 대했다. 손꼽아 기다리던 여행의 첫발을 내딛자마자 집에 돌아와 있는 황당함. 아무 일도 없었다는 듯 시치미를 떼는 한숙 앞에서 우진은 허탈했다. 그럴 바에는 차라리 아무 일도 없었던 때로 돌아가고 싶었다. 그래도 한수와 함께 한숙을 보러 가는 우진의 가슴은 설레었다. 친구 누나와 함께 친구를 따돌리고 단둘이 있을 곳을 찾아가는 상상을 하다보면 누구라도 그럴 것이었다. 한숙은 매번 친구 누나의 모범을 보여주어 우진의 상상을 공상으로 만들었다. 우진은 남매와 헤어질 때마다 누나와 같이 사는 친구가 부러워서 한숨을 내쉬었다.

우진은 모든 게 문오 탓이라는 생각으로 한숙과의 답답한 만남을 견뎌냈다. 그러니 문오 덕에 견딜 수 있었다고 해도 틀린 말이 아닐 것이었다. 사랑은 어떤 식으로든 연적의 도움 없이는 유지되기 어려운 감정일 터였다. 봄과 여름을 견딘 끝에 결실의 계절이 와서 한숙이 문오와 헤어졌다는 소식을 들었을 때, 우진은 꿈에도 소원이던 연적의 퇴장을 마냥 기뻐할 수만은 없었다. 역전 찬스에서 대타로 나온 선수의 기분이 그와 같을 것이었다. 이제는 누나가 나를 멀리해도 핑계 댈 게 없지 않나. 이번에 시도했다 실패하면 끝이 아닌가. 그런 부담이 우진을 압박했다. 기회는 곧 위기일 터였다.

우진은 시인의 마음을 생각했다. 시인이여, 이럴 땐 어찌해야 하나요. 시인은 우진의 마음에 속삭였다. 과감하고 조심스러울 필요가 있단다. 시인은 언제나 그런 식이었다. 따뜻하고 부드럽지 않으면 용감할 수 없지. 시인의 특기는 역설과 반복이었다. 용기는 정직한 자의 것. 겸손이 지혜를 낳지 않더냐. 참고 기다릴지어다. 우진은 시인에게 물었다. 무엇이 정직이고 겸손이란 말인가요. 시인의 대답은 무심했다. 모르는 것을 모른다고 할 것. 자기 생각을 많이 하지 말 것. 참고 기다릴 것. 우진이 알아들은 말은 한 가지뿐이었다. 우진은 참고 기다렸다.

참을 만큼 참고 기다림에 지쳤을 때 우진은 깨달았다. 그러고 있을 때가 아니었다. 우진은 전화도 걸지 않고 과감하게 아현동으로 갔다. 미용실 유리문 너머 한숙은 마네킹처럼 앉아 있었다. 그녀의 정적을 깨뜨리지 말아야 한다는 것을 알 만큼 우진은 지혜로웠다. 무엇이 그녀에게 좋을지만 생각한 덕이었다. 한숙이 나올 때까지 기다리면서 우진은 그녀에게 무슨 말을 할까 생각했다. 가장 좋은 것은 그녀가 먼저 말할 수 있게 가만히 있는 것이었다. 밖으로 나온 한숙은 우진을 보지 못하고 허둥대며 문을 잠갔다. 우진은 그녀가 어딘가로 급히 가려 한다는 것을 직감했다. 일찍이 시인은 떠나려는 님의 앞길에 꽃을 뿌리며 말없이 고이 보내주겠다고 했지만, 그 님이 정말로 꽃을 밟고 사뿐사뿐 가버린다면 죽도록 눈물 흘리며 땅을 치게 될 것이었다. 돌아서서 미소짓는 한숙을 향해 내딛는 우진의 발걸음은 조심스러웠다. 다가온 우진을 말없이 바라보다가 한숙이 먼저 입을 열었다. 어떻게 알았니. 내가 여태 있을 줄. 우진은 몰랐다고 말했다. 그 말에 위로받은 까닭을 한숙은 알 수 없었다. 우진은 자기도 모르게 손을 내밀었다. 한숙은 문오에게 가지 않기 위해 그 손을 잡아야 한다고 생각했다.

일 년 뒤에 문오는 한숙에게 돌아왔다. 휴학과 복학을 거듭해온 문오는 결국 졸업을 포기하고 디제이 생활도 그만둔 채 후배들의 자취방을 전전하며 살고 있었다. 이혼한 뒤 각자 재혼한 부모와는 연이 끊긴 지 오래였다. 문오의 애인은 대학 중퇴 학력에다 취직에 뜻이 없는 남자를 계속 좋아할 만큼 철없는 여자가 아니었다. 한숙은 그런 남자를 다시 받아줄 만큼 인생을 비관하는 여자였다. 만약에 문오가 대학을 졸업하고 번듯한 직장인이 되어 나타났거나, 그런 남자를 원하는 여자에게 버림받은 신세가 아니었다면, 한숙은 그를 조용히 타일러서 돌려보냈을 것이었다. 문오는 자신의 뻔뻔스러움이 통한 줄 알았지만, 한숙이 껴안은 것은 그의 변함없는 궁핍과 대책 없는 미래였다. 그리고 우진을 위해서라도, 한숙은 문오를 받아들여야 한다고 생각했다. 문오와 헤어져 있던 일 년 동안, 그녀는 동생 친구의 인생을 망가뜨리고 있다는 가책으로 마음 편할 날이 없었다.

*

한숙은 미용실 유리문 너머 햇살 눈부신 초겨울의 거리 풍경을 바라보고 있었다. 앙상한 가로수 가지에 매달린 마른 잎 하나가 바람에 떨어져 길 위에 굴렀다. 한숙이 눈길을 거두며 한수에게 물었다. 우진이는 봤니.

저녁에 만나기로 했어. 요 앞에서.

한숙은 무슨 말을 하려다 말고 입을 다물었다. 한수가 얼른 말머리를 돌렸다.

아버지는?

나귀 타고 장에 가셨지.

어떠셔.

잘 있겠지 뭐. 바빠서 통 못 가봤어.

영만은 아직도 교도소에 있었다. 칠 년 전에 출소해서 오 년 전에 수감됐고, 이 년 전에 나와서 일 년 전에 다시 들어갔다.

그나저나 넌? 이제 어쩔 건데. 내가 일자리 좀 알아봐줄까.

누나.

왜.

우리 진짜 남매 같지.

진짜 남매지. 친남매. 친하니까.

이름도 닮았고.

우리 이름 때문에 두 양반이 가까워졌다잖니.

누나.

응.

아버지 버리지 마.

옆에 있어야 버리지.

그래.

한수는 남아 있는 식은 커피를 마셨다. 배가 고팠다.

*

고등학교 이학년 때 한수네 반 담임은 독일어 교사였다. 학생들은 그를 별명으로 부르지 않았다. 그는 친근하지도 혐오스럽지도 않은 교사였다. 환경미화 심사를 앞두고 그는 국민교육헌장을 부착하도록 지정된 자리에 달력을 걸었다. 테니스 스타 크리스 에버트의 화보로 꾸며진 달력이었다. 5월이 끝날 무렵 학생들은 그에게 남쪽에서 무슨 일이 있었는지 말해달라고 청했다. 그는 침묵 끝에 잠시 눈 감고 고개 숙이자고 말했다. 한수는 그렇게 생모와 생부의 죽음을 애도했다.

며칠 뒤에 한수는 학생부의 호출을 받았다. 한수는 친구와 구두를 바꿔 신고 소환에 응했다. 담당 교사는 학기 초에 학생부실로 자리를 옮긴 불독이었다. 불독은 한수가 요주의학생으로 찍혔다는 사실을 통보했다. 그의 책상에는 상부 기관에서 비공식적으로 하달한 서류 한 장이 놓여 있었다. 십육절지 크기의 누런 종이에는 폭도, 사망, 직계존비속, 관찰, 선도, 격리 따위의 단어들이 박혀 있었다. 이게 뭔지 알아? 불독이 서류를 집어들고 펄럭이며 말했다. 너 같은 놈은 사고치면 바로 퇴학이야. 알았어? 한수는 가만히 있었다. 왜 대답이 없어. 알겠습니다. 삼청교육대가 뭐하는 덴지 알아? 모릅니다. 알고 싶어? 아니오. 보내줄까.

불독은 이미 학생 한 명을 보냈다. 칠 개월 전 육교 위 패싸움을 주동한 서클 회오리의 리더였다. 퇴학의 위기를 가까스로 넘긴 그는 삼학년이 되어 후배에게 전권을 넘기고 조신하게 살던 중 복도에서 침을 뱉다가 불독에게 걸려 학생부실로 끌려가 따귀 몇 대 맞으며 잔소리를 듣는 가운데 그동안 참았던 성질이 폭발해서 불독의 책상에 잭나이프를 꽂고 이글이글 타는 눈빛으로 노려보아 상대의 오금을 저리게 했다는 소문의 주인공이 되더니 며칠 뒤에 자취를 감추었다. 그를 잘 아는 교사와 학생 들은 불독이 겁도 없이 큰일을 저질렀다며 추후에 있을 보복을 걱정하거나 기대했지만, 삼청교육대가 문을 닫은 뒤에도 그의 행방은 묘연했다.

보내줘? 아니오. 잘해 새끼야. 얌전히 졸업하고 싶으면. 알았어? 묻고 나서 불독은 중얼거렸다. 폭도놈의 새끼. 며칠 전 한수는 친척의 연락을 받았지만 부모의 장례식에 가지 못했다. 대답 안 해? 누군지 알아볼 수 없는 시신을 놓고 두 어머니가 자기 딸이라고 울며불며 싸우기도 했다는 합동 장례식이었다. 이 새끼가…… 불독은 한수의 조인트를 깠다. 한수는 계속 가만히 있었다. 흥분하려는 피를 진정시키기 위해서였다. 한수는 그런 곳에서 그런 모습으로 미자를 대면하고 싶지 않았다. 내 말이 안 들려? 불독은 가만히 있는 한수의 복부에 어퍼컷을 먹였다. 빨리 대답해 새끼야. 알았어 몰랐어? 한수는 대답했다. 몰랐습니다. 불독은 뭔가 헷갈린다는 표정을 짓고 앉아 있었다. 한수는 자기를 다스린 사람의 안정된 모습으로 서 있었다. 잠시 머뭇거리던 불독이 겨우 입을 열었다. 의붓아버지는 뭐 하시냐. 교도소에 계십니다. 공무원이시군. 불독은 최면에서 깨어난 사람처럼 눈을 끔벅이며 머리를 떨었다. 그 양반도 골치깨나 아프게 생겼구먼. 너 이 새끼 내가 지켜보겠어. 불독은 창밖에서 누가 자기를 지켜보는 줄도 모르고 중얼거렸다. 빨갱이놈의 새끼.

그날 한수는 점심시간이 되자마자 운동장으로 나와 벤치에 앉았다. 삼 교시 끝나고 도시락을 먹어서 배는 고프지 않았다. 인기척에 돌아보니 담임이 다가오고 있었다. 한수는 일어서서 인사하고 그가 지나가기를 기다렸다. 담임은 지나가다 말고 돌아서서 한수에게 따라오라고 했다. 한수는 혼자 있고 싶다고 말하지 못했다. 한수를 데리고 교문 밖으로 나온 담임은 큰길가의 중국집으로 들어갔다. 뭐 먹을래. 별로 생각이 없다는 말을 하지 못하고 한수는 가만히 있었다. 담임은 더 묻지 않고 짜장면 두 그릇을 시켰다. 하나는 곱빼기였다. 음식을 기다리는 동안 담임은 말없이 담배 한 대를 피웠다. 한수도 담배가 당겼지만 담임한테 한 대 달라고 해서 맞담배를 피울 수는 없었다. 잠시 후 한수 앞에 짜장면 곱빼기가 놓였다. 담임에게 바꿔 먹자고 할 수도 없고 남기기도 뭐해서 한수는 면이 불기 전에 빨리 먹어치우기로 작정했다. 한수가 굉장한 속도로 그릇을 거의 비웠을 때 담임이 자기 면을 덜어주며 말했다. 많이 먹고 기운 내라. 한 그릇 더 시킬까. 한수는 사레가 들려 켁켁거리며 아니라고 말했다. 돌아오는 길에 한수와 담임은 딱 한 마디의 대화를 나누었다. 힘들지. 아뇨. 학교 현관에서 담임은 한수의 등을 한번 쳐주고 교무실을 향해 걸어갔다. 그 뒷모습이 한수가 본 담임의 마지막 모습이었다. 그는 오 교시 수업 후에 교장의 호출을 받았다. 교장실에는 며칠 전 학부형의 제보를 받은 보안과 형사 두 명이 와서 기다리고 있었다. 쉬는 시간이 끝난 뒤에 그들은 담임을 차에 태우고 떠났다.

떠나간 사람은 돌아오지 않았고 한수는 삼학년이 되었다. 담임은 불독이었다. 오래전부터 자퇴를 벼르고 있던 한수는 미련 없이 학교를 떠났다. 우진네 집에서 송별회가 있던 날 한수는 처음으로 경양식집 썬웨이의 문턱을 넘었다. 한수는 머지않아 그곳에서 소영을 만나게 될 거라고 예감했다.

방구석에 틀어박혀 라디오를 벗삼아 뒹굴던 한수는 누나의 성화에 어쩔 수 없이 검정고시 준비에 나섰다. 학원에도 불독은 있었지만 조심하면 물릴 일은 없었다. 한수의 머리는 무럭무럭 자라서 여름이 끝날 무렵 눈과 귀를 덮었다. 기절해서 응급실에 실려간 일 말고는 별 탈 없이 잔잔한 물결을 이루며 한수의 날들은 흘러갔다. 가을에 문오가 한숙에게 돌아왔고, 겨울이 오기 전에 영만이 감옥에서 나왔다 영만은 집으로 오지 않고 함께 출감한 동료를 따라 독산동으로 갔다. 겨

울이 깊어갈 무렵 한수네 집으로 들어온 사람은 기타와 가방을 둘러
멘 문오였다.

*

짜장면이 옛날 같지 않지.

빈 그릇을 밖에 내놓고 돌아오며 한숙이 말했다.

군만두는 더해.

한수가 담배에 불을 붙이며 대꾸했다. 한숙은 환풍기를 틀고 자리
에 앉았다.

압구정동에 만두 맛있게 하는 집 있는데 언제 한번 가자. 빈대떡도
잘해.

한숙의 말에 고개를 끄덕이며 한수는 속으로 말했다. 그런 날은 오
지 않을 거야.

참, 소영이도 만두 좋아하지.

만두는 아버지가 좋아하지.

소영이도 같이 가면 되겠다. 만두 먹으러.

왜 자꾸 만두 타령이야.

소영이 안 만나니 요즘.

어제 봤어.

아직도 소설 쓴대니.

쓴 게 없는데 뭐.

너희들은 어쩔 건데.

뭘 어째.

한수야.

왜.

아니야.

한수는 담배를 끄고 담뱃갑을 주머니에 넣었다.

손님이 너무 없는 거 아니야?

없을 때 온 거야 니가. 가려고?

가야지. 내가 있어서 손님이 안 오나봐.

한숙이 먼저 일어나서 거울 앞의 미용 의자로 가며 말했다. 이리 와서 좀 앉아봐.

*

칠 년 전 6월의 첫 일요일에 소영은 민호의 편지를 읽고 어이가 없어서 초저녁부터 우진을 붙잡고 술을 마셨다. 대학 가서 만나자고? 그보다 더 비겁하고 치졸한 이별의 통보는 없을 것이었다. 소영은 그만 만나자고 먼저 말하지 못한 자신에게 화가 났다. 민호 할머니와의 통화는 그녀의 불난 가슴에 휘발유를 끼얹었다. 횟술은 소영의 목을 타고 들어가 뒤집힌 속을 다시 뒤집어 일찍이 경험하지 못한 몽환의 경지로 그녀를 몰아넣었다. 우진은 그 자리에 누구를 불러내야 하는지 알고 있었다.

한수가 썬웨이에 도착했을 때 소영은 이미 취해 있었다. 우진은 보초 근무를 교대하는 병사처럼 한수를 반겼다. 한수는 우진의 손짓대로 소영의 옆자리에 앉았다. 소영은 안 보는 사이에 몰라보게 자란 한수의 머리를 만져보며 감탄했다. 와, 너 멋지다 얘. 오빠 같은데. 오빠. 한수 오빠? 그러면서 깔깔 웃는 소영을 바라보며 한수도 바보처럼 웃었다. 소영의 손이 머리에 닿을 때마다 한수의 혈압은 쑥쑥 올라갔다. 소영과 우진은 국산 드라이 진으로 테킬라 마시는 흉내를 내고 있었다. 소영이 자기 잔의 술을 한수에게 주고 손등에 레몬즙과 소금을 묻혀 한수 입에 갖다댔다. 한수는 멈칫하며 우진 쪽을 쳐다봤다. 우진은 어깨를 으쓱하고 담배를 꺼내 물었다. 한수가 본 사람은 우진 뒤에 있는 미자였다. 미자는 웃음이 너무 헤프다는 신호를 보내올 뿐이었다. 한수는 소영의 손등을 핥고 스트레이트 잔을 단숨에 비웠다.

그날 한수와 소영은 서로의 손등을 여러 번 핥았다. 그때마다 소영은 웃음을 터뜨렸고 한수도 따라 웃었다. 그들이 노는 꼴을 동물원의 구경꾼처럼 바라보던 우진은 술값을 치르고 먼저 자리를 떠났다. 태엽 풀린 장난감 인형이 서서히 동작을 멈추듯, 미자의 모습은 점점 희미해져 한수의 시야에서 사라졌다. 사라지기 전에 미자는 한수에게, 햇볕이 나그네의 외투를 벗긴다고 말했다. 한수는 소영이 옷 벗는 모습을 상상했다. 소영은 주절주절 많은 얘기를 늘어놓았다. 자기는 나중에 소설을 쓸 거라며 최근에 읽은 소설 얘기를 들려주다가 뜬금없이 야구장에 가고 싶다며 좋아하는 선수의 매력을 주워섬기는 식이었다. 한수는 야구 얘기를 소설로 써보라고 권했다. 소영은 콩나물국이 먹고 싶다고 말했다.

말하는 도중에 소영은 한수를 자꾸 민수라고 불렀지만 한수는 문제 삼지 않았다. 꿈인지 생시인지 알아본답시고 제 살을 꼬집다가 꿈에서 깬다면 후회막급일 것이었다. 같은 이유로 한수는 민호에 대해 일언반구 뻥긋하지 않았다. 그저 소영이 기대면 안아주고 때리면 맞아주고 같은 말을 하고 또 해도 짜증 안 내고 들어줄 뿐이었다. 소영은 한수를 유심히 보더니 이렇게 말하고는 꾸벅꾸벅 졸기 시작했다. 넌 머리가 참 예쁘게 생겼구나. 두상이 맘에 들어. 한수가 화장실에 다녀왔을 때 소영은 테이블 가장자리에 한쪽 뺨을 대고 두 팔을 아래로 축 늘어뜨린 채 잠들어 있었다.

소영을 업어서 집에 데려간 그날로부터 석 달쯤 뒤에, 한수는 다시 소영을 집으로 데려왔다. 봉황대기 고교야구대회 결승전이 벌어진 날이었다. 박노준이 병원으로 실려간 뒤 근근이 리드를 지키던 선린상고는, 7회 초에 연속 에러로 동점을 허용하고 적시타를 얻어맞아 역전당했다. 재역전을 기대하며 앉아 있는 소영의 배에서 꼬르륵 소리가 났다.

배고프지. 집에 가자.
한수의 그 말이 서운하게 들려서 소영은 당황스러웠다.
다 보고 가야지.
이걸로 끝났어.
야구는 구 회 말 투아웃부터라는 거 몰라?
쓰리아웃으로 끝났어.
두번째 '끝났어'에서 소영은 그 말이 뭔가 이상하다는 것을 알아챘다. 한수는 비관적인 예측이 아니라 이미 확정된 사실을 알려주듯 말하고 있었다.

그게 무슨 소리야. 너 오늘 좀 이상해.

미안해. 니 말이 맞아.

무슨 말. 너 이상하다는 말?

끝날 때까지 끝난 게 아니다. 요기 베라.

욕이 뭐라고?

베라. 요기 베라. 뉴욕 양키즈의 전설적인 포수야. 그가 말했어. 잇 에인트 오버 틸 이츠 오버.

끝났다며.

야구는.

그럼 뭐가 안 끝난 건데.

소영아.

응.

우리집에 가자.

너네 집에? 왜.

소영은 제 머리를 쥐어박고 싶었다. 그런 걸 묻는 바보가 어디 있담.

누나가 같이 오래.

누나가 집에 있다는 말이었다. 소영은 마음이 놓인다기보다 맥이 풀리는 느낌이었다.

누나 미용실에 있을 시간 아니야?

쉬는 날이야.

누나가…… 언니가 내 얘기 뭐라고 안 해? 지난번 일로.

잠든 모습이 예쁘대.

지난번과 달리 소영은 골목길을 제 발로 걸어서 한수네 집으로 갔다. 한숙은 소영에게 손수 빚은 만두를 대접했다. 친엄마가 일찍 죽고 새엄마도 떠난 뒤에 한숙은 아빠를 도와 만두를 빚었다. 소영은 만두를 스무 개 넘게 먹어치워 한숙을 기쁘게 했다. 식사 후에 세 사람은 마루에 둘러앉아 맥주를 마시며 음악을 들었다. 소영은 오래전부터 그들 남매와 함께 그런 시간을 가져온 것 같은 기분이었다. 전날 한숙이 미용실에서 빌려온 스테레오 카세트덱에서는 우진이 녹음해준 테이프가 돌고 있었고, 마루 한구석에서는 몇 해 전에 영만이 어느 집에서 들고 나온 철제 선풍기가 털털거리며 돌고 있었다. 한숙은 마치 아들이 데려온 며느릿감을 흡족해하는 엄마처럼 흐뭇한 눈길로 소영을 바라보곤 했다. 마루 끝에 놓아둔 모기향이 천천히 타들어가며 가느다란 연기가 피어오르고, 마당 수돗가의 젖은 시멘트 바닥이 달빛을 받아 반짝거리는 여름밤이었다. 소영은 눈을 감고 자기만의 풍경 속으로 들어가 아련히 들려오는 소리에 귀를 열었다. 마루에 흐르는 음악은 한 달 전 빌보드 차트 정상에 올랐던 에어 서플라이의 노래 〈더 원 댓 유 러브〉였다. 노래의 절정에서 러셀 히치콕은 천상의 목소리로, 무슨 말을 해야 할지 모르겠다는 말을 되풀이했다. 한수는 곁에 있는 두 사람과 주변의 모든 사물들을 찬찬히 둘러보며 생각했다. 이보다 더 완벽한 평화가 있을 수 있나. 그 평화를 지키기 위해서라면 몸과 마음을 다 바칠 수 있을 것이었다. 한수는 사랑스런 소영 앞에서 목숨을 걸고 맹세했다. 널 못 보게 훼방놓는 인간이 있으면 죽여버리겠어. 한수가 속으로 말했기 때문에 소영은 그 말을 들을 수 없었다.

한 달 뒤에 한수는 학원 친구 모세와 함께 청량리 모처에서 피를 팔았다. 모세는 한수의 친아버지가 나고 죽은 도시에서 고등학교를 다니다가 이학년 때 그만두고 서울로 온 친구였다. 한수는 피를 뽑기 전에, 이미 정기적인 매혈로 용돈을 벌고 있던 모세를 따라 일 리터가량의 물을 마셨다. 피가 묽어야 많이 팔 수 있다는 친구의 말을 한수는 이해하기 어려웠다.

380cc의 피를 팔고 모세와 헤어진 뒤에 한수는 맘모스백화점으로 갔다. 대왕코너 시절, 그곳에서는 삼 년에 걸친 세 번의 화재로 아흔일곱 명이 목숨을 잃었다. 망자들 중 일부는 그곳에 남아 참사의 흔적이 지워지는 현장을 목격하며 사후의 삶을 이어갔다. 보이지 않는 그들이 지켜보는 가운데 사람들은 분주히 오가며 물건을 사고 음식을 먹었다. 참사의 흔적보다 먼저 지워진 것은 참사의 기억이었다. 한수는 여성의류 매장에서 연두색 니트 한 벌을 사고 분식 코너에서 라면을 먹었다.

밖으로 나온 한수는 어지러워서 걸음을 멈추었다. 배를 채우는 것으로는 달랠 수 없는 허기가 그의 몸속을 돌아다니고 있었다. 해 질 무렵이었다. 청량리 역사에서 한 무더기의 사람들이 어스름 깔린 광장으로 쏟아져나왔다. 떠났다가 돌아온 이들과 돌아가기 위해 떠나온 이들 틈에서 어떤 이는 정처 없이 떠돌고 있을 것이었다. 한수는 자판기에서 커피를 뽑고 광장 귀퉁이에 놓인 벤치로 가서 앉았다. 카페인과 니코틴을 흡수한 한수의 몸은 활력과 안정을 함께 찾은 듯싶었다. 한수는 일어나서 걷기 시작했다. 어디로 가나. 친구들이 기다릴 썬웨이로는 가고 싶지 않았다. 한수는 혼자 있고 싶었다. 그럼 어디로 가

나. 아무도 기다리지 않을 집으로 가고 싶은 마음도 없었다. 한수는 혼자 있고 싶지 않았다.

걷다보니 한수는 휘경동에 와 있었다. 슈퍼 앞이었다. 한수는 의식하지 못했지만, 그의 몸은 가야 할 곳을 알고 있었다. 피가 빠져나간 한수의 몸속에서는 새로운 피가 만들어지고 있었다. 나머지 피도 예전과는 다른 피였지만, 새로운 피는 나머지 피와도 다른 피였다. 그 피는 훨씬 강하고 위험했다. 그 피는 다른 피와 섞이지 못하고 한수의 몸속을 돌아다니게 될 것이었다. 한수는 목이 말랐다.

한수가 슈퍼에서 사가지고 나온 것은 한 병의 소주였다. 피 뽑고 술 마시면 자살행위나 다름없다는 친구의 경고를 잊은 것은 아니었다. 한 남자가 빚을 갚으려고 피를 판 뒤에 울적해서 술을 마시는 바람에 매혈로 번 돈을 병원비로 날리게 된다는 내용의 소설도 기억하고 있었다. 한수는 어쩔 수가 없었다. 우유나 콜라 따위로는 해소할 수 없는 갈증이 그의 몸을 지배하고 있었다. 한수는 평상에 앉아 이빨로 마개를 따고 소주 한 모금을 들이켰다. 알코올을 흡수한 한수의 몸은 비에 젖은 풀잎처럼 싱그러웠다. 한수는 소주 반병을 단숨에 마셔버렸다. 식도를 타고 내려간 알싸한 기운이 심장으로 스며들어 박동수를 끌어올리고 피의 속도보다 빠르게 온몸으로 퍼졌다. 한수는 어지러웠다. 눈을 감으면 제 몸이 핑핑 돌고 눈을 뜨면 거리의 풍경이 빙빙 돌았다. 한수는 일어나려다가 몸을 가누지 못하고 평상 위로 쓰러졌다. 눈앞에 나타난 미자를 알아볼 새도 없이 한수는 정신을 잃었다.

*

눈 떠봐 한수야.

한숙의 말에 한수는 졸음에서 깨어났다. 거울에 비친 낯선 남자의 얼굴이 제 얼굴임을 알아보고 겸연쩍게 웃었다. 한숙이 스펀지로 한수 이마에 묻은 머리카락을 떼어내며 물었다. 어때.

누나 가위질은 느낌이 달라. 뭐랄까, 머리에서 독이 빠져나가는 기분이야.

스타일이 맘에 드냐고.

나 같지가 않아서 좋아.

니가 어때서.

요한은 목이 잘려 죽었지.

얘가 또 이상한 소릴 하네.

사슴이 장대에 올라서 해금을 켜는 걸 들었어.

한수야.

사슴은 달아나고 로버트 드 니로는……

정신 차려.

나 같지가 않아서 좋아.

한수는 시간을 되돌리듯 말했다.

그래. 한숙은 안도했다. 다음엔 아예 파마를 해줄까.

한수는 가슴에 흘어져내려 맨살을 간지럽히던 소영의 긴 물결머리를 떠올렸다.

그럴까.

140

그럴 수 없을 것이었다.

그러자.

다음에.

다음은 없을 것이었다.

그래. 니 머리 좀 길면.

한수는 소영과 함께 파마 롤을 주렁주렁 매달고 나란히 앉아 있는 모습을 상상했다.

이리 와. 머리 감겨줄게.

한숙이 동생에게 해줄 수 있는 최고의 대접이었다.

*

휘경동 슈퍼 앞에서 정신을 잃은 한수는 위생병원 응급실로 실려갔다. 한수를 병원으로 데려온 슈퍼 주인과 택시 기사는 한수의 몸이 붕 떴다가 평상 위로 떨어졌다고 입을 모았다. 그들은 한수의 가방을 간호원에게 맡기고 돌아갔다. 영만이 일할 때 쓰던 그 낡은 보스턴백은 백화점에서 산 옷이 들어 있어 불룩했다. 간호원은 가방을 뒤져 학원 수강증과 전화번호 수첩을 찾아냈다. 한숙은 전화를 받고 미용실을 나서기 전에 또 한 통의 전화를 받았다. 일 년 만에 걸려온 문오의 전화였다.

한수는 응급실 침대에 반듯한 자세로 누워 있었다. 혈압과 맥박과 호흡과 동공 등 모든 것이 정상이었다. 담당 인턴은 의학적으로 아무 이상이 없으니 기다려보자고 말한 뒤에 급한 환자를 보러 뛰어갔다.

한숙은 곤한 잠에 빠진 듯 편안해 보이는 동생의 모습을 지켜보았다. 흔들면 깨어날 것 같아 흔들어봤지만 깨어나지 않았다. 한숙이 전화를 걸러 간 사이에 한수는 입술만 잠시 깨어나기라도 한 듯 조그맣게 중얼거렸다. 쎄울 뺍띠뚜, 나고야 뜨엔띠쎄븐. 응급실로 돌아온 한숙은 침대 옆 의자에 앉아 문오와 우진에 대한 깊은 상념에 빠졌다. 자정이 막 지났을 때 장소에 어울리지 않는 박수소리와 환호성이 들려왔다. 카운터에 모여 TV를 보고 있던 일부 의료진과 환자 가족 들이 올림픽 개최 도시가 결정된 순간 터뜨린 소리였다.

새벽 네시가 지나서 한수는 깨어났다. 집에서 자다 일어난 사람처럼 자연스러운 모습이었다. 한숙은 의자에 앉은 채로 침대 발치에 엎드려 자고 있었다. 한수는 누나를 흔들어 깨웠다. 눈을 뜬 한숙은 벌떡 일어나며 물었다. 괜찮아?

배고파.

어떻게 된 거야. 이 동넨 왜 왔어.

친구 집에 놀러 왔다가……

길거리에 쓰러졌다며.

우유를 사먹고 나서 갑자기……

소주 사서 마신 게 아니고?

술은 친구 집에서 마셨지. 캡틴큐.

한수는 지난해 5월에 있었던 일을 말하고 있었다.

얼마나 마셨길래.

다 폭도들 때문이야.

폭도라니.

뉴스 안 봤어? 방송국 건물이 화염에 싸여 연기가 하늘로 치솟고 있습니다……

애가 무슨 소릴 하는 거야. 참, 내가 이럴 때가 아니지.

한숙이 의사를 부르러 간 뒤에도 한수는 뉴스 앵커 흉내를 멈추지 않았다.

*

미용실에서 나온 한수는 세화여고를 지나 남쪽으로 걷다가 성모병원 사거리에서 동쪽으로 방향을 틀어 사평로를 따라 삼호가든아파트 쪽으로 나아갔다. 눈을 감고 얼마나 갈 수 있을지 시험해봤는데, 열 걸음을 간신히 채운 뒤에 눈을 뜨지 않을 수 없었다. 바람은 잔잔했지만 한수의 덜 마른 머리카락 사이로 시린 기운이 파고들었다. 한수는 연거푸 재채기를 하면서 시계를 봤다. 세시가 가까워오고 있었다. 한수는 맹맹한 코를 문지르며 길가에 설치된 공중전화 부스의 문을 열고 들어갔다. 문을 닫자 거리의 소음과 찬 공기가 멀찌감치 물러나며 직육면체의 캡슐 같은 아늑한 공간이 한수를 둘러쌌다. 한수는 소영에게 전화했다.

여보세요.

나야.

한수니.

그래.

목소리가 왜 그래. 감기 걸렸니.

그런가봐.

팬티라도 입혀놓고 나올걸.

언제 갔어.

너 잠드는 거 보고.

그게 언젠데.

네시쯤.

너도 잠들지 그랬어.

잠이 안 와서.

잘 들어갔어?

응.

뭐 했어.

좀 자고, 일어나서 먹고, 일 좀 하고.

또.

니 전화 기다렸어.

깨울까봐 일찍 못 했어.

알아.

알아?

알지.

뭐 먹었어.

꽁치 넣고 김치찌개 끓였어.

통조림?

그렇지. 어디야.

길.

어느 길.

인생길.

싱거워. 어딘데.

몰라. 강남은 다 비슷해.

추운데. 올래?

아니.

그래.

많이 썼어?

새로 시작했어.

또 시작이야?

이번엔 달라. 끝낼 수 있어.

과연. 어떤 얘긴데.

니 얘기.

재미없겠네.

주인공이 전두환이야.

재밌겠는데.

넌 나의 뮤즈야.

이따 나올래?

글쎄. 봐서.

동전 더 넣었어.

잘했어.

전화가 끊어질 때까지 두 사람은 아무 말도 하지 않았다.

*

한수가 놈을 제거하기로 결심한 날은 1982년 1월 6일이었다. 그 무렵 한수는 집에서 놀고 있었다. 대학 입시를 치른 모든 수험생들이 마땅히 누려야 할 특권이었다. 학력고사에서 한수가 받은 점수는 340점 만점에 180점이었다. 체력장 20점을 제외하면 정확히 절반을 맞힌 셈이었다. 전년도에 그 점수로 서울대 법대에 합격한 사례가 있었지만, 또다시 미달사태가 일어나지 않는 한 대학 진학을 기대하기 어려운 점수였다. 원서라도 써보자는 한숙에게 한수는 전형료가 아깝다며 집에 쌀이 다 떨어져가는 현실을 일깨웠다. 문오를 들여놓은 뒤에 한수네 가계의 엥겔계수는 전보다 두 배 가까이 치솟았다. 경제활동을 하지 않는 건장한 남자 두 명을 먹여 살리느라 한숙의 손에서는 파마약 냄새가 가실 날이 없었다. 문오는 불후의 명곡이 탄생할 거라며 온종일 방에서 기타줄을 튕기고 놀았다. 그 소리가 듣기 심란해서라도 뭔가 변화를 꾀할 필요가 있다고 생각하며 한수는 일생일대의 휴가를 보내고 있었다.

그날은 삼십칠 년 만에 통행금지가 풀린 날이었다. 한수는 새벽 두 시에 잠에서 깨어났다. 문오의 이부자리는 비어 있었다. 한수는 마루를 건너오는 소리에 귀를 기울였다. 한수가 잠든 뒤에 한숙의 방으로 건너간 문오는 돌아오지 못하고 코를 골며 자고 있었다. 한수는 옷을 갈아입고 집 밖으로 나왔다. 골목은 쥐 죽은 듯이 조용했다. 검은 고양이 한 마리가 죽은 쥐를 물고 골목을 가로질러 어둠 속으로 사라졌다. 한수는 빠른 걸음으로 골목을 벗어났다.

한수와 소영이 만나기로 한 곳은 한양대 정문이었다. 소영은 굳게 닫힌 철문에 등을 기대고 서서 한수를 기다렸다. 목까지 여민 하얀 파카 안에 생일선물로 받은 연두색 니트를 입고서. 머리에 쓴 작은 헤드폰과 주머니에 든 워크맨 카세트 플레이어는 일 년 전에 민호가 사준 선물이었다. 소영은 좋아하는 음악을 들으며 한수를 기다렸다. 드문드문 거리를 오가는 사람들의 표정은 한결같이 들떠 있었다. 야간통행의 자유를 맛보려고 집에서 나왔거나 집으로 들어가지 않은 시민들이었다. 소영은 눈을 감았다. 그녀가 열한 살 때 처음 듣고 반해버린 노래, 매혹적인 피아노 연주에 실려 툴 툴 털어버리듯 노래하는 한 남자의 목소리가 귓속을 파고들었다.

노란 벽돌길이여 안녕. 소영은 환상 속에서 세 친구와 함께 노래하며 무지개다리를 건넜다. 겁쟁이 사자와 양철 나무꾼과 지푸라기 허수아비가 소영을 둘러싸고 흥겹게 춤을 추었다. 당신의 성 꼭대기에 날 가둘 순 없죠. 소영은 건너편 에메랄드빛 찬란한 마법의 도시를 향해 작별의 손을 흔들었다. 찾아봐요. 나 같은 애들이 널려 있을 테니. 온 더 그라운드……

노래가 끝나고 소영은 눈을 떴다. 서울의 동쪽은 춥고 어두웠다. 한수는 오지 않았다. 소영은 테이프가 두 번 돌 때까지 언 발로 서성이며 기다렸다. 한수는 오지 않았다. 새벽일을 나가는 사람들이 하나둘 정류장으로 모여들었다. 첫차가 오고 사람들이 떠났다. 한수는 오지 않았다. 소영은 다음 버스를 타고 약속 장소를 떠났다.

소영이 약속 장소에 도착했을 때 한수는 뚝섬 경마장 앞을 지나 오르막길을 달리고 있었다. 한양대 정문까지 일 킬로미터도 남지 않은 지점이었다. 당시 영국의 육상 스타 세바스찬 코가 갖고 있던 팔백 미터 세계기록은 1분 41초 73이었다. 계속 달렸다면 늦어도 오 분 안에 한수는 소영을 만났을 것이었다.

큰길에 다다른 한수는 멈춰 서서 숨을 고르며, 길 건너 샛강을 가로질러 뻗어 있는 성동교를 바라보았다. 건너편 야산 자락에 늘어서 있어야 할 한양대 건물들이 보이지 않았다. 그곳은 처음 보는 벌판과 숲이었다. 한수는 주위가 이상하게 밝다는 것을 깨달았다. 가로등은 모두 꺼져 있었고, 컴컴한 하늘에는 새벽별이 반짝이고 있었다. 한수는 길을 건너 다리로 다가갔다. 어른 키보다 큰 길쭉한 나무 궤짝들을 나란히 이어붙인 이상한 길이었다. 한수가 디디려는 궤짝 하나가 땅 밑으로 폭 꺼지며 뚜껑이 열렸다. 속은 비어 있었다. 한수는 비틀거리며 뒤로 물러났다. 우지끈 소리와 함께 콘크리트 다리와 전동차 레일이 통째로 무너져 말라붙은 강바닥에 내려앉았다. 다리 위를 달리던 트럭 두 대가 흔적도 없이 사라졌다. 소풍길이 험하구나. 귀에 익은 목소리에 한수는 고개를 돌렸다. 아버지. 한수 곁에 서 있는 영만은 거동이 불편한 노인이었다. 한수는 영만을 부축해서 비탈진 강둑을 타고 바닥으로 내려갔다. 그곳은 쓰레기와 잡초와 하얀 꽃 들의 세상이었고, 벌판을 지나 숲으로 가는 좁은 길이 곧게 뻗어 있었다. 길을 걷다가 한수는 땅속에 반쯤 묻힌 젊은 남자의 시체와 눈이 마주쳤다. 한수는 외면하고 걸음을 재촉했다. 숲의 입구서부터는 산책 나온 사람들이 줄지어 걷고 있었다. 오솔길 따라 흐르는 얕은 개울을 가만히 들여다보면, 크고 작은 시체들이 숨은 그림처럼 여기저기 누워 있었다. 아랑곳없이 풍경을 즐기는 사람들 틈에서 영만은 힘겨운 듯 앞만 보고 걸었다. 한수는 개울에서 떨어진 안쪽 길로 아버지를 이끌었다. 그들 앞에는 푸른 원피스 차림의 한숙이 사뿐사뿐 걷고 있었다. 한수가 불러도 돌아보지 않고 한숙은 멀어져갔다. 숲속에는 돌로 만든 작은 연못이 있었다. 초록빛 물 아래로 바닥이 비치는 얕은 연못이었다. 그 속에는 시체들이 보란 듯이 널려 있었고, 시체 위에 또 시체가 포개져 있었다. 한수는 그들 사이에 누워 수면 위로 얼굴을 내밀고 있는 한숙을 보았다. 물놀이를 즐기듯 여유로운 모습이었다. 거기서 뭐 하냐고, 빨리 나오라고 한수는 말하고 싶었다. 그러다 어쩌려고…… 간신히 그렇게 말을 꺼낸 한수와 눈이 마주친 한숙은, 반가움과 의아함이 뒤섞인 표정으로 주위를 둘러보더니, 놀라서 기겁을 하고 시체 더미에서 빠져나오려 애썼다. 시체들이 밀려와 허우적대는 그녀의 몸을 덮었다. 한숙은 울면서 시체를 떼어내고 가까스로 몸을 일으켰다. 시체들 중에서 한 여자가 따라 일어나 환하게 웃으며 손을 뻗었다. 그녀의 얼굴은 웃음을 머금은 채 밀랍인형처럼 굳어 있었다. 팔 년 전에 죽은 대통령 부인의 얼굴이었다. 엄마. 한숙이 다가오는 그녀를 부르며 뒷걸음질로 피해 연못에서 빠져나오더니, 그대로 뒤로 달려 숲의 어둠 속으로 사라졌다. 어휴, 이게 다 뭐냐. 영만이 얼굴을 찡그리며 주저앉았다. 못 볼 걸 봤구나. 영만은 괴로운 나머지 숨을 제대로 쉬지 못했다. 보지 말았어야…… 할 꼴을…… 보고 말았어. 사람들은 여전히 한가로운 모습으로 거닐고 있었는데, 모두 똑같은 웃음으로 굳어진 얼굴을 하고 있었다. 어휴 이걸…… 어쩌냐 이걸…… 누

가 좀…… 한수는 아버지를 등에 업고 출구 표지가 가리키는 쪽으로
나아갔다. 숲길은 마루가 깔린 복도로 이어졌고, 복도 끝에서 코너를
돌자 썩은 나무 계단이 아래로 뻗어 있었다. 한수는 영만을 업은 채
난간에 엉덩이를 걸치고 미끄러져내려갔다. 영만은 한수의 등에서 내
려 남은 길을 앞장서 걸었다. 좁고 어두운 터널 끝에 제복 입은 남자
가 지키고 서 있는 개찰구가 나타났다. 역무원은 둘 중에 한 명만 나
갈 수 있다고 말했다. 영만이 한수를 개찰구 밖으로 떠밀었다. 한수의
등뒤에서 육중한 철문이 쿵 소리를 내며 닫혔다. 한수가 나온 곳은 한
낮의 거리였다. 비탈진 거리에는 자동차도 사람도 다니지 않았다. 한
수는 길 한가운데 설치된 공중전화로 달려가 소영의 집에 전화했다.

한수야.

그래 나야. 한수.

뭔가 잘못됐어.

미안해.

지금부터 내가 하는 말 잘 들어.

화 많이 났어?

거긴 니가 있을 곳이 아니야.

여기가 어디지.

시간이 없어.

오래 기다렸어?

빨리 빠져나와야 해.

빠져나왔는데.

아니야. 내가 시키는 대로 해.

뭐든지.

전화를 끊고 눈을 감아.

알았어. 끊어.

아니아니! 얘기 다 듣고 끊어야지.

알았어. 다 얘기해.

눈을 감고 비탈길을 내려가.

눈 감고 걷는다. 그다음에.

빠져나오는 거야.

그게 다야?

다야.

눈은 언제 떠.

빠져나온 뒤에.

그게 언젠데.

그건 너만 알 수 있어.

안 보이는데 어떻게 알아.

때가 되면 알 수 있을 거야.

그 전에 눈을 뜨면 어떻게 되는데.

빠져나오지 못해.

눈을 뜨면 갇힌다.

잊지 마. 걸음을 멈춰서도 안 돼.

멈추지 않는다.

절대로.

멈추면 빠져나오지 못한다.

돌아오지 못해.

돌아가야 해.

이제 끊어. 빨리.

전화를 끊고 나서야 한수는 상대가 미자였음을 알았다.

한수는 눈을 감고 걷기 시작했다. 자기도 모르게 눈을 뜨거나 걸음을 멈출까봐 눈꺼풀에 힘을 주고 걸음의 숫자를 헤아렸다. 하나, 둘, 셋, 넷…… 열 걸음도 못 가서 한수는 방향감각을 잃어버렸다. 갑자기 벽이 가로막아 부딪칠 것 같아서 팔을 뻗어 저으며 나아갔다. 부딪쳐도 걸음을 멈추지 말자. 한수는 이를 악물었다. 그러자 이번에는 발을 뻗을 때마다 허공을 디딜 것만 같은 두려움이 몰려왔다. 바로 앞에 낭떠러지가 기다리고 있는 건 아닐까. 눈을 뜨기만 하면 간단히 빠져나올 수 있는 공포였다. 차라리 이곳에 갇혀버리고 말까. 하마터면 떠질 뻔한 눈을 질끈 감느라 한수는 끙 소리를 내며 몸을 웅크려야 했다. 한수는 멈춘 거라고 보기 어려울 만큼만 움직여 힘겹게 앞으로 나아갔다. 돌아가야 해. 조금씩. 천천히. 한수는 연탄을 가득 실은 리어카를 끌고 오르막길을 걷는 사람 같아 보였다. 뒤에 연탄 수레도 없이 내리막길을 그런 자세로 걷다보니 허리와 발목이 끊어질 듯 아팠다. 멈춰 서기만 해도 사라질 고통이라는 점이 고통의 가장 큰 원인이었다. 왜 돌아가야 하지. 한수는 애써 떠올린 소영의 얼굴을 놓치지 않으려 애썼다. 죽여버리겠어. 갑자기 피가 거꾸로 솟는 느낌과 함께 한수는 걷잡을 수 없는 살의에 휩싸였다. 자신과 소영의 만남을 틀림없이 누군가 방해하고 있다는 생각 때문이었다. 한수는 미쳐버릴 것 같았지만 그것은 착각이었다. 한수는 이미 제정신이 아니었다. 누군지 찾아내서 반드시 죽여버리고 말 거야. 돌아가서 할 일이 생기자 한수의 발걸음은 조금씩 빨라지기 시작했다. 구부정한 인류의 등이 점점 곧게 펴지는 상상의 그림처럼, 한수는 마침내 완전한 직립보행의 자세를 되찾았다. 그러자 한수가 떠올린 소영의 얼굴이 점점 커지더니 드넓은 광장이 되어 발 앞에 펼쳐졌다. 한수는 산책 나온 사람처럼 편안한 걸음걸이로 광장을 거닐었다. 멈춰 설 이유가 전혀 없었고 눈을 뜨고 싶다는 조바심도 일지 않았다. 어느 순간 한수는 감겨진 눈을 통해 햇살이 순식간에 물러나며 주위가 어두워지는 것을 느꼈다. 한수는 걸음을 멈추고 눈을 떴다. 먼동이 터오는 대학 캠퍼스 안이었다. 한수는 비탈길을 내려와 열린 교문 밖으로 나왔다. 소영은 보이지 않았다.

소영이 집에 도착했을 때, 집 안에는 불이 환하게 켜져 있었다. 약속은 바람맞고 외출은 들통나고, 날이 밝기도 전에 하루가 꼬일 대로 꼬여버린 셈이었다. 소영은 둘러댈 말을 준비하고 열쇠로 대문을 열었다. 잠이 안 와서 바람 좀 쐬고 왔어. 통금이 진짜 없어졌는지 확인도 할 겸. 준비한 대답을 되새기며 현관으로 들어선 소영 앞에 홍교감이 버티고 서서 물었다. 한수가 누구야. 전혀 예상치 못한 질문이었기에 소영의 어리둥절한 표정에는 꾸밈이 없었다. 누구냐니까. 한숙이 동생이라고 해봤자 이로울 게 없다는 생각에 소영은 잠자코 있었다. 홍교감 뒤에 서 있던 미영이 고개를 저으며 제 방으로 들어갔다. 너 제정신이야? 소영을 현관에 세워둔 채 홍교감의 닦달은 계속되었다. 시험은 개떡같이 봐놓고. 이 꼭두새벽에 사내자식을 만나러 나가? 너 그 자식 만나지도 못했지. 소영은 어떻게 알았느냐고 물을 뻔했다. 만나도 어디서 그런…… 새벽같이 남의 집에 전화해서 헛소리나 지껄이는 그런 정신 나간 놈을 만나고 다녀?

집에 들어온 한수는 먼저 누나의 방 안을 문틈으로 들여다봤다. 한숙은 문오 곁에서 새근새근 자고 있었다. 마음이 놓인 한수에게 피로감이 몰려왔다. 아버지도 무사하겠지. 제 방에 들어온 한수는 옷을 갈아입고 이불 속으로 파고들었다. 잠은 쏟아지는데 눈을 감기가 쉽지 않았다. 한수는 눈을 끔벅이다가 생각에 잠겼다. 이게 다 누구 탓인가. 눈을 감으면 고개 돌린 소영의 싸늘한 얼굴이 어른거려 견디기 어려웠고, 눈을 뜨면 그 얼굴이 천장 가득 부풀어올라 돌아버릴 것 같았다. 누가 우리의 평화를 해치려 하는가. 가만두면 그 훼방꾼이 또 무슨 흉계를 꾸밀지 모른다고 한수는 생각했다. 살려두면 안 돼. 그자가 살아 있는 한 자신의 인생은 계속 위험에 처할 수밖에 없다고 한수는 확신했다. 없애버려야 해. 제거하지 못하면 제거당한다. 그런데…… 한 가지 의문 앞에서 한수는 곤혹스러웠다. 그자가 누구지. 그자를 없애는 데 필요한 가장 중요한 정보를 아직 모르고 있다는 게 문제였다. 안 보이는 상대와 눈싸움을 벌이듯 한수는 허공을 노려보았다. 눈 뜨고 죽은 시체처럼 한수의 몸은 꿈쩍도 하지 않았다. 그의 몸속을 돌아다니는 이상한 피가 심장을 거쳐 뇌혈관에 스며들었다. 그자는…… 스르르 눈 감기 직전에 한수는 상대방의 정체에 대한 심증을 굳혔다. 그것은 매우 독창적인 판단이었다. 한수에게 제거 대상으로 찍힌 그자는 통행금지를 없앤 장본인이었다.

　　　　　　　　　　　*

　한수는 제일생명 사거리에서 강남대로를 건너 북쪽으로 걸었다. 그
길로 계속 가면 신사동을 지나 삼 년 전에 제3한강교에서 이름을 바
꾼 한남대교에 이르게 되고, 다리를 건너면 한수에게 낯익은 거리가
펼쳐질 것이었다. 우진은 그 동네를 떠났고 썬웨이도 문을 닫았지만,
오거리에서 동쪽으로 대사관들 즐비한 고갯길을 넘어 옥수동을 지나
면, 금남시장 맞은편 골목 어귀에 파란 대문 달린 작은 집이 나타나
고, 집 안으로 들어가면 꽁치 비린내 어우러진 김치찌개 냄새를 맡을
수 있을 것이었다. 이제 그만 걷고 좀 쉬는 게 좋겠어. 한수는 영동시
장 입구를 지나면서 그렇게 마음을 다스렸다. 콧물이 나오고 목이 따
끔거리고 팔다리가 으슬으슬 떨리는 게 몸살 기운까지 느껴지던 참이
었다. 두리번거리던 한수가 걸음을 멈춘 곳은 다모아극장 앞이었다.
　극장의 대형 간판은 상반신을 드러낸 근육질의 남자가 머리를 뒤로
젖힌 금발의 여자를 안고 있는 그림이었다. 그 포스터가 선전하는 영
화는 〈투 문 정선〉이었다. 두 개의 달이 합치는 곳. 그것은 영화에 나
오는 숲의 이름이었다. 그 옆에서 보조 간판에 조그맣게 소개된 또 한
편의 영화는 〈지옥의 묵시록〉이었다. 매우 길다는 점 말고는 킬링타
임용으로 어울리지 않는 영화였다. 어차피 무슨 영화가 걸려 있든 상
관없는 한수는, 번갈아 틀어주는 두 영화의 상영시간도 확인하지 않
고 영화관의 어둠 속으로 들어갔다. 스크린에는 마릴린 먼로의 후계
자로 떠오른 셰릴린 펜이 웨딩드레스를 입고 굳은 표정으로 서 있었
다. 한수는 어둠에 눈이 익기를 기다렸다가 가까운 빈 의자에 앉았다.

셰릴린 펜의 극중 이름은 에이프릴이었다. 에이프릴은 원치 않는 결혼식을 치르는 중이었다. 그녀가 원하는 남자는 투 문 정션에서 그녀를 기다리고 있었다. 그 남자 테드는 인디언 혈통에 야성미 넘치는 가난뱅이 떠돌이였다. 그를 찾아 숲으로 온 사람은 라이플로 무장한 보안관이었고, 보안관을 보낸 사람은 에이프릴의 할머니였다. 그녀는 명문가의 기품 있는 어른으로서 테드를 죽일 생각이었다. 테드는 죽지 않고 숲을 떠났다. 에이프릴은 결혼식을 마쳤다. 그렇게 끝나는가 싶던 영화는 마지막 신에서 셰릴린 펜의 벗은 몸을 보여주고 끝났다. 에이프릴이 뿌연 수증기에 싸여 샤워를 하는 장소는 테드가 묵고 있는 모텔이었다.

끝부분을 조금 봤을 뿐이지만 한수는 감동했다. 결국은 다시 만나게 되다니. 테드가 죽음의 위기에 처했을 때 한수는 긴장했다. 저렇게 가면 안 되지. 다행히 테드가 죽음을 모면해서 그것만으로도 좋았는데, 에이프릴이 그에게 가기 위해 집을 뛰쳐나온 결말 앞에서 한수는 더 바랄 게 없었다. 그뒤로 두 사람은 오래오래 행복하게 살았을까. 그것은 얼마나 비겁하고 어리석은 질문인가. 오지 않은 불행을 두려워하지 말라. 영화는 그렇게 끝났고, 한수는 깜빡 잠들었다.

한수를 깨운 것은 바그너의 오페라였다. 〈니벨룽의 반지〉에 나오는 〈발퀴레의 비행〉. 발퀴레는 북유럽신화에서 말을 타고 전쟁터의 하늘을 날아다니며 병사들의 삶과 죽음을 결정하는 저승의 사자들이었다. 스크린 속 하늘에는 미합중국 해병대 소속의 헬리콥터 편대가 날고 있었다. 비행중인 헬기에서 바그너를 튼 사람은 킬고어 중령이었다. 그는 부하들과 격의 없이 어울리며 동고동락할 줄 아는 리더였다.

부하들은 그를 믿고 따랐다. 그가 탄 헬기에는 고성능 스피커가 실려 있고 랜딩 스키드에는 서핑 보드가 얹혀 있었다. 킬고어는 서핑에 미친 사람이었다. 그는 서핑할 때 거슬린다는 이유로 베트남 해변의 마을을 초토화시키러 가고 있었다. 서핑이 아니더라도, 킬고어는 정신이 온전하다고 보기 어려운 자였다. 불바다가 되는 마을을 보면서 그는 중얼거렸다. 아이 러브 더 스멜 오브 네이팜 인 더 모닝.

한수는 한가롭던 베트콩 마을이 순식간에 인간 사냥터로 변하는 장면을 지켜보았다. 저렇게 가는 거지. 죽어야 할 아무 이유 없이 단숨에. 한수는 러시안룰렛을 생각했다. 육 연발 리볼버의 총구를 관자놀이에 대고 방아쇠를 당기는 것에 대하여. 죽지 않을 확률이 팔십 퍼센트가 넘는 게임이 미치도록 숨막히는 공포를 불러일으키는 까닭은 자명했다. 어느 구멍에 총알이 들어 있는지 모르니까. 16.7퍼센트의 확률이 언제 닥칠지 알 수 없으니까. 한수의 머릿속에서 총알 한 개를 꽂아넣은 권총의 실린더가 차르르 돌아갔다.

영화 〈디어 헌터〉에서 닉과 마이클은 총알을 세 개나 넣고 연거푸 두 번을 쐈는데 죽지 않았다. 마이클이 당긴 첫 방아쇠의 확률은 반반이었고, 닉의 차례에서 총알이 발사될 확률은 육십 퍼센트였다. 두 번 중 한 번은 죽는 것이 순리였다. 순리를 어긴 대가로 두 명 중 한 명은 넋을 잃었다. 닉이 견딜 수 없었던 것은 실린더의 빈 구멍을 때리는 해머 소리였다. 철컥. 얼마나 듣고 싶은 소리였을까. 철컥. 목숨이 붙어 있음을 알리는 소리. 죽음이 늦춰졌음을 일깨우는 잔인한 소리. 닉은 결국 자신을 망가뜨린 지옥의 게임으로 돌아왔다. 빠져나왔지만 빠져나갈 수 없다는 것을 알고 나서 다른 길은 없었다. 닉은 죽음의 확률에 자신을 맡기지 않고는 살아 있음을 견딜 수 없었다. 게임은 닉을 지배했다. 닉은 자신을 구하러 온 친구 앞에서 넋이 빠진 모습으로 마지막 원 샷을 당겼다. 따앙…… 총알의 뇌관이 터지는 소리를 그는 들었을까. 죽음은 닉이 게임에서 자유로울 수 있는 유일한 길이었다. 친구의 시신을 거두어 고향으로 돌아온 마이클은 살아남은 친구들과 함께 사슴 사냥을 나갔다. 마이클은 사슴을 쏘지 못했다.

한수는 왼쪽 손목을 덮은 옷소매를 들췄다. 시곗바늘의 희미한 연두색 야광이 어둠 속에서 둔각으로 벌어져 있었다. 다섯시 오십분이었다. 스크린의 영화는 어둠의 심장에 가까이 다가가기 위해 정글 사이로 흐르는 강줄기를 거슬러오르고 있었다. 한수는 온몸이 쑤시는 통증을 참고 일어나 어둠 밖으로 나왔다.

*

새벽에 소영을 바람맞히고 돌아온 날, 한수는 누나에게 독립하겠다고 말했다. 한숙은 재수해서 대학에 간 다음에 하라고 말렸다. 그것은 진심 어린 빈말이었다. 한수는 취직해서 돈을 벌겠다고 말했다. 같이 듣고 있던 문오가 슬그머니 일어나 밖으로 나갔다. 한숙이 미안하다고 하자, 한수는 문오 때문에 따로 살려는 게 아니라고 했다. 그럼 왜 그러냐는 한숙의 물음에, 때가 되었다고 한수는 답했다. 한숙은 독산동에 전화해서 아빠에게 한수의 결심을 전했다. 영만의 반응은 둘이 알아서 살라는 것이었다. 한수는 동네 제화점 주인의 소개로 구둣가게에 일자리를 얻었다. 가게는 종로3가에 있었다. 한숙은 방 두 개짜리 전세를 빼서 전세방 한 개와 사글셋방 한 개를 얻었다. 한숙이 문오와 함께 살 동네는 아현동이었고, 한수가 혼자 살 동네는 세검정이었다. 한수가 그 동네를 고른 이유는 자명했다. 피 묻은 칼을 씻기 위해서? 칼도 칼이지만 한수의 자취방에서 놈의 거처까지는 겨우 몇백 미터 거리였다. '놈'은 한수가 제거 대상에게 붙여준 코드 네임이었다.

그날 독립을 선언하기에 앞서 한수는 소영의 집에 전화했다. 누나의 도움을 받지 않고. 전화를 받은 사람은 홍교감이었다. 한수는 공손히 인사하고 자신이 누구인지 밝히려 했다. 저는 소영이 친구…… 홍교감이 말을 끊었다. 너 한수지. 한수는 소영의 어머니가 자기를 알고 있다는 사실에 가슴이 뭉클해서 얼른 대꾸하지 못했다. 홍교감은 신중하게 상대를 확인했다. 한수 맞지. 한수는 씩씩하게 대답했다. 예, 어머니. 그 말에 홍교감은 이성을 팽개쳤다. 뭐 이 자식아. 내가 왜 니 에미야 이놈의 자식아. 너 우리 소영이 인생 망치려고 작정했지. 걔 대학 떨어지면 니 책임인 줄 알아. 나쁜 놈. 왜 자꾸 전화질이야 이 정신 나간 놈아! 한수는 조용히 수화기를 내려놓았다. 한수가 일찌감치 표적을 확정하지 않았다면 홍교감이 제거 대상으로 찍혔을지도 모를 일이었다. 한수는 홍교감의 속이 뒤집어진 것도 다 놈의 탓이라고 여겼다.

세검정으로 이사한 뒤에 한수는 출퇴근을 걸어서 했다. 왕복 십 킬로미터 거리였다. 퇴근할 때 마지막 가파른 오르막 구간은 달리기로 돌파했다. 숨이 턱에 차서 자취방에 도착할 때쯤에는 미자를 볼 수 있었다. 첫날 한수는 숨을 고른 뒤에 미자에게 물었다. 지난번엔 어떻게 된 거야.

　그럴 때가 있어.

　그럴 때라니.

　문이 열리는 거지.

　문은 못 봤는데.

　안 보이니까. 보이지 않는 라인이 생겼다가 사라지는 거야.

　라인?

　커트라인 같은 거야. 그 선에서 문이 열리는 거지.

　누가 여는데.

　누가 연다기보다…… 문이 열리는 거야.

　너도 잘 모르는구나.

　아무도 몰라.

　언제 또 열릴지도.

　몰라. 아무튼 넌 돌아왔어.

　니 도움으로.

　니가 해낸 거야.

　돌아와야 했으니까.

　누구 때문인지 알아.

　해야 할 일이 생겼거든.

　무슨 일.

　아직은 말할 수 없어.

　미자에게조차 털어놓지 않은 한수의 계획은 간단했다. 먼저 몸을 만들고, 그다음에 놈을 없앤다. 어떻게 없앨 것인가? 몸을 만들고 나면 방법은 자연스레 떠오를 것이었다. 한수는 아침마다 체조로 몸을 풀었고, 밤마다 스트레칭으로 유연성을 길렀으며, 틈날 때마다 팔굽혀펴기와 윗몸일으키기로 근력을 키웠다. 한 달만에 한수의 심폐기능은 비약적인 향상을 이루었고, 그에 따라 미자가 한수 앞에 나타나는 횟수는 눈에 띄게 줄어들었다. 미자는 나타나서 사라질 때까지 소설이나 영화 얘기를 들려주곤 했다.

첫 월급을 탄 날 한수는 반나절의 휴가를 허락받고 아현동까지 걸었다. 일찍 퇴근한 한숙은 문오와 함께 방을 치워놓고 한수를 맞았다. 한수는 빨간 내복 대신 다진 돼지고기와 소고기가 반근씩 든 봉지를 내밀었다. 문오는 술이 필요하겠다며 한숙에게 손을 내밀었다. 한숙은 숙주나물도 사오라며 천원짜리 두 장을 쥐여줬다. 방에 딸린 작은 부엌에서 한숙이 밀가루 반죽을 만드는 동안, 한수는 방 안에서 다리 찢기와 팔굽혀펴기를 했다. 돌아온 문오와 함께 한수 남매는 만두를 빚고 소주를 곁들여 저녁을 먹었다. 기분이 좋아진 문오는 드디어 곡이 완성됐다며 기타를 끌어안고 노래를 들려줬다. 한수는 심란했다. 한숙은 소영이 생각난다며 한수에게 안부를 물었다. 한수는 자기도 생각난다며 소주를 한입에 털어넣었다.

한수가 소영을 다시 만난 것은 두번째 월급날이었다. 만나기 일주일 전, 소영은 우진의 전화를 받았다. 우진은 한수에게 부탁받은 대로 셋이 함께 보자고 말했다. 그러지 않아도 너한테 그러자고 전화할 참이었어. 일주일 뒤 두 재수생은 충정로 학원가에서 만나 지하철을 타고 종로로 왔다. 해 질 무렵이었다. 3월의 끝이지만 저녁공기는 여전히 차가웠다. 행인들은 봄옷을 입고 겨울의 길손처럼 움츠리고 걸었다. 한수는 가슴을 쫙 펴고 종로서적 일층 매장 입구에 서 있었다. 소영과 우진이 나타나자 한수는 습관처럼 두 사람의 발부터 쳐다봤다. 이백삼십, 이백육십오. 두 사람은 자기도 모르게 한수의 시선을 따라 발밑을 내려다봤다. 세 친구는 잠시 밀레의 〈만종〉에 나오는 농부처럼 누군가의 죽음을 애도하는 자세로 서 있었다.

오랜만이다 너. 소영이 한수의 어깨를 치며 말을 걸었다. 고개 들어 소영과 눈이 마주친 한수는 전쟁터에서 살아 돌아온 병사 같은 분위기를 잡고 말했다. 못 보는 줄 알았어. 소영은 웃으며 가볍게 대꾸하고 싶었지만 뜻대로 되지 않아 가만히 있었다. 배고프다. 가자. 우진이 두 사람을 이끌지 않았다면 종로서적 입구에 마주보는 두 개의 마네킹이 설치될 뻔했다.

한수는 월급턱으로 돈까스와 병맥주를 샀다. 장소는 말로만 듣던 '썸씽'이었다. 썸씽은 테이블마다 인터폰이 달려 있어 손님들끼리 대화가 가능한 최첨단 까페였다. 돈까스는 썬웨이보다 작고 비싸고 맛없었다. 소영은 먹고 마시는 내내 마주앉은 한수에게서 눈을 떼지 않았다. 우진이 화장실에 간 틈을 타서 소영이 한수에게 물었다. 그날 어떻게 된 거니.

미안해.

왜 안 나왔냐고.

나갔어. 나갔는데 늦었어.

늦게 일어났어?

162

아니. 길을 잃었어.

매일 다니는 길을?

다른 길이었어.

무슨 소리야.

문이 열린 거지.

무슨 문.

나도 잘 몰라.

더 묻지 않을 만큼 소영은 한수를 알고 있었다. 소영은 진짜 하고 싶은 말을 꺼냈다.

좋아 보인다.

좋아.

뭔가 달라졌는데. 뭔지 모르겠어.

달라진 거 없는데.

일단 얼굴이, 아니 몸 전체가······

달라졌다고?

좋아. 좋아졌어.

운동을 좀 했거든.

그랬구나. 어쩐지. 너 근사해 인마.

우진이 한수 옆에 앉으며 말했다.

운동을 했더니.

그래. 운동했다며.

응. 운동을 열심히 했어.

잘했어. 계속해. 운동.

알아. 운동을 멈추면 안 돼.

한수는 깍지 낀 손을 뒤집어 팔을 뻗고 목을 좌우로 천천히 돌렸다. 두 남자의 기묘한 대화를 들으며 소영은 한수에게 일어난 더 큰 변화는 무엇일까 생각했다. 한수는 직장이 있다, 한수는 돈을 번다, 한수는 혼자 산다…… 한수를 주어로 하는 짧은 문장들이 소영의 머릿속에서 줄을 섰다. 한수는 운동을 한다, 한수는 보기 좋다, 보기 좋은데 뭔가…… 이상하다, 한수는 원래 이상하지, 한수는……! 소영은 손에 쥐고 있는 물건을 찾고 있었던 것 같은 기분으로 의문의 해답을 찾아냈다. 한수는 눈을 깜박이지 않았다.

*

버스를 타고 구반포로 돌아온 한수가 레스토랑 '타임'의 문을 열고 들어선 시각은 여섯시 삼십분이었다. 퇴근시간이라 터미널 앞길이 막힌 탓이었다. 창가에 앉아 있는 민호가 손을 들었다. 민호와 마주앉으며 한수가 말했다. 몰라볼 뻔했다.

머리가 아직 짧아서.

너무 오랜만이기도 하지. 아무튼 고생했다.

육개장이 고생은 무슨.

육개장은 '육 개월 석사 장교'의 속칭이었다.

많이 기다렸냐.

말하면서 얼굴을 찡그리는 한수에게 민호가 대답과 함께 물었다.

삼십 분. 어디 아프냐.

괜찮아.

약 먹었어?

감긴데 뭐.

약을 먹어야지.

한수는 담배를 피워물었다.

약 꼭 먹어라.

곧 떠난다며.

빨리 끝내고 와야지.

돌아오기 위해 떠나는 이의 떠남은 견딜 만할 것이었다.

박사과정?

아니. 엠비에이.

엔비에이? 농구 배우러 가냐.

엔이 아니고 엠, 비, 에이. 매스터 오브 비즈니스 어드미니스트레이
션이라고……

아, 비지니스. 아무튼, 공부 오래 하네.

그러게. 하다보니까.

우진이 안 온다.

오겠지.

소영이 올지도 몰라.

그래?

둘은 침묵했다.

*

　소영은 한수의 눈에 대해 말하지 않았다. 알고도 그런다면 어쩔 수 없고, 모르고 그런다면 모르게 두는 편이 나을 것 같아서였다. 몽유병자를 깨워서는 안 되는 것처럼. 한수 옆에 앉은 우진은 알아채지 못한 눈치였다. 어쩌면 이미 알고 있는지도 모르지. 소영은 우진이 먼저 말할 때까지 모르는 척하기로 했다. 헤어질 때 한수는 안타까운 눈길로 소영을 바라보며 말했다. 조심해서 가. 소영은 고개를 끄덕였다. 늘 조심해야 한다는 거 알지. 소영은 무슨 소리냐고 하려다 말고 다시 고개를 끄덕였다.

　집에 들어온 소영은 언니에게 눈을 깜박이지 않는 병도 있냐고 물었다. 갓난아기가 그렇다고 미영은 말했다. 따라서 병은 아니고 뇌가 덜 발달해서 그런 거라는 설명이 이어졌다. 갓난아기만 그러냐는 소영의 물음에, 뭔가에 지나치게 몰두하면 그럴 수 있다는 대답이 돌아왔다. 소영은 또 물었다. 눈을 계속 뜨고 있으면 어떻게 되는데.

　눈이 상하지.

　멀 수도 있나.

　멀기 전에 미쳐버릴걸.

　미영은 정신병원에 가면 좀처럼 눈을 깜박이지 않는 환자들이 있다는 얘기를 들려줬다.

　어떻게 해야 돼.

　뭘.

　눈을 안 깜박이면.

그럴 땐…… 눈을 깜박여야지. 왜. 누가 그래.

친구가 좀.

눈을 깜박이라 그래. 의식적으로.

그래도 될까.

그래도 될까라니.

그러면 안 될 거 같아서.

무슨 소리야.

아니야. 알았어.

그뒤에 소영은 한 달에 한 번꼴로 한수를 만났다. 만나면 한수의 눈부터 확인했는데, 조금 충혈되기는 했어도 특별히 상한 것 같아 보인 적은 없었고, 오히려 눈빛이 점점 깊고 날카로워진다는 느낌이었다. 한수는 여전히 눈을 깜박이지 않았고, 그것에 대해 말하면 안 될 것 같다는 소영의 느낌도 여전했다.

소영이 한수와 만날 때는 늘 우진과 함께였고 가끔 민호가 나오기도 했다. 소영은 한수와 단둘이 보고 싶은 마음이 없지 않았지만, 한수가 그러자고 할 때까지 기다릴 생각이었다. 한수는 소영이 그러자고 해도 둘만 보는 약속은 피하고 싶었다. 소영과 단둘이 있고 싶은 마음은 굴뚝같았지만, 놈을 없애기 전까지는 조심해야 한다는 생각이 굴뚝보다 컸다. 한수와 소영이 만나는 방법은 누군가와 함께 만나는 것뿐이었다. 우진은 아침 일찍 집에서 나오기 위해 학원을 다니고 있었다. 다시 말해 시간이 남아돌았다. 한숙의 소식을 들을 수 있는 자리를 마다할 이유가 없었다.

셋이 만나면 술 마시는 것 말고 특별히 할 게 없었다. 그들만 특별히 그런 게 아님은 물론이었다. 문제는 술이 아니라 돈이었다. 우진은 재수생의 용돈과 성적은 반비례한다고 믿는 부모의 아들이었고, 소영은 누구 말대로 '겨우 국민학교 교감 딸'이었다. 그리고 셋 중에 유일하게 돈을 버는 사람이 하필이면 한수였다. 월세와 식비 등 최소한의 생활비로도 빠듯한 한수의 박봉을 매달 유흥비로 축낼 수는 없었다. 술값 조달이 여의치 않은 날에는 우진이 두 친구에게 양해를 구하고 민호를 불러냈다. 연락이 닿기만 하면 민호는 순순히 나와서 당연한 듯 계산을 책임졌다. 소영은 언제 너와 사귀다가 헤어졌냐는 듯이 민호를 대했다. 민호는 다행스러운 한편 서운하기도 했다. 한수는 혹시 민호가 놈의 하수인일지도 모른다고 조심하며 경계의 끈을 늦추지 않았다.

무교동 '템테이션'에 넷이 모여 술자리를 벌인 날이었다. 까페 분위기로 차려놓고 소주도 팔아서 인기 있는 술집이었다. 그날따라 민호는 근사하게 차려입고 나와 소영의 관심을 끌려는 낌새가 역력했다. 한수는 민호를 떠볼 기회를 엿보고 있었다. 한수의 마음을 읽기라도 한 듯 우진이 민호에게 데모는 해봤냐고 물었다. 민호는 운동이 체질에 안 맞는 것 같다고 답했다. 운동 체질은 한수라고 소영이 농담을 던졌지만 아무도 웃지 않았다. 우진은 민호에게 전두환은 체질에 맞냐고 물었다. 한수는 숨을 죽였다. 민호는 어쨌든 대통령 아니냐는 식으로 얼버무리고 넘어갔다. 우진은 더 묻지 않았다. 술값을 낼 사람은 민호였다. 나설 때가 됐다고 판단한 한수는 다 알고 있다는 듯이 민호에게 물었다. 놈은 잘 있냐. 놈이 누군지 모르는 민호의 반문은 자연스러웠다. 놈이 누군데. 한수는 우진의 지포 라이터로 담배에 불을 붙여 한 모금 빨고 연기를 천천히 내뿜은 뒤에 말했다. 나보다 니가 더 잘 알 텐데. 민호는 짜증 섞인 목소리로 다시 물었다. 글쎄 누굴? 한수는 속으로 민호에 대한 의심을 누그러뜨리며 마지막 확인을 시도했다. 놈한테 전해라. 조심하는 게 좋을 거라고. 민호는 한수를 무시하고 우진에게 말했다. 애 좀 안 나오게 할 수 없냐. 지 혼자 영화 찍고 있잖아. 눈도 한 번 안 깜빡거리고. 애 좀…… 이상하지 않냐는 말이 나오기 전에 소영이 얼른 끼어들었다. 싫으면 니가 안 나오면 되잖아. 민호는 당황해서 우진을 쳐다봤고, 우진은 난처한 표정으로 소영을 바라봤다. 소영은 한수의 두 눈이 촉촉히 젖으며 살며시 감기는 것을 보았다.

*

우진을 태운 버스가 구반포 정류장에 멈춘 것은 저녁 일곱시가 다 되어서였다. 버스에서 내린 우진은 저만치 보이는 레스토랑 타임의 불빛을 향해 걸음을 떼놓았다. 무대의 커튼이 열리듯 버스가 우진을 지나쳐 이수교 쪽으로 멀어져갔다. 우진은 무심코 길 건너편 상가로 눈길을 돌렸다. 미용실 문이 열리며 여자 둘이 밖으로 나왔다. 우진은 걸음을 멈추었다. 손님으로 보이는 여자가 머리를 매만지며 못마땅한 표정으로 뭐라고 종알거렸다. 머리를 연신 조아리며 쩔쩔매는 미용실 주인의 얼굴을 우진이 몰라볼 수는 없었다. 손님을 보낸 뒤에 하숙은 하늘을 한번 쳐다보고는 두 팔로 제 어깨를 감싸고 진저리를 치며 미용실 안으로 들어갔다. 우진은 미용실의 불빛을 바라보며 지나간 세월을 헤아려봤다. 오 년 만인가. 아니지. 작년에 봤구나. 오늘처럼 거리에서 우연히. 우진은 불현듯 담배 생각이 나서 주머니 속을 더듬었지만, 제 돈 주고 사본 지 오래된 담배가 손에 잡힐 리 없었다. 우진은 한숙이 조금 전에 그랬듯이 고개 들어 허공을 올려다봤다. 어두운 하늘을 배경으로 하얀 눈발이 흩날리며 내려오고 있었다. 횡단보도를 건너던 연인 한 쌍이 손을 뻗어 눈을 받으며 좋아했다. 첫눈이었다. 붉은 신호등이 켜질 때까지 서 있다가, 우진은 몸을 돌려 약속 장소를 향해 다시 걸음을 내디뎠다.

*

핑크빛 네온 간판으로 손님을 유혹하는 술집 템테이션에서, 한수는 오랜만에 마음의 평화를 느꼈다. 친구에 대한 의심이 풀리고 소중한 사람의 마음을 엿본 덕이었다. 그 평화의 다른 이름은 믿음이었다. 한수는 더이상 민호를 연애와 인생의 적으로 여기지 않게 되었고, 소영의 표정이나 몸짓 하나라도 놓칠세라 신경을 곤두세우지도 않게 되었다. 그 평화의 또다른 이름은 자유였다. 믿음은 자유를 낳고 자유는 평화를 낳고 평화는 한수의 눈을 정상으로 돌려놓았다. 소영은 안심했고 우진은 무심했다. 우진은 한수의 눈이 정상으로 돌아온 사실을 알지 못했다. 한수의 눈이 비정상이었다는 것을 몰랐기 때문이었다. 우진은 한숙에게 돌아온 문오가 다시 떠나갈 날만을 기다리며 살고 있었다.

한수는 자유와 평화를 지키기 위해 힘을 길렀다. 아직은 싸울 때가 아니라는 것을, 싸움은 단 한번뿐이라는 것을 알고 있었다. 단 한번의 싸움에서 해치우지 못하면 그것으로 끝이라는 것을. 한수가 힘써 기른 것은 체력만이 아니었다. 직장에서 인정받아 생활을 버텨낼 힘이 필요했다. 신발가게 점원생활 열 달 만에 손님의 신발 사이즈를 알아맞히는 한수의 능력은 업계 최고 수준에 이르렀다. 한수가 틀릴 때는 십중팔구 손님이 잘못 알고 있는 경우였다. 사람들은 한수의 타고난 눈썰미에 감탄했다. 한수는 온갖 신발들을 섞어놓고 치수를 맞히는 연습을 하루도 거르지 않았다.

손님에게 신발을 신겨줄 때도 한수는 뛰어난 능력을 발휘했다. 구둣주걱을 끼고 빼는 타이밍도 완벽했지만, 무엇보다 손님의 발을 대하는 한수의 정성 어린 자세는 어떤 베테랑도 흉내낼 수 없는 것이었다. 자신이 맡은 모든 발을 소영의 발이라고 여기며 다루는 것이 한수의 비결이었다. 손님들은 한수를 신뢰했고 한수가 골라주는 신발을 신뢰했다. 믿고 신는 신발이 편하지 않기는 어려웠다. 단골이 늘어난 가게의 매출이 늘지 않을 도리가 없듯이. 연말에 한수는 인상된 월급과 함께 특별 보너스를 받았다. 한수는 그 돈으로 방에 전화를 놓았다. 한수의 스무 살 한 해는 그렇게 저물었다.

해가 바뀌자마자 한수는 검도장을 찾아갔다. 등록 서류를 꾸미라는 사범에게 한수는 상담을 요청했다. 궁금한 게 있으면 물어보라고 사범은 말했다. 한수는 도장에 즐비한 죽도를 가리키며 저걸로 사람을 죽일 수 있냐고 물었다. 사범은 죽도록 패면 죽지 않겠냐고 농담으로 대꾸했다. 그럴 시간은 없을 거라고 한수는 생각했다. 고수는 신문지

둘둘 만 걸로도 일격에 치명상을 입힐 수 있다고 사범은 덧붙였다. 그렇게 되는 데 얼마나 걸리냐는 한수의 물음에, 사범은 관장님 연세가 환갑이 다 됐다는 말로 대답을 대신했다. 한수는 미련 없이 도장을 나왔다.

겨울이 끝날 무렵 우진은 한숙을 만났다. 입대를 며칠 앞둔 날이었다. 일 년을 기다렸지만 문오는 한숙을 떠나지 않았다. 군대도 갔다 왔으니 범죄를 저지르거나 국가의 범죄를 문제삼지 않는 한 어디로 끌려갈 일도 없을 것이었다. 얼마나 더 기다려야 하나. 우진은 군대에 가서 기다리기로 했다. 한숙은 우진의 머리를 공짜로 밀어주고 중국집에 데려가서 탕수육에 빼갈을 시켜줬다.

뭐 더 먹고 싶은 거 없니.

우진은 술김에 용기를 내서 대답했다.

누나.

왜.

누나라고.

뭐가.

누나라니까.

너…… 탕수육이나 많이 먹어.

누나랑 자고 싶어.

안 돼.

왜.

생리야.

난 괜찮아.

한숙은 술잔을 단숨에 비웠다.

너 해봤어?

구름에 가려서 안 보여.

뭔 소리야.

한숙은 뒤늦게 피식 웃었다.

애인 생기면 해봐.

끝까지 책임을 져야지. 한번 건드렸으면.

한숙은 탕수육 한 점을 소스에 찍어 우진의 입에 넣어줬다.

누나가 다…… 우진은 고기를 씹으면서 말했다. 가르쳐줬잖아. 그거 빼고는 다…… 해봤잖아 우리.

내가 미쳤지.

나도 미쳤어. 지금도 미치겠어.

우진아.

나 군대 간다고 누나.

마저 먹어.

이거 다 먹으면 나랑 자는 거다.

너 취했지.

그래. 취했다. 누나도 빨리 취해라.

빨리 먹어. 먹고 가자.

어디로.

두 사람은 삼차까지 마시고 여관으로 갔다. 한숙도 취했고 우진은 인사불성이었다. 끈질기게 조른 끝에 한숙의 허락을 받아내고 좋아서 연거푸 원샷으로 마신 소주 두 잔이 결정적이었다. 한숙이 씻는 동안 우진은 잠들었다. 침대에 엎어진 우진의 까칠한 머리를 쓰다듬어주고 이불을 덮어준 뒤에 한숙은 여관을 떠나 문오가 기다리는 방으로 갔다. 다음날 오전 열시 오십팔분, 우진은 사이렌 소리에 깨어났다. 옷을 다 입은 채였고 한숙은 보이지 않았다. 우진은 가슴을 치며 후회하다가 방바닥에 토했다.

　같은 시각 한수는 종로구 사간동 프랑스문화원 앞에 서 있었다. 직장생활 일 년 만에 처음으로 주어진 사흘 휴가의 첫날이었다. 일주일 전 가게 주인은 한수에게 휴가를 주면서 소정의 금일봉을 지급했다. 이 돈과 시간을 어떻게 써야 잘 썼다고 소문이 날까. 첫날은 누나랑 고기 한 근 사들고 아버지를 보러 독산동에 다녀올까. 둘째 날은…… 한수는 어쩔 수 없이 친부모를 떠올렸다. 그들이 함께 세상을 뜬 지도 삼년이 다 되어가고 있었다. 거기가 어디라고 했지. 망원동이랑 비슷했는데. 태어나서 한 번도 서울 밖으로 나가본 적이 없는 한수였다. 있다면 학창 시절 친구들과 함께 시외버스를 타고 성남이나 의정부로 넘어가서 성인영화를 보고 온 게 전부였다. 그 도시들은 서울의 먼 동네보다 가까웠다. 수학여행 기간에도 한수는 학교에 나와 오전 네 시간의 자습을 마치고 왕십리에서 혼자 놀다 집으로 갔다. 만 이십 세가 된 한수에게, 부모의 묘지로 생애 최초의 여행을 떠나는 것보다 더 확실한 성년식은 없을 것이었다.
　한수로 하여금 확실하게 어른이 되는 길을 접고 서울에 남아 있게 할 수 있는 유일한 사람이 누구인지는 자명했다. 한수의 휴가를 사흘 앞두고 우진의 입대를 위로하는 술자리에서, 둘만 있을 때 소영은 한수에게 왜 둘만 따로 보자고 안 하냐고 물었다. 한수는 참는 거라고 답했다. 왜. 참아야 하니까. 글쎄 이유가 뭐냐고 묻는 소영에게, 넌…… 나한테 특별하다고 한수는 말했다. 그래서? 참는 거라고 한수는 답했다. 소영이 한숨을 쉬고 말했다. 넌 참 이상한 애야. 그런 말을 듣고 가슴이 뛰는 사람은 태양계를 다 뒤져도 한수밖에 없을 것이었다. 한수야. 한수는 동시에 자기 이름을 부르는 두 여자의 소리를 들었다. 나도 니가…… 궁금해. 소영이 말했다. 그러니까 참지 마. 한수는 눈을 들어 허공에 떠 있는 미자를 바라보았다. 미자는 전에 없이 뾰로통한 표정으로 고개를 가로저었다. 한수는 그녀의 몸짓 또한 참지 말라는 뜻으로 받아들였다.

그러니까 참지 마. 소영의 그 말은 거역할 수 없는 명령이요 피할 수 없는 유혹으로 한수의 마음을 움직였다. 애초부터 휴가는 소영을 만나라고 주어진 것이며, 그마저도 참아버리면 기회는 다시 오지 않을지 모른다는 생각이 떠나지 않았다. 잘 만나기 위해 만남을 참다가 영영 못 만나게 되면 그 허망한 꼴을 어떻게 참아낸단 말인가. 어차피 우진이 떠나고 나면 한동안 못 보든가 둘만 보든가 해야 할 판이었다. 그래서 소영도 그 말을 꺼낸 거라는 생각이 들자 한수는 더이상 참을 수가 없었다. 그래도 한수는 참고 기다렸다. 미자가 안 보일 때까지. 민호가 계산을 하고 먼저 자리를 뜰 때까지. 취해서 넋두리를 늘어놓던 우진이 꾸벅꾸벅 졸 때까지 기다렸다가 한수는 소영에게 말했다. 금요일부터 쉬는데. 우리 어디서 볼까.

사흘 뒤 소영을 만나러 가기 위해 방을 나선 한수는 운동화 끈을 조이면서 정신을 가다듬었다. 그동안 길러온 힘을 점검해볼 기회이기도 하기에 긴장하지 않을 수 없었다. 한수는 평소보다 천천히 걸으며, 신발 치수를 가늠할 때처럼 집중해서 주변의 풍경과 사물을 관찰했다. 조금이라도 이상한 낌새가 보이면 전속력으로 달릴 생각이었다. 그래도 문이 열리기 전에 라인을 지나지 못하면? 어떤 일이 벌어질지 짐작할 수 없지만, 이번에도 빠져나오는 방법을 알 수만 있다면. 그 길이 결코 쉬울 리 없다 할지라도. 미자야. 한수는 곁에 어딘가 있을 그녀를 느끼려 애쓰며 속삭였다. 니가 있어서 다행이야. 너 없이는 살 수가 없어. 안 보이는 미자의 시무룩하던 얼굴이 환해졌다. 미자는 뜬금없는 질투에 사로잡힌 자신의 귀신 같은 꼬락서니가 부끄러웠다.

한수는 자하문로를 따라 걸으며 경복고등학교를 지나갔다. 어쨌든 멈추지는 말아야 한다는 생각으로 신호등에 맞춰 걸음의 폭과 속도를 조절했다. 경복궁의 북쪽 담을 따라 뻗은 길이 약속 장소로 가는 지름길인데, 청와대 경호실 병력이 효자동 삼거리에 바리케이드를 쳐놓고 한수의 접근을 막았다. 한수는 광화문 앞을 지나는 우회로를 택해 나아갔다. 한수의 눈은 넓은 각도와 먼 거리와 깊은 초점을 동시에 갖춘 경이로운 렌즈같이 움직였다. 완벽한 시야에 잡힌 태양의 기울기와 먼 산의 위치와 교통의 흐름과 행인들의 걸음걸이는 모두 정상이었다. 문이 열릴 조짐으로 볼 만한 움직임은 없었다. 경복궁의 동쪽 담을 따라 마지막 구간을 지나며 한수는 생각했다. 문을 여는 자가 놈일까. 아니면 놈은 단지 문을 이용할 뿐일까. 한수는 길을 건너 삼색기 휘날리는 하얀 건물 앞에 도착했다. 열시 오십분. 약속시간 십 분 전이었다.

　문은 열리지 않았지만 한수는 안심할 수 없었다. 소영이 아직 오지 않았기 때문만은 아니었다. 뭔가 다가오고 있어. 조금 전부터 한수는 빠른 속도로 접근해오는 물체의 파동을 느끼고 있었다. 위험하다기보다는 불쾌한 느낌. 학창 시절 복도에서 불독과 마주쳤을 때와 같은 더러운 기분. 하늘이야. 한수는 고개 들어 2월의 구름 낀 하늘을 바라보았다. 빨리 와다오 소영아. 그런 바람으로 한수가 담배 한 대를 피워 무는 순간, 파상波狀의 사이렌 소리가 들리기 시작했다. 한 달에 한 번씩 들어서 익숙해진 소리. 익숙해졌음에도 들을 때마다 얼굴을 찡그리게 되는 소리. 들으면 놀라는 대신 나른한 무력감에 빠져들게 만드는 소리에 섞여, 역시 일 년에 열두 번씩 들어서 익숙해진 남자의 목소리가 서울 전역에 울려퍼졌다. 이것은 실제 상황입니다. 국민 여러분, 이것은 실제 상황입니다. 그자가 놈의 하수인이라는 사실은 의심의 여지가 없었다.

　휴가중인 장병들은 즉시 부대로 복귀하기 바랍니다. 그 말에 휴가중인 장병들은 일제히 담배 일발을 장전했다. 휴가중인 점원들도 가게로 돌아가라는 방송은 없었지만, 한수는 이미 불을 붙였기에 담배를 피우며 거리에 서 있었다. 담배를 피우면 기다리는 버스가 오듯 소영이 나타나리라는 간절한 마음을 실어 연기를 내뿜고 있었다. 적기의 공습에 대한 두려움 따위는 없었다. 한수의 적은 놈이니까. 이놈이 별짓을 다 하는구나. 한수는 놈이 술책을 부리는 거라고 확신했다. 소영아. 어디까지 왔니. 여기서 우리가 지면 안 돼. 교통이 통제되고 차에서 내린 사람들이 인도로 달려들었다. 일본대사관 쪽에서 길을 건

년 사람들도 숨을 곳을 찾아 몰려왔다. 소영은 보이지 않았다. 거의 필터만 남은 담배를 끄지 못하고 한수는 좌우를 살폈다. 한수야. 뒤에서 들려온 소리에 한수는 돌아섰다. 프랑스문화원의 열린 문 안쪽에 소영이 눈부신 모습으로 서 있었다. 뭐 해. 빨리 들어와.

　그날 소영은 아침 일찍 일어나 목욕탕에 다녀왔다. 집에는 그녀 혼자였다. 본과 사학년을 앞둔 미영은 학교에서 살다시피 했고, 봄방학을 맞은 홍교감은 여행중이었다. 소영은 제 방과 언니 방을 오가며 느긋하게 옷을 골랐다. 단추 있는 옷이 낫겠지. 소영은 실크 블라우스와 모직 스커트에 언니의 상아색 코트를 입었다. 머리는 묶었다가 풀었다가 도로 묶었다. 옅게 화장하고 손목과 목덜미에 향수를 뿌린 뒤에 소영은 소지품을 챙겼다. 친구가 은장도 대신 갖고 다니라고 준 남성용 피임 도구 한 갑도 미영의 핸드백에 담았다. 소영은 시계를 손목에 차며 들여다봤다. 벌써 이렇게 됐나. 약속시간 이십 분 전이었다. 소영은 한수에게 전화했다. 한수는 방에 없었다. 좀 기다리라지 뭐. 소영은 서둘러 집을 나섰다.

　정류장에 도착한 소영은 시간을 확인했다. 여전히 열시 사십분. 시간이 전혀 흐르지 않았다. 소영은 간밤에 시계가 멎었다는 것을 알았다. 옆 사람에게 물어보니 정각 열시였다. 소영은 시계를 맞추고 밥을 주며 헝클어진 시간감각을 추슬렀다. 일찍 가서 좀 기다리지 뭐.

　소영이 프랑스문화원 안으로 들어설 때 한수는 자하문로를 빠져나와 광화문 앞길을 향해 걷고 있었다. 소영은 지하의 영화감상실 '르누아르의 방' 입장료로 육백원을 내고 두 장의 표를 받은 뒤에, 휴게실

자판기에서 백원짜리 커피를 뽑아 천천히 마시며 한수를 기다렸다. 약속시간이 거의 다 됐을 때 사이렌 소리가 났다. 15일도 아닌데 웬 지랄? 소영은 의아한 표정으로 출입구를 쳐다봤다. 건물 안으로 황급히 들어온 대피자들은 지하로 내려가려다가 영화 상영중이라며 막아서는 직원과 실랑이를 벌였다. 한수는 보이지 않았다. 열한시 오분에 소영은 출입구로 가서 문을 열고 밖을 내다봤다. 두 개의 계단 아래 청바지와 검게 물들인 야전 점퍼를 입은 뒷모습의 한수가 서 있었다. 소영은 한수를 부르려다 말고 잠시 바라보았다. 부산하게 움직이는 사람들 틈에서 혼자 뭘 찾는지 두리번거릴 때마다 한수의 양쪽 옆 얼굴이 번갈아 눈에 들어왔다. 눈썹과 콧날과 턱선이 선명한 얼굴이었다. 쟤 얼굴이 저랬나. 처음 받은 강렬한 인상을 새기며 소영은 한수를 불렀다. 돌아선 한수의 입이 벌어지며 탄성이 새어나왔다.

둘의 만남을 그런 장면으로 만든 것은 사흘 전에 있었던 작은 오해였다. 어디서 보냐는 한수의 물음에 소영은 주저 없이 대답했다. 프랑스문화원. 그 말을 소영은 안에서 보자는 뜻으로 했고 한수는 앞에서 보자는 뜻으로 들었다. 한 장소에 대해 두 사람이 갖고 있는 친근감의 차이였다. 한수는 소영이 혹시 안에 들어가 있을지도 모른다는 생각조차 하지 않았다. 놈이 장악한 저 거리 어딘가에 붙들려 있을 그녀가 안타까운 한수에게, 건물 안에서 나타난 소영은 마술의 한 장면을 보는 듯한 신비감을 불러일으켰다. 어떻게 저기서 나타날 수가. 소영의 아이보리 코트는 여신의 드레스처럼 찬란하게 빛났다. 한수가 본 것은 놈과의 싸움을 해볼 만하다는 희망의 계시였다. 한수는 계단을 한

걸음에 뛰어올라 소영이 잡고 있는 문 안으로 들어갔다.

　소영과 한수는 영화를 보고 나와 안국동에서 점심을 먹었다. 영화
는 마르셀 카뮈 감독의 〈흑인 오르페〉였고, 점심은 돌솥비빔밥과 순
두부찌개였다. 프랑스인 감독이 만든 영화의 무대는 리우데자네이루
라서 배우들이 쓰는 말은 포르투갈어였고 화면 하단에서 빠르게 바뀌
는 자막은 영어였다. 한수는 대사를 포기했다. 그러자 장면이 보이고
음악이 들렸다. 영화가 끝난 뒤에 어땠냐고 소영이 묻자, 기타 소리
가 좋았다고 한수는 답했다. 한수가 멜로디를 흥얼거리자, 그 곡이 유
명한 〈카니발의 아침〉이라고 소영이 말했다. 한수는 오르페가 맞이한
최후의 아침을 떠올렸다. 약혼녀의 돌에 맞아 피투성이가 된 오르페.
에우리디케의 시신을 안고 벼랑에서 떨어진 오르페. 에우리디케는 괴
한에게 쫓기다가 고압선에 감전되어 죽었는데, 전기 스위치를 누른
사람은 그녀를 찾아나선 오르페였다. 한수는 괴한이 쓴 해골 마스크
를 잊기 어려웠다. 그것은 놈의 이미지가 되어 한수의 뇌리에 박혔다.
　비빔밥과 찌개를 나눠 먹고 나서 두 사람은 종로와 명동을 거쳐 남
산으로 갔다. 오후의 서울 거리는 평온했다. 스물아홉 살의 망명객이
몰고 남하한 미그 19기는 F-5 전투기 편대의 보호를 받으며 수원비
행장에 착륙했다. 한수와 소영은 케이블카를 타고 남산타워로 가서
고속 엘리베이터를 타고 전망대에 올랐다. 한수는 전망대에 설치된
망원경에 동전을 넣고 북악산 일대를 둘러봤다. 산을 등지고 자리잡
은 놈의 거처는 천혜의 요새라 할 만했다. 육로로 접근하려면 투명인
간이 되는 수밖에 없어 보였다. 땅이 아니면 하늘로? 소영이 춥다며

한수의 소매를 잡아끌었다.

전망대의 레스토랑은 전망이 좋았다. 하늘에 떠 있는 회전목마. 소영은 천천히 돌아가는 회전목마의 마차에 앉아 커피를 마시는 기분이었다. 한수는 행글라이더를 타고 서울 하늘을 날아가는 자신의 모습을 상상했다. 그들의 자리는 동쪽을 향해 움직이고 있었다. 한수의 시야에 들어온 장충체육관의 둥근 지붕이 솥뚜껑만해 보였다. 멀리 사근동 언덕배기에 늘어서 있는 한양대 건물도 한눈에 들어왔다. 한수는 안도의 한숨을 내쉬었다. 마주앉은 소영은 서울의 북쪽을 보고 있었다. 세검정이 어디지. 찾다가 물어보려는 소영에게 한수가 먼저 말을 건넸다. 이제 어디 갈까. 영화는 봤고.

방 구경시켜줘.

내 방?

응. 보고 싶어. 궁금해.

안 치웠는데.

가서 치우자.

탄불도 꺼졌을지 모르고.

피우면 되지. 번개탄은 있어?

하나 남았나.

가는 길에 더 사자.

하지만……

저녁거리도 사고. 뭐 해 먹을까.

카레.

좋아.

그런데……

누가 있어?

아니.

나랑 가기 싫어?

그럴 리가.

그럼 가자. 뭐 필요한 거 없어?

많지. 냉장고, 세탁기, 텔레비전……

결혼하니. 농담하지 말고 말해봐.

칼.

칼?

그래. 진짜 칼이 필요해.

그들은 걸어서 남대문시장으로 갔다. 한수가 고른 칼은 미군부대에
서 흘러나온 대검이었다. 식칼이 필요한 줄 알았던 소영은 뭐에 쓸 거
냐고 물었다. 널 지켜줄 무기야. 소영은 웃었다. 넌 정말 이상해. 전처
럼 가슴이 뛸 정도는 아니지만, 한수는 기분이 좋아서 휘파람을 불었
다. 그들은 버스를 타고 세검정으로 갔다.

동네 슈퍼에서 장을 본 두 사람은 한수의 방으로 가는 언덕길을 걸
었다. 해 질 무렵이었다. 길에는 아이들 몇이 나와 놀고 있었다. 아이
들은 비탈진 길을 평지처럼 뛰어다니며 놀았다. 그 길을 매일 달려서
오르는 한수도 비닐봉지를 들고 산책하듯 걸었다. 소영은 다리가 아
프고 숨이 차서 편히 걷지 못했다. 한수가 소영 앞에 등을 대고 무릎
을 구부렸다. 소영은 힘들 텐데…… 하며 업혔다. 한수는 소영을 업

고 성큼성큼 걸었다. 뒷짐 진 손에 매달린 봉지가 허벅지를 치는 게 성가실 뿐, 술 마시고 뻗었을 때에 비하면 소영의 몸은 새털처럼 가벼웠다. 처음에는 한수 어깨에 손을 얹고 틈을 두던 소영이 몸을 숙여 한수의 목을 끌어안았다. 등에 붙은 그녀의 가슴과, 목덜미에 느껴지는 숨결 때문에 한수는 구름 위를 걷는 기분이었다. 소영이 한수의 귀에 대고 속삭였다. 힘들지. 한수는 고개를 가로저었다. 소영은 한수의 귓불에 입맞추었다. 한수는 어지러웠다. 소영의 입술이 목 언저리에 닿을 때마다 참지 못하고 어깨를 움츠렸다. 심호흡으로 남은 길을 버틴 한수가 멈춰 서며 갈라진 목소리로 말했다. 다 왔어. 소영은 팔다리에 힘을 주어 한수를 꼬옥 안아주고 내렸다.

한수의 방은 주인집 건물에 덧대어 지어진 세 평짜리 방이었다. 낡은 서랍장과 비키니옷장이 가구의 전부였다. 치울 것도 별로 없고 연탄불도 살아 있었다. 한수는 연탄을 갈고 전기밥솥으로 밥을 지었다. 소영은 한수가 씻어온 야채를 썰어 가스버너로 카레를 끓였다. 저녁을 먹은 뒤에 한수는 수돗가에서 설거지를 하고 소영은 방 안에서 술상을 차렸다. 그들은 칠이 벗겨진 호마이카 상을 사이에 두고 마주앉았다. 상 위에는 소주병과 유리컵 두 개, 남은 카레와 총각김치, 새우깡과 땅콩이 담긴 접시들, 그리고 통조림 꽁치를 넣고 끓인 김치찌개 냄비가 놓여 있었다. 한수는 영만이 훔친 카세트라디오로 음악을 틀었다. 모노 사운드는 한수의 방에 잘 어울렸다.

방에서 마시는 술은 빨리 취했고, 시간은 폭우 쏟아진 계곡의 급류처럼 흘렀다. 한수는 아홉시쯤 됐겠거니 여기며 시계를 봤다. 열시가 훌쩍 넘어 있었다.

집에 가야지.

오늘 안 들어가도 돼. 집에 아무도 없어.

그래도……

여기서 잘래.

불편할 텐데.

따뜻하고 좋아.

나 코 고는데.

나도 골아.

베개가 하나라서.

같이 베면 되지.

같이?

이불도 같이 덮고.

이불도?

베개를 같이 베는데 이불은 따로 덮니.

내 말은…… 그래도 돼?

그럴 거야. 그러려고 왔어.

그랬구나.

한수야.

응?

아까 어땠니.

아까? 언제.

나 업고 올 때.

무거웠냐고?

좋았냐고.

좋았지.

날 어떻게 하고 싶지 않니.

어떻게?

하고 싶지 않냐고.

하고…… 싶지.

하자.

할까.

해.

이불 펼까.

좀 이따. 술 좀 더 마시고.

그래. 술 더 마시고. 이따.

아니다. 지금 펴.

알았어.

한수는 이불을 펴고 불을 껐다.

*

우진은 자리에 앉자마자 담배부터 찾았다. 한수와 민호는 스테이크를 안주 삼아 맥주를 마시고 있었다. 우진은 담배의 첫 모금을 깊이 빨아들이고 숨을 멈췄다가 천천히 연기를 내뿜었다.

아직도 피우냐. 민호가 물었다.

가끔.

학교에서도?

아니. 이럴 때나 가끔.

저녁 안 먹었지.

이거 같이 먹자 대충.

한잔할래?

마셔야지. 송별회 자린데.

학교는 다닐 만해? 한수가 술을 따르며 물었다.

그럭저럭. 라틴어, 희랍어, 그런 게 골 아프지.

목사 되기 힘들구나.

오다가 누나 봤다.

아…… 그래서 늦은 거야?

아니야. 늦어서 본 거지. 누난 나 못 봤어.

오라 그럴까.

아니.

얼마 전에 오픈했어. 전화로 얘기 못했다.

잘했어.

소영이 안 오네. 민호가 말했다.

소영이도 온댔어?

한수한테 물어봐.

안 올 수도 있어. 한수가 말했다.

너네 다시 만나냐.

가끔.

인연이 길구나.

그런가봐.

결혼하지그래.

결혼은 무슨. 내 주제에.

누나도 맨날 그러더니, 했잖아.

한수는 가만히 있었다.

어렵게 생각할 거 뭐 있어. 그냥 같이 살면 되지. 살아 있으면 되는 거야. 너는 피투성이라도 살아 있으라.

말이 좀 살벌하다 야. 민호가 끼어들었다.

에스겔 십육장 육절.

성경에 그런 말도 있냐.

성서는 피의 기록이야.

애가 이런다 한수야. 만나면 신학 강의야.

우진은 입을 다물었다.

아무튼 살자. 살아서 또 보자. 민호가 잔을 들어 내밀며 말했다.

한수는 잔을 부딪치며 생각했다. 나는 피투성이인가.

*

쉬는 날 마당에 아무도 없을 때 한수는 수돗가에서 대검을 갈았다. 칼을 갈 때 한수는 어려서 본 생부의 모습을 떠올렸다. 시장에서 생선 칼을 가는 그의 뒷모습이었다. 그 넓은 등짝에 한수가 올라타면, 그는 어린 이들을 매달고 계속 칼을 갈았다. 팔을 뻗고 당길 때마다 들썩이며 꿈틀거리는 어깨의 느낌이 좋았던 기억을 한수의 몸은 간직하고 있었다. 한수처럼 몸으로 느낄 수는 없었지만, 칼을 가는 한수 등에 올라탄 미자는 목마 탄 아이처럼 신난 표정이었다.

닳아서 반질반질한 숫돌이 어떻게 날을 세우는지 한수는 알 수 없었지만, 어깨가 뻐근하도록 힘을 쓰고 나면 대검은 날이 서고 칼끝이 날카로웠다. 한수는 총검술 동작을 응용해서 칼 쓰는 법을 스스로 익혔다. 길게 찌를 때 그의 몸짓은 펜싱 동작에 가까웠고, 돌려칠 때는 소총 개머리판 대신 팔꿈치를 사용했다. 거울을 보며 칼집에서 칼을 뽑는 연습도 했는데, 그럴 때 중얼거리는 한수의 모습은 영화 〈택시 드라이버〉의 주인공 트래비스와 비슷했다.

황사 먼지 날리는 3월의 캠퍼스에서 소영의 대학생활은 건조했다. 모든 것이 새로웠지만 신선하지 않았고, 모든 사람이 낯설었지만 흥미롭지 않았다. 동기들은 물론이고 선배들도 그녀 눈에는 대체로 어려 보였다. 그 느낌은 입학 전에 작정하고 감행한 외박의 기억과 무관하지 않았다.

불문과 신입생 환영회에서 샹송을 부른 사람은 없었다. 선배들은 취기가 오르자 〈오월의 노래〉를 합창했다. 그 노래의 멜로디는 미셸 폴나레프의 샹송과 똑같았다. 원곡의 제목은 '끼 아 뛰에 그랑마망', 누가 할머니를 죽였냐는 뜻이었다. 〈오월의 노래〉는 죽음의 가사로 원곡에 맞닿았다. 두부처럼 잘리워진 어여쁜 너의 젖가슴. 그 참혹한 비유와 벌거벗은 직설의 조합을 신입생들은 감당하기 어려웠다. 소영의 귀를 붙든 가사는 따로 있었다. 트럭에 싣고 어디 갔지. 노래가 끝난 뒤에도 그 소절이 남아 귓가에 맴돌았다.

선배들의 강권에 못 이겨 자리에서 일어난 소영은 흘러간 팝송을 불렀다. 태양은 왜 계속 빛날까요. ……새들은 왜 쉬지 않고 노래할까요. ……세상의 끝이라는 걸 모를까요. 당신이 안녕을 고했을 때 끝났다는 걸. 노래하는 내내 소영은 트럭에 실려간 사람들을 생각했다. 그들을 알지 못하므로 그 생각은 헛되었다. 소영이 앉은 뒤에 지목을 받은 한 선배가 앉은 채로 조용히 노래했다. 노래는 또 〈오월의 노래〉였는데, 그 노래는 먼저 만들어진 다른 〈오월의 노래〉였고, 그날 선배들의 노래 중에 소영에게 노래로 들린 유일한 노래였으며, 훗날 소영이 불러 한수를 울리게 될 아픈 노래였다.

봄볕 내리는 날
뜨거운 바람 부는 날
붉은 꽃잎 져 흩어지고
꽃향기 머무는 날
묘비 없는 죽음에
커다란 이름 드리오
여기 죽지 않은 목숨에
이 노래 드리오
사랑이여 내 사랑이여

이렇듯 봄이 가고
꽃 피고 지도록

멀리 오월의 하늘 끝에

꽃바람 다하도록

해 기우는 분숫가에

스몄던 넋이 살아

앙천仰天의 눈매 되뜨는

이 짙은 오월이여

사랑이여 내 사랑이여

사랑이여 내 사랑이여

하늘 한번 쳐다볼 겨를 없이 봄은 갔다. 소영에게 시간은 흐른다기보다 어지럽게 흩어지는 느낌이었다. 그해 1983년 봄, 흩어지는 시간의 틈바구니에서 어디서든 혼자 있을 때, 소영은 그 노래를 나지막이 부르며 어두워가는 분숫가를 떠올렸다. 해 질 무렵 물을 뿜지 않는 분수처럼 쓸쓸한 풍경이 또 있을까. 소영은 눈을 감고 노래 속으로 들어가 말라붙은 분숫가를 서성이며, 오지 않는 사람을 기다리는 일에 대해 생각했다. 트럭에 싣고 어디 갔지.

소영은 가끔 한수에게 전화했다. 전화해서 잘 있냐고 묻고, 잘 있다고 말하고, 뭐 먹었냐고 묻고, 그날 먹은 것들을 얘기했다. 한수는 아무것도 묻지 않았고, 묻는 말에 짧게 대답했다. 소영은 서운하지 않았다. 한수의 마음을 알기 때문이었다.

한수의 마음을 소영은 몸으로 알았다. 한수의 몸이 처음 들어올 때, 소영의 몸은 피 흘리며 아팠다. 한수는 몸을 거두고 소영의 아픈 몸을 껴안았다. 그것이 한수의 마음이라는 것을 소영의 몸은 알 수 있었다.

한수는 소영의 몸에 들어가는 순간 미자를 보았다. 미자는 달빛 들어오는 창문 밖에 떠 있었다. 등 돌린 모습이기는 했지만, 한수는 소영의 몸 안에 머물 수 없었다. 작아진 몸을 빼낼 때 빠진 콘돔이 소영의 몸 안에 남았다. 미안해서 소영을 안으며 한수는 속으로 탄식했다. 놈은 그렇다 치고 쟤는 또 어쩔 것인가.

어느 날 소영은 술자리에서 빠져나와 집으로 가는 길에 한수에게 전화했다. 전화해서 잘 있냐고 묻고, 나는 잘 없다고 농담하고, 뭐 먹었냐고 묻고, 그날 먹은 막걸리와 소주와 감자탕과 또 감자탕에 대해, 그리고 한동안 먹어보지 못한 여러 가지 안주들에 대해 얘기했다. 한수는 잠자코 들어주었다. 전화를 끊으려다 말고 소영이 물었다. 나 보고 싶지 않아?

보고 싶어.

볼까.

나중에.

또 참는 거야?

조심해야 해.

뭘.

모르는 게 좋아.

알아야 조심을 하지.

조심은 내가 한다.

뭐야 그 말투는.

미안해. 널 다치게 하고 싶지 않아.

아 정말 넌……

이상하지.

한수야.

말해.

너랑 멀어질지도 모른다는 생각이 들어.

다시 가까워지면 돼.

널 아주 잊고 살 수도 있어.

내가 안 잊어.

그래. 니가 잊지 마. 잊지 말고 날 깨워.

깨워?

내가 멀어지거든, 달려와서 날 잡으라고.

잡을게. 달려가서.

돌려세워.

돌려세워서, 업을게.

응. 맘에 든다. 업는다는 말.

널 업으면…… 좋아.

업을 때만?

딴 때도 다.

후우…… 니 냄새가 기억나. 나랑 또 자고 싶어?

매일.

다음엔 더 잘하겠지 우리.

잘할게. 미안해.

아니야 난 좋았어 아주. 넌?

가슴이 터질 뻔했어.

아…… 끊기겠다. 동전 다 됐어.

잘 들어가.

잘 자.

전화를 끊고 한수는 마당으로 나와 줄넘기를 이백 번 하고 찬물로 씻었다. 방에 들어와 이불을 펴고 누웠는데 잠이 오지 않았다. 놈은 잘 있을까. 지금 뭘 하고 있을까. 한수는 친구의 안부를 걱정하듯 표적의 근황을 궁금해하는 자신이 당황스러웠다. 정신을 바싹 차리지 않으면 놈에게 말려들 수 있다는 생각에 신경이 날카로워졌다. 놈이 어떻게 사는지 알고 싶어하다니. 그 정도는 당연히 알고 있어야 하지 않나. 일 년 전 프로야구 첫 시즌 개막전에서 시구를 했다는 것이 한수가 기억하는 놈의 최근 동향이었다. 한수는 내일부터 신문을 봐야겠다고 작심한 뒤에 눈을 감았지만, 여전히 잠이 오지 않았다. 한수는 불안했다. 내가 제대로 가고 있는 걸까. 한수는 두렵고 외로웠다. 차라리 놈과 한편이 되면 어떨까. 자유고 나발이고 다 개나 줘버리고 놈 밑으로 기어들어가면 맘 편히 살 수 있으려나. 한수는 자신이 제정신인지 의심스러웠다. 놈을 없애느냐, 놈에게 굴복하느냐…… 어느 쪽이 정신 나간 생각인지 혼란스러워서, 한수는 누워 있어도 머리가 핑 돌았다. 복부의 정맥을 지나고 있던 이상한 피가 빠르게 심장을 거쳐 동맥으로 빠져나왔다. 뇌혈관에 부족한 피를 공급하기 위해서였다. 한수는 물구나무선 것처럼 안압이 오르며 눈에 핏발이 섰다. 이럴 때 소영이 곁에 있으면 좋겠다고 바라는 한수 곁에 미자가 나타났다. 한수야. 빨리 자야지. 한수가 손을 뻗었지만, 미자는 닿지 않고 그만큼 물러나며 안타까운 표정으로 말했다. 눈을 감아. 한수는 눈을 감았다.

미자가 숫자를 세기 시작했다. 하나, 둘, 셋…… 머리가 터질 듯이 부풀어오르는 느낌 뒤에 한수는 까무러치듯 잠들었다. 잠들기 직전 한수는 총구에 겨누어진 채 겁에 질린 친구의 창백한 얼굴을 보았다.

며칠 후 4월 19일, 장충동 일대에 큰 소동이 벌어졌다. 큰 도둑을 잡는 소동이었다. 대도는 대낮에 부유층과 고위층 인사의 집만 골라 들어가 사람이 있든 없든 할 일을 하고 나왔다. 들키면 침착하게 상대를 안심시키고 조용히 물러났다.

그는 다섯 달 전에 이미 검거되어 형사 소송중이었다. 그때 그가 붙잡힌 곳은 동작동 국립묘지 앞이었다. 반포 자택에서 휴식을 취하다가 덜미를 잡혀 오토바이로 도주하던 대도는, 포니 승용차 천장에 경광등을 붙이고 뒤쫓아온 동대문경찰서 형사대와 격투를 벌인 끝에 체포되었다.

붙잡힌 그가 다시 붙잡힌 이유는 자명했다. 닷새 전 재판을 받느라 잠시 머문 서소문 법원 구치감에서, 대도는 마술을 부리듯 간단히 수갑과 포승을 푼 뒤에 환풍기를 뜯고 탈출했다. 그의 절도죄에 대해 검사가 요구한 형량은 무기징역이었다. 법원의 담을 넘은 대도는 근처 병원 세탁실에서 옷을 갈아입고 도심의 인파 속으로 사라졌다.

닷새 만에 모습을 드러낸 대도를 알아보고 신고한 사람은 소년원 시절의 동료였다. 오전 열시경, 장소는 퇴계로6가였다. 긴급출동한 경찰의 추격을 받고 대도는 장충동으로 달아났다. 장충동 고급 주택가의 지리를 주민들보다 더 잘 아는 그였지만, 그 동네를 도주 루트로 택한 것은 대도의 판단 착오였다. 집들 사이가 넓어서 지붕 타넘기의 고수인 그로서도 발이 묶일 수밖에 없었다. 골목은 모두 봉쇄되었고 추격대는 포위망을 조여왔다.

경찰은 지붕 위의 대도를 발견하고 총을 쏘았다. 총알은 공포탄이 아니었고 총구는 하늘을 향하지 않았다. 대도는 납작 엎드려 피했다. 동네의 모든 개들이 일제히 짖어대고 새들은 날개를 파닥이며 수직으로 날아올랐다. 대도는 빗물받이 홈통을 타고 고양이처럼 사뿐히 착지했다. 저택의 정원에는 잔디가 깔려 있고 셰퍼드 한 마리가 목줄을 팽팽히 당기며 으르렁거렸다. 대도가 쏘아보자 셰퍼드는 삼 초 만에 눈을 내리깔고 뒷걸음쳤다. 추격대의 발자국 소리가 다가왔다. 대도는 집 안으로 들어갔다.

이층에서 이를 닦고 있던 민호는 총소리에 놀라 치약을 삼켰다. 황급히 입안을 헹구고 욕실에서 나와 바깥을 보려고 발코니로 가는데 아래층에서 비명소리가 났다. 소리의 주인은 민호의 할머니 남여사가 부리는 운전기사의 부인이었다. 그녀는 그 집의 요리사 겸 청소부였다. 남 여사는 며느리를 거느리고 출타중이었다. 총성과 비명에 얼이 빠진 민호는, 여자를 앞세우고 계단을 올라오는 건장한 사내를 보고 몸이 굳어버렸다.

대도는 민호를 인질로 삼고 부인을 내보냈다. 경찰이 그녀를 통해 집 안의 상황을 파악했음에도 불구하고, 주민들은 경찰과 인질범 사이의 숨막히는 협상을 구경할 수 없었다. 원하는 게 뭐냐고 물어보기는커녕, 포위됐으니 손 들고 나오라는 따위의 말 한마디 없이, 형사들은 권총을 꺼내들고 현장으로 전격 진입했다.

민호는 침입자의 기에 눌려 꼼짝도 못했다. 대도는 맨손이었는데 손을 쓸 필요도 없었다. 민호는 숨쉬기가 힘들 만큼 두려우면서도, 한편으로 실감이 나지 않아 멍한 기분이었다. 이게 다 꿈이 아닐까. 가위눌린 듯한 답답함보다 견디기 어려운 것은, 돌이킬 수 없는 시간에 대한 속절없는 안타까움이었다. 오전에 두 시간짜리 수업이 있음에도 민호는 학교에 가지 않았다. 날이 날인지라 학생들의 거부로 휴강될 거라고 생각해버리고는 늦잠을 잤다. 민호는 고등학생인 동생이 부러웠고, 자기를 깨워서 데려가지 않은 엄마와 할머니가 야속했다. 따라갔으면 옷도 사고 그때쯤 근사한 식사를 하러 가고 있을 것이었다. 감당하기 벅찬 공포와 후회와 원망에 싸여 울상을 짓고 있는 민호에게, 대도는 해치지 않을 테니 안심하라고 말했다. 민호는 눈물이 날 것 같았다. 아래층 현관문이 열리고 여러 명의 발소리가 들려왔다. 대도는 소용없는 인질을 놔두고 욕실로 들어갔다. 무슨 마음으로 그를 따라 들어갔는지 민호는 알 수 없었다.

대도는 총상을 입고 체포되었다. 총알은 왼쪽 관자놀이에 맞고 탄도가 꺾이며 귀 부근을 꿰뚫고 빗장뼈를 스쳐 흉부의 피하지방에 박혔다. 사십 년 묵은 고물 권총이 아니었다면 결과는 달랐을 것이었다. 형사가 조준 사격을 가하기 전에 대도는 옆에 붙어 있는 민호를 욕조에 밀어넣으며 외쳤다. 쏘지 마! 자수할게. 민호는 욕실 문의 부서진 반투명유리 너머 겨누어진 총구의 의미를 이해할 수 없었다. 유리가 깨지며 바닥에 떨어져 흩어질 때도, 계단을 뛰어올라오는 발소리가 들려올 때도 그랬듯이. 대도는 그 소리와 움직임에 담긴 뜻을 단번에 알아차렸다. 욕실 문을 잠근 대도는 제 발로 따라온 정신 나간 인질과 바깥세상으로 통하는 창을 번갈아 보며 황당하고 곤혹스러운 표정을 지었다. 햇살이 가득 비쳐들어오는 높은 창문은 대도가 빠져나가기에 너무 작았다.

그날 저녁 많은 사람들이 대도 얘기를 안주 삼아 술을 마셨다. 한수 아버지 영만이 먹고 자며 일하는 독산동 고물상에서도 술판은 벌어졌다. 영만은 잠자코 술잔을 기울이며 침통한 마음을 달랬다. 한 번도 만난 적이 없고, 나이도 자기보다 아래였지만, 영만은 대도를 존경했다. 감옥에서 영만은 과거를 반성했는데, 대도에 대해 들으면 들을수록 뉘우침은 컸다. 나는 얼마나 소심하고 게으르고 어리석은 도둑이었던가. 도망간 아내의 죽음을 알았을 때, 영만은 가슴이 무너지는 슬픔 속에서 차라리 홀가분했다. 일을 제대로 하려면 가족의 끈은 가늘수록 좋았다. 대도는 동작동에서 체포되기 한 달 전에 늦장가를 들고 반포에 정착했다. 뒤늦게 가정을 꾸린 것이 도주로를 잘못 고른 것보다 더 크고 결정적인 실수였다. 출옥 후에 영만은 집을 떠나 고철과 폐품을 수집하러 돌아다니며 현장감각을 익혔다. 대도가 붙잡혔을 때 영만은 탄식했고, 그가 탈출했을 때 영만은 흥분했다. 결국 다시 잡힌 대도의 행적에 대해, 그와 함께 다시 수면 위로 떠오른 '물방울 다이아'에 대해 떠도는 무성한 소문을 앞다투어 전하는 사람들 틈에서, 영만은 혼자 술잔을 비우고 내려놓으며 다짐했다. 내가 그의 뒤를 따르리라.

민호는 그날 이후 자신이 완전히 달라졌다고 생각했다. 우선 입맛이 없고 밤에 잠을 이루지 못했다. 겨우 잠들었다가도 깜짝 놀라 깨어나면 식은땀에 옷이 젖어 있곤 했다. 손발이 떨리거나 저리고, 맥박이 갑자기 빨라지면서 숨이 가빠오고, 어지럽고 토할 것 같고 얼굴이 화끈거리고, 집에 있기도 싫고 밖에 나가기도 싫어서 안절부절못하고…… 죽을 것 같은 공포, 미칠 것 같은 두려움. 패닉 상태에 빠진 사람이 겪는 변화 가운데 하나는 자신이 변했다고 느끼는 것이었다. 민호는 사흘 동안 학교를 쉬고 정원에서 개와 어울리거나 집 앞 골목을 배회하며 생각하고 또 생각했다. 그때 왜 욕실로 따라 들어갔지.

나흘째 되는 날 민호는 깊은 잠에서 깨어났다. 학교 수업이 없는 토요일이었다. 민호는 아래층으로 내려가서 배고픔을 호소했다. 남여사는 가까운 신라호텔 뷔페로 손자를 데려갔다. 민호는 디저트까지 일곱 접시를 먹어치웠다. 용돈을 두둑이 챙긴 민호는 할머니와 헤어져 종로로 갔다. 주말 오후의 종로 거리는 젊은이들로 넘쳤다. 민호는 까페 썸씽에 들어가 구석 자리에 앉아서, 커피 한 잔을 시켜놓고 주위를 둘러봤다. 혼자서 커피를 마시며 담배를 피우는 여자가 눈에 띄었다. 민호는 인터폰으로 그녀에게 합석을 청했다. 여자는 민호를 보고 나서 그러자고 했다. 그들은 맥주를 마시며 뻔한 대화를 나누고, 레스토랑 '파인 힐'로 옮겨서 스테이크를 먹고, 디스코텍 '미스터리'에서 춤을 추었다. 더 갈 수도 있지만 오늘은 여기까지. 암묵적인 동의 아래 전화번호를 교환하고 민호와 여자는 헤어졌다. 집으로 오는 택시 안에서, 민호는 달라진 게 하나도 없음을 깨달았다.

*

그날 일이 자꾸 생각나. 잊고 있었는데.
민호는 말을 멈추고 손바닥으로 얼굴을 쓸어내렸다.

그런 기억이 하나씩은 있지. 누구에게나.

우진은 덤덤하게 대꾸했지만, 민호의 회상이 불러낸 자신의 기억을 잠재우기 쉽지 않았다.

그때 나를 좀 몰아붙였어야 했어. 민호가 말했다.

어떻게.

모르겠어. 아무튼 뭔가 바꿔놨어야 했다는 생각이 들어.

뭘. 한수가 끼어들었다.

글쎄. 너무 순조롭잖아.

잘 풀리면 좋지 뭐가 문제야.

좋은 거냐 우진아.

어디 가서 그런 소리 하지 마. 맞는다.

미국 애들도 때릴까.

니 영어를 알아들으면. 어쨌든 잘 풀리고는 있는 거야?

비교적. 니들보단 훨씬. 안 그래?

하고 싶은 말이 뭔데.

사람은 말이야, 안 변해. 적어도 난 그래. 그대로야.

그대로 아닌데. 지금 말하는 거 보니. 너 이러는 거 처음이야.

우진의 말에 민호는 쓴웃음을 지었다.

그런가. 한수야. 니가 보기에도 내가 달라졌냐.

한수는 벽에 걸린 시계를 보며 말했다.

그런 건 중요하지 않아.

그럼 뭐가 중요한데.

중요한 건, 시간이 간다는 거지.

시간이 간다……

돌이킬 수 없어. 누가 변하든 말든.

민호는 피식 웃으며 잔을 비웠다.

소영이한테 전화해봐. 우진이 한수에게 말했다.

전화는 뭘. 안 오려나본데.

빨리 마시고 자리 옮기자. 민호가 남은 술을 나눠 따르며 말했다.

한수는 잦아드는 맥주 거품을 보며 생각했다. 나는 그대로인가.

*

장충동에서 대도가 붙잡힌 뒤에 서울은 일상의 평온을 되찾았다. 러시아워에 도심의 교통은 어김없이 혼잡했고, 시민들은 통행금지의 관성에서 벗어나 심야의 거리를 활보했다. 전년도에 완공되어 세계야구선수권대회를 치른 잠실야구장은 서울 연고 구단 MBC 청룡의 홈 구장이 되었다. 해태 타이거즈와의 경기가 있는 주말이면 입장권은 매진되고 삼만팔백여 관중의 함성이 잠실 상공에 메아리쳤다. 야구를 좋아하는 운동권 학생들은 독재자의 시구로 막을 연 조국의 프로야구 앞에서, 흙 묻은 사탕을 쥔 아이처럼 난감했다. 대학 캠퍼스에 상주하는 사복 경찰은 식후에 이를 쑤시며 운동 가요를 흥얼거렸고, 시내 요소요소에 배치된 전투경찰은 불법 주차된 버스 안에서 낮잠을 잤다.

종로에서 가투가 벌어진 5월의 어느 날 오후, 소영은 시위대의 후미에서 옆 사람과 어깨동무를 하고 서 있었다. 음력 4월 8일을 하루 앞둔 거리에는 색색의 연등이 만발했다. 소영은 모르는 남학생의 겨드랑이에서 풍기는 악취 때문에 숨을 참느라 구호를 제대로 외칠 수 없었다. 그래도 그녀는 일행과 떨어져 낯선 사람들 속에 놓이게 된 것이 다행스러웠다. 대열의 선두에서 싸움이 시작되어 최루탄이 터지고 돌멩이가 날아갔다. 백골단이 행동을 개시하자 시위대는 뒤로 밀리며 대오가 무너졌다. 꽁무니에 처진 사람들이 가장 먼저 스크럼을 풀고 골목으로 흩어졌다.

관철동 뒷골목을 빠져나온 소영은 안국동 쪽으로 계속 걸었다. 시위대로 돌아가야 한다는 생각을 안 한 것은 아니었지만, 돌아가면 시위는 끝나 있을 것이었다. 소영은 시위의 끝을 본 적이 없었다. 그런 인간이 주인공인 소설을 쓰는 것이 그 무렵 소영의 유일한 계획이었으나, 소설은 좀처럼 쓰여지지 않았다. 시위에 참여하면서 소설을 쓰기는 어려웠다. 소설을 생각하면서 시위에 앞장서기가 쉽지 않듯이.

소영은 프랑스문화원에서 시간을 보내고 밖으로 나왔다. 해 질 무렵이었다. 길 건너 경복궁 안 박물관 지붕 위에 검은 새 한 마리가 내려앉았다. 소영은 배가 고팠다. 시위에 동참한 선배와 친구 들은 혜화동에서 술을 마시고 있을 것이었다. 불판 위에서 지글거리는 곱창볶음의 매콤쌉쓰름한 맛이 떠오르자 소영의 입안에 침이 고였다. 모두 무사할까. 무사히 시위를 끝내고 모인 사람들은, 오지 않는 학우의 안부를 걱정하고 있을 것이었다. 그들을 안심시켜야 한다는 생각을 안 한 것은 아니었지만, 소영은 좀 다른 세상에 사는 사람과 함께 있고 싶었다. 광화문까지 걸어간 소영은 버스를 타고 아현동으로 갔다.

한숙은 미용실로 찾아온 소영을 반겨 맞았다. 공짜로 머리를 다듬

어주고 밖으로 데리고 나와 밥과 술을 사줬다. 식사 후에 잠자코 술만
마시던 소영이 불쑥 말했다. 언니가 부러워요.

별소릴 다 듣네. 미용사가 부럽니. 대학생이.

자기 일이 있잖아요.

일이 없으면 굶어 죽게.

한수도 자기 일이 있고.

학교가 힘드니.

갈팡질팡이죠 뭐.

한숙은 소영의 빈 잔에 소주를 따랐다.

나 미용일 처음 배울 때도 그랬어. 맨날 야단만 맞고. 뭐가 뭔지 몰
랐으니까.

시간이 빨리 흘렀으면 좋겠어요.

맞아. 시간이 지나면 다 괜찮아질 거야.

빨리 졸업하고 싶다고요.

허, 입학한 지 얼마나 됐다고.

소영은 단숨에 잔을 비웠다.

미안해요. 언니한테 이런 얘기 해서.

그 말이 서운하다 얘.

미안해 언니.

뭐가 제일 힘든데.

그냥…… 말하기 어려워요.

어렵게 말해봐.

음…… 어디 있어야 할지 모르겠어요. 내 자리가 없다는 느낌.

자리?

네. 떠돌이 같아요. 이리저리 휩쓸려다니는.

너만 그럴까.

모르죠. 아마 아닐 거예요. 어쩌면 다들 그런지도, 그러면서 아닌 척하는지도. 하지만 나한테는, 내가 문제니까요.

데모, 하니.

조금.

조금 하는 건 어떻게 하는 건데.

하다 마는 거죠.

하고 싶지 않으면 하지 마.

하고 싶지 않다기보다……

하고 싶어?

데모를 하고 싶어서 하나요.

난 잘 모르지. 그럼 하기 싫은데 억지로 하는 거야?

그런 건 아닌데.

하고 싶은 것도 아니고, 하고 싶지 않은 것도 아니면, 뭐지.

그래서 내가 말하기 어렵다 그랬잖아요.

한숙은 반쯤 찬 술잔을 비우고 내려놓았다.

하긴 뭐, 이해 못 할 것도 없지. 나 사는 꼴이 그런걸.

대화는 잠시 끊어지고 술잔이 오갔다. 다시 입을 연 사람은 한숙이었다.

요즘 한수하고는 어때.

본 지 좀 됐어요.

아무래도, 한수는 학생이 아니고.

그런 거 아니에요.

아닐까.

소영은 대답하지 못했다.

한숙과 헤어진 소영은 한수에게 전화를 걸려다 말고 세검정으로 가는 버스를 탔다. 차 안에서 소영은 소설의 첫 문장을 지었다가 부수기를 되풀이했다. 부서진 문장의 잔해를 쓸어담고 버스에서 내리자, 한번 와본 것치고는 많이 낯익은 동네 풍경이 눈앞에 펼쳐졌다. 언젠가 꿈에서 본 것만 같다는 느낌이 5월의 바람을 타고 밀려왔다.

한수의 방으로 가는 비탈길은 인적 없이 고요했다. 소영은 한수의 등에 업혀 그 길을 오르던 기억 속으로 빠져들었다. 가슴에 닿았던 단단한 등짝, 걸음을 옮길 때마다 꿈틀거리던 어깨의 근육, 힘줄 불거진 목덜미에서 맡아지던 살냄새…… 그 냄새가 그리도 좋았을까. 몸에 새겨진 그날의 기억들을 하나하나 들추며 걷던 소영 앞에 한수의 방이 나타났다. 골목으로 난 작은 창문에는 지난번에 없던 커튼이 반쯤 걷혀 있었다. 불은 켜져 있지 않았는데 주황색 빛이 유리창에 너울거렸다. 창가로 다가간 소영은 뒤꿈치를 들고 안을 들여다보았다.

방 안에는 촛불이 켜져 있었다. 낡은 호마이카 상 위에서 하얀 초는 타오르고 있었고, 함께 피워놓은 향이 빨갛게 타들어가며 가느다란 연기가 피어올랐다. 상에 차려진 음식은 밥과 국과 김치, 생선구이, 그리고 윗부분을 도려낸 사과 한 알이었다. 소영은 유리컵에 소주를 따라 상에 올리고 일어나 절하는 한수의 옆모습을 보았다. 촛불이 만들어낸 음영으로 강인해 보이는 그의 얼굴은, 불빛이 일렁일 때마다 불안하게 흔들렸다. 소영은 불이 켜지면 창문을 두드릴 생각으로 한 발물러나서 기다리다가, 불은 켜지지 않고 한수의 말소리가 들린 것 같아 다시 방 안을 엿보았다. 무슨 말인지 알아들을 수는 없었지만, 한수는 분명히 입술을 움직여 말하고 있었다. 소영은 한수 앞에 누군가 있다고 느꼈다. 머리가 쭈뼛 서는 그 느낌은 금세 사라졌지만, 한수는 여전히 고개를 끄덕이거나 얼굴을 찡그리기도 하면서 허공과 말을 섞었다. 한수가 혼자 대화하는 모습을 전에도 본 적이 있는 소영은 당황하지 않았지만, 촛불과 향이 타는 방 안의 암연한 분위기 탓에 썩 유쾌한 기분은 아니었다. 방으로 오는 동안 데워졌던 몸은 그새 식어버렸다. 소영이 누군가의 시선을 느끼고 황급히 몸을 숙인 것과, 한수가 미자를 따라 창문 쪽으로 고개를 돌린 것은 거의 동시였다. 소영은 다시 방안을 살필 엄두도 못 내고 도망치듯 그 자리를 떠났다.

그날 이후 한 달이 넘도록 소영은 한수에게 전화하지 않았다. 한수가 소영의 전화를 기다리는 동안 계절은 여름으로 바뀌었다. 한수는 샌들을 고르는 여자들의 맨발을 대할 때마다 소영의 벗은 몸을 떠올렸다. 한낮에 아스팔트가 내뿜는 지열로 뜨겁게 달구어졌던 서울의 대기는 장마전선의 북상과 함께 축축하게 식었다. 한수는 이백삼십 사이즈의 아이보리 샌들 한 켤레를 챙겨놓고 장마가 물러가기를 기다렸다. 소영은 전화하지 않았다. 한수는 참고 또 참다가 마침내 참지 못하고 소영의 집에 전화했다. 부슬비 내리는 저녁, 종로3가의 공중전화 부스에서, 신호가 떨어지자마자 한수는 말했다. 소영아.

한수니.

그래 나야. 한수.

엄마가 받았으면 어쩌려고.

그냥 끊지.

받자마자 내 이름 불러놓고.

니가 받았으니까.

난 줄 알았다고?

응.

소영은 할말을 잃었다.

통화 불편해?

아니. 혼자 있어.

저녁은 뭐 먹었니.

그냥 대충. 집에 있는 거.

전화 기다렸는데.

바빴어.

보고 싶어.

소영은 대꾸하지 않았다.

지금 나올 수 있어?

지금은 좀…… 너무 늦었어.

그럼 내일은?

종강파티야.

무슨 파티?

종강. 학기가 끝났잖아.

모레는 어때.

한수야.

응?

내가 전화할게.

그럴래?

그럴게.

그래 그럼.

화났니.

아니.

화났구나.

응.

내가 전화할게.

알았어.

화내지 마.

안 내고 있잖아.

시간이 좀 필요해.

무슨 시간.

나를 정돈할 시간.

정돈?

내가 엉망이야.

소영아.

말해.

뒤에 사람이 기다려.

그래. 잘 들어가.

잘 있어.

전화가 끊어진 뒤에, 소영은 창가에 서서 비 오는 골목을 바라보았고, 한수는 비를 맞으며 세검정까지 걸었다.

방학을 맞은 소영은 소설을 쓰기 위해 농촌활동에 불참하고 서울에 남았다. 참여하면서 소설을 쓰기는 어려웠겠지만, 참여하지 않는다고 소설을 쓸 수 있는 것은 아니었다. 시위의 끝을 본 적이 없는 대학생에 대한 소설, 소설을 쓰지 못하는 소설가 지망생에 대한 소설, 죽은 부모와 대화하는 신발가게 점원에 대한 소설…… 소영이 시도한 모든 소설들은 노트 한 페이지를 넘기지 못했고, 소영은 여름 내내 방구석에 틀어박혀 괜한 밤을 지새우며 시간을 흘려보냈다. 소영이 자신을 정돈할 때까지 기다리던 한수는, 챙겨두었던 샌들을 정리 세일 품목에 집어넣었다. 장마가 끝나고 시작된 불볕더위 속에서도 한수는 변함없이 몸을 만들고 칼을 갈았다. 여름이 끝날 무렵에는 대검으로 면도를 하거나 사과를 깎을 수 있게 되었다. 대검을 손에 쥘 때 한수는 습관처럼 놈을 떠올렸는데, 이제는 놈을 제거해야 하는 이유가 무엇인지 가물거릴 때가 많았다.

그해 가을은 놈이 죽을 뻔한 일로 시끄러웠던 나날이었다. 북위 16.5도, 동경 96.1도에 위치한 묘지에서 놈은 살고 수행원 열일곱 명이 죽었다. 죽은 이들의 몸에는 무수히 많은 쇠구슬이 박혀 있었다. 한국군에서는 '크레모아'로 통하고, 미군이 개발해 베트남전에 투입

한, 지향성 대인용 지뢰 클레이모어에 내장된 칠백여 개의 베어링 중 일부였다.

연일 신문을 뒤덮는 참사 소식을 접하며 한수는 마음이 복잡했다. 우선 많은 사람이 숨졌으니 마음이 무겁지 않을 수 없었다. 그들 중에도 이 세상에 남은 이가 있을까. 생전에 그렇게 믿은 사람은 떠나지 않았을 것이었다. 그런 이가 있다면 그에게도 만날 수 있는 사람이 있을까. 한수는 부질없는 생각을 멈추고 숨진 이들의 명복을 빌었다. 놈 밑으로 들어가도 안전한 게 아니구나. 그것은 씁쓸한 위안이었고, 그 사건에서 한수가 얻은 유일한 교훈이었다. 이들의 죽음은 누구의 책임인가. 일차적인 책임은 살인을 명령한 자들에게 있다 해도 궁극적인 책임은 누가 져야 하는가. 한수는 모든 것을 놈의 탓으로 돌리고 싶었지만, 결국은 다 자신의 책임이라는 생각을 피할 수 없었다. 서둘러야겠어. 놈이 내 편 네 편 가리지 않고 죽음으로 내모는 위험천만한 존재라는 생각은 한수에게 조바심을 불러일으켰다. 조바심은 자신감의 반대말일 터였다. 특공대원들도 못 죽인 놈을 내가 해치울 수 있을까. 한수의 조바심을 더욱 부추긴 것은, 자기 말고 놈을 노리는 자가 또 있을 수 있다는 생각이었다. 남의 표적을 멋대로 가로채려 하다니. 한수는 새치기를 당했을 때처럼 불쾌했고, 그 와중에 살아 있는 놈이 고마워서 신문에 실린 그의 사진을 뚫어져라 바라보았다.

고마움을 갚기 위해 더 열심히 수련하며 기회를 노려야겠다는 한수의 각오는 오래가지 못했다. 생활은 각오의 적이었다. 가을이 깊어갈 무렵, 한수는 더 많은 돈을 벌기 위해 직장을 옮겼다. 국내 굴지의 구두 브랜드 K제화 종로 매장이었다. 새로운 직장은 청바지와 운동화를 용납하지 않았다. 한수는 정장을 구입했고, 구두는 회사에서 지급했다. E제화의 날렵한 디자인을 좋아하는 한수였지만, 라이벌 회사의 구두를 신고 고객 앞에 설 수는 없는 노릇이었다. 투박한 새 구두는 발이 아팠고, 신입사원이 빠질 수 없는 술자리가 연일 벌어졌다. 한수는 예전처럼 걷고 달리지 못했다. 버스로 출근하는 날이 잦아지고 택시로 귀가하는 날도 생겼다. 쉬는 날에 한수는 쉬기 바빠서, 돈을 더 많이 벌면 가지려고 계획했던 배움의 시간을 내기 어려웠다. 한수가 배우려고 한 것은 행글라이딩과 활쏘기였다.

첫눈이 오고 나서 며칠 뒤에 우진이 서울로 왔다. 전군에 비상경계령이 내려진 탓에 밀린 첫 휴가였다. 우진이 휴가를 나온 덕에 한수는 소영을 만날 수 있었다. 민호까지 네 친구는 명동 롯데리아에서 만나 치킨 한 조각씩을 먹고 근처 학사주점으로 자리를 옮겼다. 휴가는 우진이 나왔는데, 술이 고파서 연신 잔을 비운 사람은 한수였다. 하얀 도자기 병에 담겨나온 약주를 마시며 그들은 야구 얘기를 했다.

난 삼성이야. 민호의 말이었다.
니가 왜. 장효조 때문에? 우진이 물었다.
아버지 고향이 그쪽이야.
그러냐. 그럼 한수 넌. 해태?
한수는 알아듣지 못하고 멍한 표정을 지었다.
한수도 청룡 팬이야. 소영이 대신 대답했다.

나 빼고 다 엠비씨네.

민호의 말을 듣고 한수가 제 잔에 술을 따르며 말했다.

엠비씨가 불탔어.

뭔 소리야. 민호가 대꾸했다. 지난번 코리안시리즈 얘기야? 해태한
테 일무 사패로 진 거?

도청 분숫가에 핏물이 고였어.

얘 또 왜 이러냐.

한수는 눈을 감고 중얼거렸다.

얄리얄리 얄라셩 얄라리 얄라.

참 여러 가지 한다.

우진이 민호에게 입 다물라는 신호를 보내고 말했다.

정신 차려 한수야.

무궁화꽃이 피었습니다.

한수야. 나 좀 봐봐.

소영이 한수의 어깨를 흔들었다. 한수는 눈을 뜨고 소영을 보았다.

괜찮아?

술이 맛있네.

천천히 마셔.

미안해. 잘 못해서.

뭘.

묻고 나서 소영은 무슨 말인지 알아챘다.

처음이라서……

소영은 황급히 한수의 말을 가로챘다.

약주를 처음 마셔본다고?

네. 이런 맛은 처음입니다.

소영은 말문이 막혔다. 민호는 할말을 참고 있었고, 우진이 한수에게 말을 걸었다.

너 독한 술 좋아하잖아. 보드카나 럼주 같은 거.

럼 캡틴큐를 마시고 사마란치가 대검으로 사슴을 찔렀습니다.

우진이 한숨을 쉬고 물었다.

꿈 얘기냐.

백일몽에서 깨어나듯 한수의 눈빛에서 몽롱한 기운이 사라졌다. 한수는 술을 한 모금 마신 뒤에 말했다.

꿈에서 살인을 했어.

누굴.

살인자를 총으로 쏴 죽였는데, 가까이 가보니 나였어.

요새 힘드냐.

한수는 대답하지 않았다.

정신이 돌아온 거야 이제?

민호가 우진에게 물었다.

그래.

고개를 끄덕이며 대답한 사람은 한수였다.

그날의 술자리는 휴가병을 위한 모임답지 않게 간단히 끝났다. 한수가 두통이 심해서 먼저 자리를 뜨자, 소영도 엄마가 아프다며 일찍 집으로 갔다. 우진과 민호는 객담을 나누며 남은 술을 마셨다. 민호는 신병훈련에 대해 궁금한 게 많았다. 화생방훈련 그거 지옥이라며. 방독면이 고물이라 다 샌다던데. 우진은 삼 년 전 한숙의 손을 잡고 쏘다녔던 서울의 매캐한 봄을 떠올렸다. 그게 제일 쉬웠어. 주점에서 나온 두 사람은 당구 한 게임을 치고 헤어졌다. 우진이 귀대할 때까지 네 친구는 다시 모이지 않았다. 우진은 다른 친구도 만나지 않고, 한숙에게도 연락하지 않고, 혼자 음악을 듣거나 영화를 보거나 책을 읽으며 남은 휴가를 보냈다. 닥터 정과 신검사는 아들의 조신한 휴가생활을 제대 후 장래에 대한 청신호로 받아들였다.

우진이 떠난 서울에는 매서운 한파가 몰아쳤다. 추위는 세밑까지 이어졌다. 한수는 털 달린 부츠를 찾는 여성 고객들을 상대하느라 입에서 단내가 났다. 크리스마스 아침에 눈을 뜬 한수는 머리가 아파서 아스피린 한 알을 먹고 다시 잠들었다. 빈속에 복용한 아스피린은 뇌혈관의 혈전을 녹여 두통을 잠재우고 위벽의 점막을 헐어 궤양을 악화시켰다. 한수는 꿈에 소영을 보았다. 효자동 사거리에 서 있는 소영을 발견하고 손짓하며 다가가는데, 사슴 한 마리가 나타나 그녀를 등에 태우고 하늘을 날아 북악산 너머로 사라졌다. 다시 일어난 한수는 외출하기 전에 아스피린 한 알을 더 먹었다. 두통은 사라진 뒤였다. 약통을 주머니에 넣고 방을 나서기 전에, 한수는 거울 앞에서 부르르 떨었다. 오랜만에 운동화를 신어서 걸을 때 발목이 아프긴 했지만 한수의 기분은 날아갈 듯 상쾌했다. 광화문까지 걸어간 한수는 버스를 타고 동쪽으로 갔다.

사 년 만의 화이트 크리스마스였다. 교회 마당에 쌓인 눈이 한낮의 햇살을 받아 눈부시게 빛났다. 정문에서 교회 건물까지 마당을 가로질러 눈을 치운 길이 갈라진 홍해처럼 뻗어 있었다. 한수는 건물의 출입구를 바라보며 정문 앞에 서 있었다. 청바지에 낡은 파카 차림이었지만, 자세만큼은 결혼식에서 신부의 입장을 기다리는 신랑의 모습에 견줄 만했다. 성가대의 합창이 파이프오르간 소리와 함께 마당으로 새어나왔다. 한수에게는 바로 앞에서 연주되는 것처럼 명징한 소리였다. 한수는 건반 위에서 춤을 추는 열 개의 손가락을 보았다. 잠시 정적이 흐른 뒤에, 문이 열리고 성탄 예배를 마친 사람들이 밖으로 쏟아져나왔다.

엄마와 언니를 따라 출입구의 계단을 내려오던 소영은 한수를 발견하고 돌아섰다. 눈 쌓인 마당 가운데 좁은 길로 몰려드는 교인들이 소영의 두 어깨를 건드리며 거센 물살처럼 지나갔다. 소영은 사람들을 피해 길을 벗어나 눈을 밟고 섰다. 홍교감과 미영은 소영을 뒤에 두고 떠밀려갔다. 한수는 성큼성큼 눈 위를 걸어 소영에게 다가갔다. 한수가 소영을 돌려세울 때 홍교감이 미영에게 물었다. 쟤 누구냐. 우리 교회 다니는 애니.

소영은 다짜고짜 업히라는 한수의 등을 떠밀어 건물 안으로 데리고 들어갔다. 본당 입구에서 닥터 정과 신검사가 담임 목사와 담소를 나누고 있었다. 닥터 정의 눈에 띈 소영은 할 수 없이 그들에게 인사했다. 닥터 정은 눈살을 찌푸리며 한수에게 말했다. 너 우진이 친구 아니냐. 이름이…… 하다가 생각난 듯 곱지 않은 눈길로 두 사람을 쳐다봤다. 소영은 한수를 데리고 계단을 올라갔다. 아무도 없는 이층 객석 구석 자리에 나란히 앉을 때까지 그들은 아무 말도 하지 않았다. 여긴 어떻게 알고 왔어. 앉자마자 소영이 물었다.

니가 있는 곳이니까.

그걸 어떻게 알았냐고.

어떻게 모를 수가 있어.

한수야 너…… 소영은 하려던 말을 삼키고 물었다. 머리는 안 아파?

괜찮아. 약 먹어서.

아픈 거잖아. 약 먹었으면.

약 먹어서 안 아프면 됐지.

병원에 안 가볼래.

약 먹으면 돼.

그래도 제대로 진찰을 받아보는 게 어때.

약이 좋아. 아스피린 끝내줘.

한수야 난 니가……

내가 잘못했어.

그게 아니고. 소영은 짜증이 나려 했다. 아니라니까. 난 좋았어. 좋았다고 했잖아.

더 빨리 너한테 왔어야 했는데. 내가 너무 조심했어. 널 잃을까봐 그랬는데, 그러다가 널 잃으면 어떡해. 난 살 수가 없어.

소영은 할말이 생각나지 않았다.

정돈 아직 안 됐어?

정돈? 아…… 정돈이 잘 안 돼.

언제 될 거 같아.

모르겠어. 안 될 거 같아.

정돈하지 마.

소영은 이상한 말이라고 생각했다.

정돈은 내가 한다.

또 그 말투.

나한테 맡기고 기다려. 내가 다 끝낼게.

그래. 그냥 넘어가려다가 소영은 답답함을 이기지 못하고 물었다. 그런데 뭘 끝내겠다는 거야.

나쁜 흐름을 끊어야 해.

나쁜 흐름?

그들의 대화는 더 이어질 수 없었다. 다가오는 미영을 보고 소영이 일어섰기 때문이었다.

여기서 뭐 해. 엄마 기다리잖아.

얘기할 게 좀 있어서.

빨리 가자.

미영은 몸을 돌려 앞장서 걸었다. 소영은 손짓으로 한수에게 전화하겠다고 한 뒤에 미영을 따라붙었다.

쟤가 한수야 언니.

알아. 정권사님한테 들었어.

그 아줌마가 뭐래.

엄마한테 한 소리 들을 거야 너.

뭐랬는데.

쟤 아버지 얘기, 너도 알아?

어느 아버지.

어느 아버지라니.

자매의 대화는 더 이어질 수 없었다. 계단을 내려오는 그들을 향해 홍교감이 다가왔기 때문이었다. 일층 로비 구석으로 소영을 끌고 간 홍교감은 전과자 아들 운운하며 '한 소리'를 퍼부었다. 교회 안임을 의식해서 작고 온화한 음성을 유지했지만 내용은 매우 거칠고 상스러웠다. 소영은 엄마의 건강을 생각해서 묵묵히 듣기만 했다. 홍교감은 그 자식 어딨냐며 딸들의 만류를 뿌리치고 이층으로 올라갔다. 스피커에서 잔잔한 가스펠이 흘러나올 뿐 객석은 텅 비어 있었다.

　소영이 엄마에게 잔소리를 듣고 있을 때, 한수는 이층 객석에 혼자 남아 눈을 감고 조용히 흐르는 노래를 들었다. 한수 귀에 들어오는 가사는 한 구절뿐이었다. 왜 날 사랑하나. 노래의 반 이상을 채우며 되풀이되는 그 말을 한수는 이해할 수 없었다. 왜 날 사랑하나. 한수가 이해할 수 없는 것은 그 말을 하는 사람의 마음이었다. 왜 날 사랑하나. 뜻 모를 그 가사에 마음이 움직이는 까닭 또한 한수는 알 수 없었다. 왜 날 사랑하나. 왜 날 사랑하나. 그 소리가 거듭 들려올 때마다, 한수는 소영을 쫓아가야 한다는 마음과 너무 늦었다는 생각 사이에서 흔들렸다. 더 늦으면 후회만 남게 되고 후회는 괴로움을 낳을 뿐이라는 생각이 드는 순간, 한수는 감긴 눈을 통해 자신을 둘러싼 빛이 바뀌어가는 것을 느꼈다. 점점 작아지던 음악 소리가 뚝 멈추었고, 코끝을 스치는 바람의 냄새를 맡으며 한수는 눈을 떴다. 해 질 무렵의 야구장 외야석에 그는 앉아 있었다.

*

　소영이 반포에 도착한 것은 아홉시가 넘어서였다. 레스토랑 타임에
는 짐작대로 한수의 메모가 남겨져 있었다. 소영은 메모에 적힌 대로
길을 건너 왼쪽으로 걸었다. 저만치서 한 남자가 다리를 절며 미용실
의 셔터를 내리고 있었다. 옆에서 거드는 여자의 뒷모습을 알아보기
에는 너무 멀고 어두웠다. 소영은 노란색 간판 아래 전기구이 통닭이
돌아가는 반포치킨의 문을 열고 들어갔다. 구석 자리에 앉아 있는 세
남자가 저마다 다른 표정으로 소영을 맞았다. 소영은 비어 있는 한수
옆자리에 앉았다.

　왜 이렇게 늦었어. 우진이 물었다.

　올까 말까 했어.

　어쨌든 오랜만에 다 모였네.

　우진은 잔을 시켜 소영에게 맥주를 따라주었다. 소영은 단숨에 잔
을 비웠다.

　언제 떠나.

　소영이 마늘치킨 한 조각을 집으며 민호에게 물었다.

　일주일 남았어.

　바쁘겠네.

　아무래도 좀. 넌? 소설 쓴다며 요즘.

　옛날에도 썼어. 완성한 건 없지만.

　난 왜 몰랐지.

　내가 말 안 했으니까.

왜 말 안 했어.

안 물어봤잖아.

어떤 얘긴데. 지금 쓰는 거.

주인공이 살인마야.

공포소설?

아니. 웃기는 얘기야.

살인마가 나오는 코미디라……

비극이겠지. 한수가 소영의 잔에 술을 따르며 말했다.

맞아. 소영이 잔을 잡고 말했다. 슬픈 이야기야.

민호는 머쓱한 표정으로 우진을 바라봤다. 우진은 잔을 들어 모두에게 건배를 청했다.

민호는 잘 가고, 소영이는 잘 쓰고, 한수는…… 잘 살아라.

너는? 소영이 우진에게 물었다.

난……

우진이는 잘 믿어야지. 민호가 말했다.

난 잘 취할란다.

우진은 잔을 비웠다. 한수는 뜨거운 몸이 추워서 맥주가 넘어가지 않았다.

랭보의 시에 이런 구절이 있지. 가장 좋은 것은 잘 취해 해변에서 자는 것이다.

우진의 말을 듣고 한수는 생각했다. 가장 좋은 것은…… 한수는 두툼한 솜이불을 덮고 소영의 곁에서 잠들고 싶었다. 소영이 한수의 안색을 살피며 물었다.

많이 아파?

괜찮아.

약을 먹으라니까. 민호가 말했다.

약 안 먹어.

말하며 고개를 저은 사람은 소영이었다.

*

1983년 크리스마스에 옥수동의 교회에서 사라진 한수는, 이듬해 4월 2일 동숭동 문예회관 소극장 객석에 모습을 드러냈다. 연극이 상연되고 있었지만, 비어 있는 뒤쪽 구석에 조용히 나타나서 관객들은 한수의 출현을 눈치채지 못했다. 마침 그쪽에 시선을 두고 있던 배우 한 명이 자신의 눈을 의심하느라 멈칫하기는 했지만, 극중에서도 눈앞이 캄캄한 상황이라 자연스러운 연기로 보일 만했다. 조명을 밝힌 무대에서 배우들은 눈먼 사람들처럼 행동했다. 그들이 등장해 있는 무대의 설정은 정전이 되어 어두운 거실이었다. 극중에서 빛은 어둠이고 어둠은 빛이었다. 어둠은 어둠으로 보여줄 수 없으므로 그 아이러니는 필연이었다. 어둠 속에서 오해와 기만으로 뒤엉킨 인물들의 관계만큼이나 무대는 뒤죽박죽 어질러져 있었다. 연극의 끝에서 갑자기 전기가 들어와 모든 조명이 꺼지자, 캄캄한 무대에서는 불빛 아래 드러난 진상 앞에 놀라고 당황하는 소리들이 꼬리를 물고 이어졌다. 한수는 소란스러운 어둠을 벗어나 극장 밖으로 나왔다. 거리는 다른 빛과 어둠에 싸여 있었다. 한수가 주머니에서 꺼낸 손목시계는 한낮의 시간에서 멈춰 있었다. 어쨌든 서울로 돌아왔으니 다행이야. 한수는 지나가는 사람에게 물어 시간을 고치고 수동으로 시계태엽을 감았다. 젊은 여자들이 한수를 힐끔거리며 지나갔다. 한수는 겨울 파카를 벗어 팔에 걸치고 마로니에공원 쪽으로 걸었다.

한수가 야구장에서 눈을 떴을 때 가장 먼저 느낀 감정은 외로움이었다. 늘 외로운 처지의 그로서는 새삼스럽게도, 외로움은 낯선 감정으로 밀려와 한수의 가슴에 사무쳤다. 외롭게 사는 것과 외로움을 느끼는 것은 다른 문제일 터였다. 한수는 주먹으로 가슴을 두드리며 텅 빈 야구장을 둘러보았다. 하늘은 어둑어둑하고 조명탑은 꺼져 있었지만 그라운드와 관중석 모두 대낮처럼 밝았다. 한수는 스탠드 밖으로 나와 넓은 통로를 따라 걸었다. 외벽에는 창문이 없고 짐작대로 출구는 나타나지 않았다. 매점에는 먼지가 쌓여 있고 공중전화는 모두 고장이었다. 한수는 한숨을 내쉬었다. 미자 도움 없이 나갈 수 있을까. 외야석으로 돌아온 한수는 꼭대기로 올라가 담장 너머를 내다보았다. 도시의 빌딩숲은커녕 오막살이 한 채 없는 허허벌판의 끝이 보이지 않았다. 한수는 계단을 내려와 펜스를 넘고 외야를 가로질러 마운드에 올랐다. 이제 뭘 어떻게 해야 하나. 한수는 인기척을 느끼고 1루 쪽 덕아웃을 바라보았다. 뉴욕 양키즈의 줄무늬 유니폼을 입은 노년의 라틴계 남자가 야구공을 두 손으로 쥐고 닦으며 천천히 걸어나오고 있었다. 그가 한수에게 다가와 말을 걸었다. 한스, 유 오케이?
누구세요.
싼띠아고.

저를 아시나요.

한스.

여기가 어디죠.

노 웨어.

네?

아무 데도 아니지. 없는 곳이네.

노인과 한수는 각자의 모국어로 말하고 상대방의 외국어를 알아들었다.

무슨 말씀이신지.

이해했을 텐데.

그 말을 들으니 이해한 것도 같아 한수는 고개를 끄덕이며 아는 체했다.

문이 열린 거군요.

틈이라고 해야겠지. 지퍼가 벌어지듯이.

놈의 짓인가요.

놈?

노인은 한수의 발음을 따라 했다. 한수는 영어로 대답했다.

네임 오브 머더러.

그 이름이 뭐지.

그런 놈이 있습니다.

노인은 두 팔을 벌리고 어깨를 으쓱했다.

한스. 몇 가지 물어봐도 되겠나.

시험인가요.

대화라고 해야겠지.

한수는 노인의 질문을 기다렸다.

대답하게.

먼저 물으셔야죠.

물어봐도 되겠냐고 물었네.

안 된다고 하면 어떻게 되죠.

안 묻지.

그다음엔요.

다음은 없네.

됩니다. 한수는 얼른 말했다.

조 디마지오를 아나.

야구 선수죠.

대선수지.

연속 안타 기록으로 유명하죠. 신문에서 봤어요. 오십몇 게임인가……

쉰여섯 경기. 그 대기록은 천구백사십일년 오월 십오일에 사 타수일 안타로 시작되지. 어떻게 끝나는지 아나.

모르면 어떻게 되죠.

모르면 모른다고 하면 되네.

모릅니다.

그해 칠월 십칠일 클리블랜드 인디언즈와의 경기였지. 안타 없이 마지막 타석에서 조는 3루 쪽으로 큰 바운드의 타구를 치네. 조는 발도 빨랐지.

하지만 아웃이 됐군요.

클리블랜드의 3루수 켄 켈트너가 달려들어와 숏바운드로 공을 잡자마자 1루에 뿌렸지.

그렇게 아웃이 됐군요.

간발의 차였네. 기억해두게. 모든 중요한 순간은 간발의 차로 결정되지.

한수는 자신에게 그런 순간이 언제였을까 생각했다.

한스. 조 디마지오의 진짜 놀라운 기록이 뭔지 아나.

한수가 모른다고 말할 새도 없이 노인의 말이 이어졌다.

조는 그다음 경기부터 또 안타를 치기 시작하네. 몇 게임인지 아나.

모릅니다.

무려 스물일곱 경기였네. 트웨니세븐!

한수는 왠지 귀에 설지 않은 숫자라고 생각했다.

요기 베라식으로 말해볼까. 잇 에인트 오버 이븐 애프터 이츠 오버. 끝난 뒤에도 끝난 게 아니다.

노인의 말을 따라 하며 한수는 끝나기 전에 끝났으면 좋겠다고 생각했다.

그 위대한 조 디마지오가 서울을 방문한 적이 있네. 천구백오십사년 일월이었지. 조는 마릴린 먼로와 함께 신혼여행을 떠나 도쿄에 도착하지만, 하룻밤도 보내지 않고 날아와 여의도에 내리지. 그때 먼로를 마중나간 여배우가 누군지 아나.

모릅니다.

그녀는 오 년 전 홍콩에서 실종됐지.

누구더라.

스물여덟 살의 그녀가 동갑내기 세계적인 스타를 맞는 기분이 어땠을까.

한수는 기분이 언짢아서 속으로 투덜거렸다. 이 노인네가 갈 길 바쁜 사람 붙잡고 뭔 소릴 주절대는 거야.

잘 듣게 한스. 자네는 미래를 기억할 수 있다고 믿나.

자신에 대해 다 알지 못하는 한수는 퉁명스럽게 대꾸했다.

말이 안 되잖아요.

그녀는 천구백팔십구년에 서울로 돌아왔다는 것을 기억해두게.

지금이 팔십삼년인데요.

그러니까…… 노인은 손가락을 꼽아보고 말했다. 지금부터 육 년 뒤에 돌아왔군.

한수는 심란했다. 정신이 오락가락하는 노인네한테 뭘 기대할 수 있을까.

저도, 돌아가야 해요.

그 말을 기다렸네.

노인은 한수에게 공을 건네주었다. 한수는 엉겁결에 받아든 공의 붉은 실밥을 물끄러미 내려다보았다. 노인은 말없이 홈 플레이트를 가리켰다. 그곳에는 무릎 높이에 반투명의 직육면체가 떠 있었다. 무슨 설명이 더 필요하겠냐는 듯 노인은 어깨를 으쓱해 보였다. 한수는 소영을 생각했다.

공은 이거 한 개뿐인가요.

공은 언제나 단 한 개지.

연습이 없군요.

한번 던진 공은 되돌릴 수 없네.

한수는 시계를 풀어 주머니에 넣고 파카를 벗어 마운드에 내려놓았다. 왼발로 투수판을 디딘 한수는 왼손 검지와 중지를 실밥에 가로 걸쳐 공을 쥐고 스트라이크존을 노려보았다.

성공하더라도 언제 어디로 돌아갈지는 알 수 없네.

노인이 던진 말에 한수의 집중력이 흐트러졌다.

뭐라구요.

한수는 고개를 돌렸지만 노인의 모습은 보이지 않았다.

알 수는 없지만, 있어야 할 때와 장소로 가지 않겠나. 물론 성공한다면 말이지.

보이지 않는 노인의 목소리가 장내 아나운서의 멘트처럼 반향을 일으키며 들려왔다. 한수는 노인이 한 말을 되새기느라 공을 던지지 못했다.

시간이 많지 않을 텐데. 인터벌이 너무 길면 존이 사라진다네.

너무라니요. 몇 초 남았는데요.

노인은 대답하지 않았다. 한수는 정신을 가다듬고 다시 홈 플레이트 쪽을 바라보았다. 직육면체가 조금 투명해지면서 윤곽이 흐릿해진 느낌이었다. 서둘러 공을 던지려고 오른쪽 다리를 들어올린 한수는 멈칫, 발을 도로 땅에 내려놓았다. 타자가 없는데 스트라이크존이 있을 수 있나. 한수가 투구 동작을 멈춘 것은 그런 의문 때문이었다. 저것은 헛것이 아닌가. 추위를 느낀 한수는 파카를 입고 주머니 속의 약통에서 아스피린 한 알을 꺼내 씹어 삼켰다. 18.44미터 앞의 직육면체는 점점 희미해지고, 한수는 사슴을 쏘지 못하는 사냥꾼의 마음을 생각했다. 한수야 눈을 감아. 아득히 먼 곳에서 들려온 목소리가 누구의 것인지는 알기 어려웠지만, 속삭이듯 귓가에 맴도는 그 소리에 최면이 걸리듯 한수는 눈을 감았다. 직육면체의 잔상이 또렷한 형체로 살아나 망막에 어른거렸다. 한수는 그 속으로 걸어들어가며 점점 작아지는 자신의 몸을 상상했다. 홈 플레이트 위에 떠 있던 가상의 존이 점점 커지며 한수를 향해 다가왔다. 한수는 볼 수 없었지만, 그가 상상 속에서 상자 안에 든 인형처럼 작아졌을 때, 부풀어오른 존은 마운드 위의 한수를 둘러싼 투명한 캡슐이 되었다. 한수는 투수판에 엉덩이를 걸치고 앉아 슬며시 공을 내려놓았다.

공원에서 과자 부스러기를 쪼아먹는 비둘기떼를 구경하다가, 한수는 배가 몹시 고프다는 것을 깨달았다. 공원을 떠나 큰길을 건너 '진아춘'에 들어간 한수는, 짜장면 곱빼기를 시키고 옆 테이블에 놓인 신문을 가져왔다. 석간이었다. 한수는 일면 귀퉁이에 박힌 연도와 날짜를 확인했다. 그사이에 놈이 죽지는 않았겠지. 놈이 태어나기 전으로 오지 않은 것에도 안도하며 신문을 접으려던 한수는, 요란스럽게 돌출된 납치사건을 접하고 기사를 읽지 않을 수 없었다.

식사를 마치고 밖으로 나온 한수는 커피를 마시려고 주위를 둘러보았다. 학림다방 간판이 눈에 띄기는 했지만 혼자 있다 나올 것을 생각하니 들어가고 싶지 않았다. 한수는 자판기에서 커피를 뽑아 들고 혜화동 로터리 쪽으로 걸었다. 오감도 앞을 지날 때 까페 문이 열리며 사람들이 쏟아져나왔다. 더불어 쏟아진 음악은 이글즈의 〈호텔 캘리

포니아〉였다. 한수는 걸음을 멈추었다.

당신은 언제든 원할 때 체크아웃할 수 있지요. 하지만 결코 이곳을 떠날 수 없어요. 돈 헨리의 보컬이 끝나고 기타 연주가 이어지려 할 때, 문이 닫혔다. 한수는 소영을 생각하며 걸음을 떼놓았다. 소영은 눈 감고 가만히 귀 기울이면 돈 펠더와 조 월시의 트윈 기타 소리가 들려온다고 했다. 한수는 삼 년 전 뚝섬 집 마루에서 누나와 소영과 함께 맥주를 마시며 음악을 들었던 여름날의 평화를 생각했다. 다시 그런 날이 올까. 한수는 때마침 바뀐 신호등 불빛에 이끌리듯 큰길을 다시 건너 낙산가든 옆길로 접어들었다. 긴 여행에서 돌아온 듯 몹시 피곤했지만 한수는 그 동네를 떠날 수 없었다. 골목길을 순례하는 나그네처럼, 한수는 문예회관 뒷길의 어둠 속으로 걸어들어갔다.

어둠에 둘러싸인 차 안에서 소영은 말없이 눈을 감았다. 너 가고 싶은 데로 가자는 그녀의 말에, 정말? 바보 같은 말을 뱉은 민호는 가슴을 쓸어내렸다. 거짓말이었으면 어쩔 뻔했나. 민호는 전조등을 켜고 출발하려다가 불빛에 얼굴을 찡그리며 걸어오는 남자를 보았다. 대도와 마주쳤을 때보다 더 가슴이 내려앉은 민호는 고개를 숙이고 친구가 지나가기를 기다렸다. 어느새 눈을 뜬 소영이 머리를 밖으로 내밀고 한수를 불러세웠다. 한수는 놀라지도 않고 다가와 소영에게 말했다. 여기 있었구나.

민호는 내키지 않았지만 한수를 차에 태웠다. 소영이 몸을 돌려 민호를 향한 것은 뒷자리의 한수와 얘기하기 위함이었다. 민호는 가슴에서 커다란 덩어리 하나가 쑤욱 빠져나가는 것을 느꼈다. 어디로 가. 민호의 메마른 물음에 소영이 들뜬 목소리로 답했다. 한잔 더 해야지.

썬웨이 어때. 한남동으로 가는 차 안에서 한수와 소영이 나누는 대화를 민호는 거의 알아들을 수 없었다. 둘은 몇 달 동안 못 만난 것 같기도 했고 바로 전날 본 것 같기도 했다. 한수는 사막이나 바다 한가운데서 조난을 당하기라도 한 것처럼 말했는데, 그 와중에 야구는 어떻게 할 수 있었다는 것인지 납득하기 어려웠다. 건성으로 들어주기도 힘든 헛소리를 소영은 질문까지 해가며 경청했다. 민호는 거울에 비친 한수의 머리통을 박살내고 싶었다.

썬웨이에서도 소영과 한수의 대화는 계속되었다. 소영은 한숙 언니에게 들었다며, 월세를 낼 수 없어 세검정 방을 뺐다고 한수에게 전했다. 직장에서 잘린 거야 말할 필요도 없었다. 한수는 침울한 표정으로 마른안주가 담긴 오절판을 뒤적였다. 민호는 박살을 낼 땐 내더라도 친구가 딱해 보이는 건 어쩔 수 없어 '함박스테이크'를 추가로 시켰다. 한수가 낙담한 것은 놈의 거처 가까이 확보한 두 개의 거점을 한꺼번에 잃음으로써 계획에 상당한 차질을 빚게 되었다는 생각 때문이었다. 한수는 함박스테이크 한 조각을 천천히 씹어 삼킨 뒤에 입을 열었다. 니네한테 뭐 좀 물어봐도 될까. 소영과 민호는 서로 바라본 뒤에 함께 고개를 끄덕였다. 한수는 고기 한 조각을 더 먹고 나서 말했다. 조 디마지오를 아니. 한수가 조 디마지오와 마릴린 먼로에 대해, 미래를 기억하는 문제에 대해, 그리고 그날 공개된 납치사건에 대해, 그 사건의 주인공들의 미래의 귀환에 대해 얘기하는 동안, 민호는 스테이크 접시를 자기 쪽으로 끌어당겨 다 먹어치웠다.

그날 셋은 잔뜩 취해 함께 여관으로 갔다. 그들에게 남은 돈으로는 방 두 개를 얻을 수 없었다. 여관 주인은 셋을 한 방에 들일 수 없다고 거부했다. 두 남자와 한 여자가 같이 자는 것은 풍기 문란이라는 게 이유였다. 소영은 별 거지 같은 경우를 다 보겠다며 화를 냈고, 한수는 잘 수 있으니까 방 하나만 달라는 말을 되풀이했다. 민호가 1.5배의 요금을 내겠다고 하자 주인은 방을 내줬다. 그들은 방에 들어가자마자 이부자리도 깔지 않고 드러누웠다. 잠시 후 소영이 코를 골기 시작했다. 그 소리를 들은 사람은 옆방의 남녀였다.

아침에 먼저 눈을 뜬 사람은 민호였다. 민호는 꿈에서 대도와 함께 포르노를 보다가 할머니에게 들키면서 깨어났다. 화장실로 간 민호는 발기된 페니스를 내리누르며 힘들게 오줌을 누고 방으로 돌아왔다. 어울리는군. 닮았어. 민호는 똑같은 자세로 자고 있는 두 친구를 내려다보았다. 자세 때문만은 아니겠지. 똑같이 자고 있다 해도 민호는 그들과 달라 보일 것이었다. 소영의 촌스러운 연두색 상의와 한수 발치에 나뒹구는 철 지난 파카 사이의 친밀감을 나눠 가질 만한 것이 민호에게는 없었다. 그런 것은 노력해서 얻을 수 있는 것이 아니었다. 이해할 수 없는 것들을 애써 이해하려고 노력하지 말자. 민호는 자기에게 맞는 자세 하나를 찾은 느낌이었다. 그 느낌이 흐지부지되기 전에, 아직 단단하지 않은 자세가 흐트러지기 전에, 그는 그 고단하고 애처로운 수면의 현장에서 벗어날 필요가 있었다. 민호는 썬웨이 앞에 세워놓은 차가 잘 있을지 걱정하며 친구들 곁을 떠났다.

*

반포치킨에 모인 네 친구는 침묵에 잠겼다. 말이 없는 이유는 저마다 달랐다. 한수는 말할 기운이 없었고, 소영은 말할 뜻이 없었고, 우진은 말할 거리가 없었고, 민호는 할말이 너무 많았다. 침묵을 깬 사람은 결국 민호였다.

우리 선배 중에 죽은 사람 있었지. 기억나? 일학년 때. 육교에서 칼 맞고 그 자리에서.

도끼였어. 한수가 바로잡았다.

아무튼 그 형을 죽인 애가, 내가 아는 녀석이더라고. 중학교 동창 모임에서 들었어.

한수는 그것이 사고였음을 알았지만 가만히 있었다.

걜 얼마 전에 만났어. 미국에 있는데 잠깐 왔대.

미국? 우진이 뜻밖이라는 투로 반응했다.

걔네 집이 엄청 부자거든.

니가 엄청 부자라고 하면 얼마나 부잔데. 재벌이야?

부동산 재벌이지. 물건 만들어 파는 거하고는 차원이 달라.

아무튼, 그래서?

그때 그 선배가 죽은 건 사고사로 처리됐어. 위로금이 상당했을걸. 얜 전학 가는 걸로 끝났는데, 아예 미국으로 학교를 옮긴 거지.

차원이 다르군. 미국 어디.

지금은 뉴욕.

어떻게 살았대.

잘 살았나봐.

잘 살 수가 있었대?

그런 얘긴 안 했지. 느낌이 그렇단 얘기야.

느낌이 어떤데.

안정감이 있다고 할까. 아무튼 우리하고는 달라.

우리? 소영이 떨떠름한 투로 반응했다.

우린 뭔가 불안하잖아.

너도?

난 뭐 인조인간이냐.

걔 얘기 좀 더 해봐. 한수가 말했다. 안정감 있고, 또?

젠틀하지. 침착하고, 당당해. 자기 생각이 분명한데, 거만하다는 느낌은 안 들고.

나하고는 확실히 다르군. 우진이 말했다.

침울해 보일 때가 없는 건 아니야. 이따금 시니컬하기도 하고. 하지만 그럴 때도 걘 좀 다르단 말이야. 뭐랄까…… 모르겠다. 내가 하려던 얘긴 그런 게 아니고.

한수는 그런 얘기를 더 듣고 싶었지만 가만히 있었다.

그 녀석 말이, 자긴 서울에 와서 사나흘만 지나면 뉴욕에 가고 싶어진대. 한강을 보고 있으면 허드슨 강이 그리워진다나. 미국에서도 그런다는 거야. 어쩌다 차를 몰고 교외로 나갔다가 돌아오는 길에 저기 뉴욕의 불빛이 보이면, 아 돌아왔구나…… 어떨 땐 가슴이 막 뭉클해지고 그런다네. 우리도 그런가. 톨게이트가 저만치 보이면, 아 서울이구나…… 그러냐 니들은?

소영과 우진은 글쎄? 하는 표정을 지어 보였다. 한수는 고등학교 졸업 이후 고속도로든 철도든 현실의 길을 따라 서울로 돌아와본 적이 없었다.

*

　1984년은 한수에게 가장 짧았던 한 해였다. 4월에 시작됐으니까. 그해가 다 가도록 한수는 다시 직장을 구하고 방을 얻는 일에 매달렸다. 석 달의 공백 탓에 무너진 생활의 기반을 복구하는 동안 계절이 세 번 바뀐 셈이었다. 한수는 하던 일을 계속하고 싶었지만 무단결근으로 해고된 이력이 발목을 잡았다. 한수는 다른 일도 좋다고 마음을 고쳐먹었지만, 그런 그가 기특해서 일자리를 주겠다고 나서는 고용주는 없었다. 누나가 애인과 동거하는 단칸방에 얹혀사는 한수에게, 취직보다 급선무는 하루빨리 그 방에서 나오는 것이 아닐 수 없었다. 누가 있을까. 한수는 전화번호 수첩에 적힌 이름들을 하나하나 짚어가며 어디로 가야 할까 궁리했다.

　한수는 삼 년 전에 함께 피를 팔았던 친구 모세에게 갔다. 모세는 답십리 인력시장 근처에서 자취를 하며 일용직 노동자로 살고 있었다. 한수는 모세를 따라다니며 벽돌을 나르고 콜타르를 칠하고 어쩌다 한 번씩 시체를 닦았다. 모세는 시체를 닦을 때 배를 누르지 말라고 했다. 한수가 시체를 닦다가 실수로 배를 누르면, 시체는 입과 항문으로 오물을 쏟았다. 한수는 시체를 닦으며 시체가 흘리는 오물을 닦았다. 사후에 경직된 몸은 산 자의 손길에 완강히 저항했고, 죽은 자의 몸속에서 살아남은 신경이 자극을 받으면 이따금 시체의 손발이 움찔거렸다. 한수가 시체를 닦는 동안 미자는 창문 없는 시체실 밖에 남아서 일이 끝나기를 기다렸다. 한수와 무세는 시체를 닦기 전에 소주 한 병을 나눠 마셨고, 일을 끝낸 뒤에는 폭음으로 죽음의 냄새를 씻어냈다.

시체 닦는 일은 보수가 좋아서 한수의 저축에 적지 않은 보탬이 되었다. 한수는 자취방 월세와 각종 요금과 식비 등 공동 생활비의 절반을 부담하는 것 말고는 거의 돈을 쓰지 않았다. 한수와 달리 모세는 돈이 생기면 쓰고 보자는 주의였다. 언제 죽을지 모른다는 게 돈을 써버리는 이유였다. 왜 기를 쓰고 돈을 모으는지 궁금하다는 모세에게, 한수는 처음으로 자신의 계획을 털어놓았다. 미자가 처음으로 한수의 계획을 알게 된 때이기도 했다. 모세는 진지하게 듣고 나서 계획은 있냐고 물었다. 한수는 놈을 제거하기 위한 계획을 다시 설명했다. 모세는 같은 얘기를 참을성 있게 듣고 나서, 의지와 계획은 다른 거라고 충고했다. 알아듣고 고개를 끄덕이는 미자와 달리, 한수는 그 말을 자신의 의지가 부족해 보인다는 뜻으로 받아들였다.

여름부터 한수는 다시 몸 만들기에 나섰다. 강한 의지를 키우기 위해 한수가 할 수 있는 유일한 일이었다. 따로 시간을 내기 어려운 그는 노동을 운동이라 여기며 공사 현장에서 일했다. 밥벌이를 위한 노동을 체력 단련을 위한 운동으로 바꿔놓기가 생각처럼 쉬운 것은 아니었다. 자신의 몸놀림에 대한 생각이 둘 사이를 왔다갔다할 때마다 한수는 몸의 움직임이 달라지는 것을 느꼈다. 그것은 미세한 차이였지만, 물이 얼고 얼음이 녹는 것만큼 분명한 단절이었다. 겉으로 이어지는 동작 속에서 한수의 몸은 자꾸 끊어졌고, 속에서 끊어지는 몸을 이어가야 하는 한수의 근육과 관절은 고단했다. 한수는 눈을 감고 내리막길을 걸었던 기억의 힘으로 고통을 이겨냈다. 아스피린과 함께. 한수를 단련시킨 것은 노동도 아니고 운동도 아니고 노동을 운동 삼아 하겠다는 야무진 생각도 아니었다. 한수의 몸은 노동과 운동 사이에서, 노동을 운동으로 바꾸려는 시도의 거듭되는 실패를 통해 단련되었다.

가을이 끝날 무렵 한수는 자신의 몸 상태가 최고 수준에 이르렀음을 알았다. 모세는 건축 자재를 짊어지고 계단을 오르내리는 한수의 몸놀림이 무용수의 동작 같다고 느꼈다. 미자는 한수가 옷을 갈아입을 때 그의 벗은 몸에 감탄하며 일찍 죽은 것을 아쉬워했다. 한수의 몸에서 군살을 찾아내기란 놈의 마음에서 양심을 건지는 것만큼 어려웠다.

의지를 강하게 키울 목적으로 몸을 만들기 시작했지만, 몸이 만들어지는 과정에서 목적은 중요하지 않았다. 목적은 오히려 몸의 균형과 부드러운 움직임을 방해할 뿐이었다. 힘이 잔뜩 들어간 몸은 쉽게 지쳤다. 페이스를 유지하려면 힘을 빼야 한다는 것을 깨달은 한수는, 맹목의 힘으로 쓸데없는 힘을 버리는 방법을 터득했다. 몸을 만들기 위해 몸을 만든다는 것. 한수의 몸이 단단해질수록 놈에 대한 살의는 점점 약해졌다.

일이 없었던 어느 가을날, 한수와 모세는 지하철 2호선을 타고 잠실로 갔다. 야구장 외야석에 자리잡은 두 사람은 물통에 담아간 소주를 나눠 마시며 서로 다른 팀이 이기기 바라는 마음으로 그라운드를 내려다봤다. 해태 타이거즈와 MBC 청룡의 경기였다. 김재박의 호수비로 해태의 찬스가 무산되고 공수가 바뀌는 사이에, 허탈한 표정을 짓고 있던 모세가 불쑥 물었다. 계획은 세웠냐. 무슨 계획? 뒤늦게 알아들은 한수가 계획을 말하려다가 멈칫하며 입을 다문 덕에, 모세는 같은 얘기를 세 번 듣는 곤욕을 치르지 않았다. 한수는 그라운드로 달려

나오는 해태 야수들의 동작이 잠깐 흔들리는 것을 보았다. 세상에 없는 곳으로 통하는 문이 열리려다 도로 닫힌 그 순간, 홈 플레이트 쪽 관중석에서 무심코 하늘을 올려다본 소영은, 왼쪽으로 기운 달에 안기듯 초록빛 작은 동그라미 하나가 나타났다 사라지는 것을 보았다.

크리스마스를 며칠 앞두고 한수는 짐을 싸서 모세의 방을 떠났다. 모세는 한수에게 삼겹살을 구워주고 운동화를 사주었다. 한수의 낡은 테니스화는 밑창이 닳고 너덜너덜했다. 한수는 고마워서 칼을 선물했다. 일 년 전 한숙이 세검정 방에서 한수의 짐을 챙길 때 발견하고 날이 잘 들어 식칼로 쓰다가 돌려준 대검이었다.

한수가 새 신을 신고 향한 곳은 화양리였다. 오 년 전 장물아비 판씨가 체포된 여관 근처 상가 건물 지하에 한수의 새로운 방이 놓여 있었다. 한수가 화양리에 방을 얻은 까닭은 그곳 까페 거리에 새로운 일자리를 얻어서였다. 일자리를 소개한 사람은 문오였다. 문오는 다시 한 방에서 셋이 같이 살게 될까봐 늘 불안했다. 문오의 옛 밴드 서울의 멤버였던 까페 주인은 한수의 판매사원 경력을 높이 샀다. 한수는 가장 먼저 출근해서 까페의 문을 열고 주방과 홀을 청소하는 것으로 하루 일과를 시작했다. 해가 기울면 실내 곳곳에 놓인 수십 개의 장식초에 불을 붙이는 일도 그의 몫이었다. 일은 단순했고 한수의 몸은 가벼웠다. 까페의 이름은 '촛불잔치'였다.

이 년 동안 신발을 팔아본 한수에게는 서빙도 어려운 일이 아니었다. 이 구두 저 구두 신어보듯 술과 안주 들을 시켜 맛만 보고 그냥 나가는 손님은 없었다. 한수는 새로운 일과 생활에 만족했다. 많은 돈은 아니지만 통장에 잔고가 있고, 약통에는 언제나 충분한 양의 아스피린이 들어 있었다. 몸속의 이상한 피는 어느 구석에 숨었는지도 모르게 잠잠했다. 4월에 돌아온 뒤로는 미자를 볼 기회도 없어서 한수는 그녀를 거의 의식하지 않고 지냈다. 소영은 여관에서 나와 헤어진 이후 감감무소식이었다. 그녀를 또 찾아나설 형편이 못 되는 한수는, 안 봐도 견딜 만하다는 쪽으로 마음을 다스렸다. 마음을 다스리는 방법으로 몸을 혹사하는 것보다 좋은 것은 없었다. 소영을 향한 마음이 다스려지면서 놈에 대한 한수의 관심도 시들해졌다. 놈은 먼 곳에 있었다. 한수의 방에는 여전히 TV가 없고, 신문을 다시 멀리한 지도 오래였다. 한수는 놈을 잊은 채 새해를 맞았다.

*

얼마 전에 최은희를 봤대 그 친구가. 워싱턴광장에서.

방금 전에 옆자리에 앉은 사십대 남자가 민호의 말에 고개를 돌렸다가 일행과의 대화로 돌아갔다. 우진은 고개를 갸우뚱했다.

썬글래스를 썼지만 금세 알아봤대. 스타는 스타야.

반포치킨 벽에 걸린 시계는 역시 십분을 가리키고 있었다.

거기서 계속 살 건가. 우진이 말했다.

한수한테 물어봐.

무슨 말이냐는 표정만 짓고 있는 우진을 대신해서 민호가 한수에게 물었다.

언제 온다고.

천구백팔십구년.

내년이네. 내년에 정말 돌아오면, 한수 널 예언자로 인정해주지.

몇 달 전이었다면 한수는 예언이 아니라고, 내년에 '돌아왔다'고 말했을 것이었다.

또 예언할 거 없냐. 한 번은 우연일 수 있잖아.

민호는 며칠 후면 떠나야 한다는 생각에 들뜨면서도 착잡한 마음을 자꾸 떠벌리는 것으로 달래려 했다.

우린 다 죽어.

언제?

민호는 자기도 모르게 긴장하며 물었다.

언젠가는.

에이 난 또.

민호와 한수가 얘기하는 동안 우진은 생각에 빠져 있었다. 소영은 화장실에 가 있었다.

그 전에 우린…… 너희는 나를……

너를 뭐.

자리로 돌아오는 소영을 보고 한수는 말을 돌렸다.

아니야. 잘 갔다오라고.

민호는 그러려니 하고 더 묻지 않았다.

괜찮아, 좀?

소영이 앉으며 한수에게 물었다. 한수는 힘없는 미소로 대답을 대신했다.

자리 옮기자.

멍하니 앉아 있던 우진이 일어서며 말했다.

그래. 내가 좋은 데 알아. 거기 가자.

민호가 말하고 카운터로 향했다. 앉자마자 다시 일어서야 하는 소영은 어깨를 한번 으쓱하고 가방을 집어들었다. 한수는 그쯤에서 친구들과 헤어지고 싶은 마음과 소영 곁에 더 머물고 싶은 마음 사이에서 갈등하며 천천히 몸을 일으켰다.

*

한수는 촛불잔치에서 이 년 가까이 일했다. 1984년 12월부터 1986년 10월까지. 그 시기가 한수에게는 비교적 평화로운 날들이었다. 많은 것들을 잊고 살았으니까. 뭐든 잊고 지내기에 화양리만큼 좋은 동네도 흔치 않았다. 화양리는 세종대와 건국대에서 가까웠고 한양대에서도 멀지 않아서, 저녁이 되면 거리에 즐비한 까페와 주점 들마다 젊은이들로 꽉꽉 들어찼다. 재수생과 직장인과 고등학생 들까지 가세해서 뿜어내는 젊음의 열기와, 모든 풍경의 배후에서 너울거리는 취기로 화양리의 밤은 몽롱했다. 날마다 크고 작은 싸움이 벌어지고, 숱한 만남의 설렘과 실연의 아픔이 횡행하고, 뒷골목 텍사스 구역의 업소들은 붉은 등을 밤새 밝혔다. 그곳에서 한수의 방이 있는 여관 골목까지 일대를 평정한 조직의 이름은 '라스트 포인트'였다. 전설적인 여성 조직이었던 그 언니들이 면도날을 씹어 뱉으면 피 묻은 파편들이 전봇대에 팍팍 꽂혔다. 화양리는 지난 시절의 왕십리 못지않게 활기차고 살벌한 동네였다.

그 속에서 한수의 생활은 독야청청했다. 한수는 여간해서 술을 입에 대지 않았고, 그 젊은 나이에 담배를 끊었다. 만들어진 몸을 망가뜨리고 싶지 않다는 것이 첫째 이유였고, 한 푼이라도 더 모아야겠다는 것이 둘째 이유였다. 그 몸과 돈으로 무엇을 하기 위해? 한수는 맹목적이었다. 목적이 있긴 있었는데 잘 생각나지 않았고, 어쩌다 생각나도 오래가지 않았다. 그것은 확실히 아스피린의 힘이었다. 그 힘은 한수로 하여금 술 담배를 물리칠 수 있게 할 만큼 강했다. 한수는 목마를 때 물 마시듯 아스피린을 먹었다. 그러고도 속을 완전히 버리지 않을 수 있었던 것은, 함께 복용한 파란 병의 하얀 위장약 때문만이 아니었다. 그것은 다분히 그의 몸속의 이상한 피 때문이었다. 그 피가 아스피린의 산성을 중화시키며 모종의 자양분을 빨아들인 덕이었다. 한수가 알약을 삼킨 뒤에 몇 분이 지나고 나면, 그 피는 먹이를 포식하고 드러누운 맹수처럼 느긋하게 숙주의 혈관 속을 흘러다녔다. 아스피린에 중독된 것은 한수가 아니었다.

한수의 평화가 깨진 것은 1986년 가을이었다. 그해도 여느 해처럼 다사다난했던 한 해였다. 1월에는 미국에서 우주왕복선 챌린저 호가 발사 후 칠십삼 초 만에 폭발해 승무원 일곱 명이 모두 죽었다. 3월에는 오스트리아의 수도 비엔나에서 최은희와 신상옥이 미국대사관으로 들어가 정치적으로 망명했다. 같은 달 뉴욕에서는 스테파니 조안 안젤리나 저마노타라는 긴 이름의 아기가 태어났다. 그해 싹튼 몇 안 되는 희망 가운데 하나였다. 그 아기는 훗날 레이디 가가로 개명하고 천재 싱어송라이터로 세계를 주름잡게 될 것이었다. 서울에서는 야구의 천재 김건우와 박노준이 프로 무대에 데뷔한 4월에, 놈은 동부인해서 보름 동안 유럽을 돌아다니다가 귀국했다. 놈이 돌아오고 나서 닷새 뒤에 소비에트 연방 우크라이나의 체르노빌 원자력발전소에서 폭발에 의한 방사능 누출사고가 일어났다. 사고 처리를 위해 다음해까지 투입된 이십이만육천여 명 가운데 이만오천여 명이 죽었다. 서울에서는 8월에 역삼동 서진 룸살롱에서 원섭이파와 진석이파 사이의 말다툼이 집단 난투극으로 번져 네 명이 난도질당해 죽었다. 9월에는 서울 아시안게임을 앞두고 김포공항에서 폭발물 테러가 일어나 다섯 명이 죽었고, 10월에는 대구에서 벌어진 코리안시리즈 삼 차전에서 역전패한 삼성 라이온즈 팬들이 해태 타이거즈 선수단의 사십오인용 리무진버스를 불태웠다. 그리고 엿새 후 10월의 마지막 화요일에, 서울 성동구 화양동 일번지에서, 한수의 평화는 깨졌다.

균열의 조짐은 봄에 찾아왔다. 그때까지 한수는 친구들과 연을 끊고 살았다. 안 보고 살겠다고 작정한 적은 없으니, 연이 끊어졌다고 해야 맞을 것이었다. 서로 다른 세상에 살다보면 연락 없이 지내게 되는 것이 자연스러웠다. 부자연스러운 쪽은 오랜만에 전화가 오고 느닷없이 찾아오는 경우였다. 자연스러운 흐름이 끊어진다는 것은 좋지 않은 징조였다.

가장 먼저 한수를 찾아온 친구는 모세였다. 그날은 한수의 생모와 생부의 기일이었다. 한수가 잊은 많은 것들 중 하나였다. 모세는 밤늦게 취한 모습으로 촛불잔치에 나타나서 한수가 일을 마칠 때까지 맥주를 마시며 기다렸다. 한수의 방으로 가는 길에 모세는 비싼 술과 안주를 잔뜩 샀다. 그날은 모세가 혼자서 시체를 닦은 날이었다.

지하 창고의 구석을 막아 개조한 한수의 방은 작고 허름했다. 한수는 화양시장에서 산 플라스틱 상을 펴고 모세가 사온 것들을 올려놓았다. 세검정 방에서 쓰던 호마이카 상은 한숙이 짐을 챙길 때 내다버렸다. 모세는 술과 담배에 손대지 않는 한수를 보고 드디어 계획이 세워졌구나 짐작했다. 어떻게 할 거냐고 묻는 모세에게 한수는 짧게 대답했다. 살아야지. 어떻게든. 모세는 그게 중요하다고, 네가 죽어서는 안 된다고 말했다. 그리고 너의 거사를 지지한다는 고백으로 친구의 사기를 높여주려 했다. 뒤늦게 알아들은 한수는 잠자코 친구의 말을 들으며 오랜만에 놈을 생각했다. 오래전에 헤어진 애인을 불현듯 떠올리기라도 한 것처럼 아련한 기분이었다. 모세는 한수의 침묵을 이해했다. 날이 날이니만큼 숙연하지 않을 수 없다는 것을, 내가 모르면 누가 알겠냐는 마음이었다. 모세는 혼자 위스키를 마시며 놈에 대해 얘기했다. 취할수록 놈을 향한 모세의 증오는 격렬해졌다. 한수는 친구가 육 년 전에 보고 듣고 당한 일들이 먼 옛날 지구 반대편에서 일어난 것처럼 무관하게 느껴졌다. 잘 시간이 되어 한수는 잠들었다. 모세는 남은 돈을 쓰기 위해 한수의 방을 나와 비틀거리며 텍사스로 갔다.

　모세 다음으로 한수를 찾아온 친구는 우진이었다. 우진은 제법 긴 머리에 깡마른 모습으로 촛불잔치에 나타났다. 한수는 우진이 제대했다는 것도 모르고 있었다. 창가에 앉은 우진은 봄볕에 눈이 부셔 얼굴을 찡그렸다. 이른 오후였다. 한 쌍의 연인을 어두운 밀실로 안내하고 온 한수는, 커피 두 잔과 재떨이가 놓인 쟁반을 들고 한산한 홀을 가로질러 우진 앞에 앉았다.

　언제 제대했어.

작년 구월.

누나 만났구나.

아니. 전화 통화만.

둘은 잠시 침묵에 잠겼다.

많이 말랐네.

응. 살이 자꾸 빠져.

우진은 담배를 피워물었다.

제대하고 뭐 해.

공부. 학력고사.

한수는 친구의 모습보다 말투가 더 낯설었다.

넌, 지낼 만해?

그런대로.

썬웨이가 없어졌어.

그래?

한수는 이 년 전 한남동에서 만취했던 봄날의 기억을 떠올렸다. 잊고 살았던 많은 날들 중 하루였다.

우리집도 곧 이사가.

어디로.

압구정동.

그렇구나.

건성으로 대꾸하며 한수는 계속 그날의 기억을 되살렸다.

얼마 전에 소영이 만났어. 우진이 말했다.

그래.

그날 썬웨이를 나와 여관에서 잠들 때까지의 시간은 한수의 기억에서 공백으로 남아 있었다.

버스에서 우연히.

그랬구나.

한수가 여관에서 눈을 떴을 때, 소영은 옆으로 누워 무릎을 모으고 웅크린 한수를 같은 자세로 등뒤에서 껴안고 잠들어 있었다.

안 만난다며.

오래 못 봤지.

한수는 기억의 줄을 놓고 대화로 돌아왔다.

셋이 같이 보자 그럴까.

너 공부해야지.

우진이 담배를 재떨이에 눌러 끌 때, 한수는 친구의 손등을 가로지른 붉은 흉터를 보았다.

소영이 혼자 사는 거, 모르지. 우진이 말했다.

집 나왔대?

아니.

그럼 식구들이 나갔나.

어머니가 돌아가셨어.

한수는 전화로 야단치던 망자의 앙칼진 목소리를 기억했다. 너 우리 소영이 인생 망치려고 작정했지. 이 정신 나간 놈아!

언니는?

시집보내고 돌아가셨대.

그래서…… 혼자 사는구나.

그래. 혼자야. 너처럼.

한수는 우진의 라이터를 만지작거렸다.

세상에는 모든 일이 일어나지.

우진이 창밖을 보며 은퇴한 노인처럼 말했다. 한수는 우진의 집에서 독한 술을 마시고 음악을 들으며 놀던 시절이 생각났다. 딸랑거리는 방울 소리와 함께 까페 문이 열리고 젊은이들이 줄지어 들어왔다. 손님을 맞으러 일어서는 한수를 따라 우진도 몸을 일으켰다.

벌써 가려고?

가야지.

더 있다 가. 술도 한잔하고.

얼굴 보려고 왔어. 봤으니까 가야지. 우진은 씩 웃으며 덧붙였다. 공부하러.

우진은 떠나고, 손님 시중을 마친 한수는 창가 자리로 돌아왔다. 테이블 위에 우진이 두고 간 담배와 라이터가 놓여 있었다. 한수는 주머니에 든 약통에서 아스피린 한 알을 꺼내 식은 커피와 함께 삼켰다.

5월의 끝을 하루 앞둔 금요일 저녁, 한수는 주방과 홀을 바삐 오가며 밥벌이에 매진하고 있었다. 카운터에서 불러 갔더니 전화를 바꿔줬다. 수화기를 통해 들려오는 소영의 목소리는 작고 가늘었다. 스피커에서는 로버트 플랜트의 고음이 터지고 있었다. 한수는 소영의 말을 알아듣기 어려웠다.

한수야 나 힘들어.

뭐라고.

힘들다고.

힘드냐고?

내가…… 나 좀 잡아줄래.

안 들려. 크게 말해.

나한테 좀 와달라고.

소영의 음성은 여전히 세미했지만, 음악이 잦아들어 한수의 귀에 들려왔다. 한수는 가만히 있었다.

와줄 수 있어? 늦게라도.

한수와 눈이 마주친 손님이 빈 술병을 들어올렸다. 한수는 고개 숙이며 웃어 보이고 소영에게 말했다.

어디야.

집.

한수는 간다 못 간다 말하기가 어려웠다.

지금 좀 바쁘거든. 이따 다시 전화할래?

소영은 말없이 전화를 끊었다.

자정이 지나도록 전화는 걸려오지 않았다. 한수는 소영의 집 전화번호가 생각나지 않아 당혹스러웠다. 통화가 끝나자마자 시작된 후회 속에서 가까스로 일을 마친 한수는, 방에 돌아오자마자 수첩을 찾아 소영에게 전화했다. 신호가 떨어지지 않아 끊고 또 걸었지만 헛수고였다. 밖에 있어서 못 받는 거면 좋겠다고 한수는 생각했다. 동틀 무렵 잠든 한수는 눈을 뜨자마자 다시 전화했다. 신호음이 열 번 넘게 울린 뒤에 소영의 목소리가 들려왔다.

여보세요.

나야.

누구세요.

한수야.

소영은 침묵했다.

괜찮아?

뭐가.

전화 왜 안 했어.

바빠서.

지금 갈까.

어딜.

집으로 갈게.

소영은 침묵했다.

어딘지 가르쳐줘.

내가 갈게.

한수는 운동을 생략하고 일찍 출근해서 깨끗이 청소해놓고 소영을 기다렸다. 소영은 열두시 정각에 촛불잔치의 문을 열고 들어섰다. 화사한 꽃무늬 원피스 차림에 어울리는 미소와 함께. 두 사람은 창가에 마주앉았다.

내가 늦게 전화했었는데……

한수는 우진이 두고 간 담배에 불을 붙인 뒤에 마저 말했다.

어디 갔었니?

집에 있었어.

소영의 목소리는 쾌활했다.

자고 있었구나.

아니. 마실 거 안 줘?

뭐 마실래.

술.

대낮부터?

안 돼?

안 되는 건 아니지만……

그럼 줘. 독한 걸로. 술값 낼게.

한수는 주방으로 가서 햄과 치즈를 썰어 접시에 담고 카운터 옆 진열장에서 키핑 기한이 지난 앱솔루트 병을 꺼내 목걸이를 벗겼다. 술은 반쯤 남아 있었다. 한수는 한 손으로 쟁반을 받쳐들고 자리로 돌아왔다. 소영은 촛불을 켜놓고 담배를 피우며 앉아 있었다. 한수는 스트레이트 잔에 술을 따라 소영 앞에 놓았다.

잔이 하나네. 넌 안 마셔?

일해야 해서.

한수는 소영이 한 잔만 하라고 하면 마실 생각이었다.

착실한 종업원이군. 이 술 뭐야.

보드카.

소주 같네.

도수는 두 배야.

소영은 단숨에 잔을 비웠다.

좋은데.

소영은 스스로 잔을 채웠다.

무슨 일 있니.

소영은 잔을 들어 반쯤 마시고 내려놓았다.

어제까지는.

무슨 일이었는데.

좋아하는 사람이, 죽었어.

어머니를 좋아했구나.

엄마?

우진이한테 들었어.

엄마 돌아가신 건 작년이고.

그럼 누가 또.

선배가.

여자?

아니.

한수는 담배를 집어들었다. 소영은 잔을 비우고 치즈를 조금 떼어 먹었다. 침묵을 견디지 못하고 한수가 먼저 말했다.

젊은 나이에 어쩌다.

묻고 싶은 것은 그런 게 아니었다.

강물에 몸을 던졌어. 벌써…… 열흘 전이네.

그날 한수는 모세의 방문을 받았다.

왜 그랬대.

왜 그랬는지 한수는 알고 싶지 않았다.

사는 게. 부끄러웠나봐.

뭐가.

잔을 채우던 소영의 표정이 굳어졌다.

내가 좋아한 사람이야 한수야.

뭐가 부끄러웠냐고.

넌……

모를 거라고?

소영은 잔을 비우고 말했다.

이상해졌어.

나? 원래 이상하잖아.

이젠 이상하지 않다고. 어제도 느꼈지만.

한수는 멍청한 표정으로 아무 대꾸도 하지 못했다.

그 형은 시를 썼어.

그래서 좋아한 거야?

죽었다고 했잖아.

같이 잤어?

한수는 알고 싶은 것을 묻고야 말았지만, 소영을 너무 오랜만에 만난 자리라는 생각이 뒤늦게 들었다.

그게 궁금하니.

한수는 대답하지 못했다.

여자가 아니라고 다 남자인 건 아니야.

또 멍청한 표정을 짓는 한수에게 소영이 덧붙여 말했다.

좋아한다고 다 자는 것도 아니고.

한수는 안도했다. 멍청했으므로.

멍청한 한수가 말했다. 미안해. 이제 괜찮은 거야?

소설을 다시 쓰기 시작했어. 오늘 아침에.

어제 못 가서 미안해. 진짜 바빴어.

비는 내리고 비는 내리고.

뭐라고.

소설 제목이야.

아. 오늘도 바쁠 거야. 토요일이라. 내일 다시 볼까 우리. 마침 쉬는 날인데.

소영은 대답하지 않고 술을 따라 조금 마셨다.

이상해졌어. 이제 하나도 이상하지 않아.

소영에게 또 그 말을 들은 한수는, 목에 가시가 걸린 것처럼 불편했다. 소영은 혼자서 술 마시다 취한 사람처럼 느릿느릿, 작은 소리로 노래하기 시작했다.

봄 볕 내 리 는 날……

죽은 선배가 잘 부르던 노래를 부르고 소영은 떠났다. 떠나는 소영을 한수는 잡지 못했다. 소영의 노래를 들으며 한수는 울었는데, 눈물을 흘리지 않아 울음은 내밀했다. 소리와 표정도 없는 한수의 속울음을 소영이 알 도리는 없었다. 눈물은 소영이 떠난 뒤에 딱 한 줄기, 한수의 뺨을 타고 흘렀다. 한수는 가사도 귀에 잘 들어오지 않는 그 노래가 자신을 울린 까닭을 알 수 없었다.

눈물은 마르고 봄과 여름이 지나갔다. 금이 간 뼈가 시간이 흐르면 저절로 붙듯이, 한수의 일상에 뚫린 구멍은 점점 작아져 사라졌다. 한수는 익숙해진 일과 생활에 만족했다. 통장에는 잔고가 제법 쌓여 있고, 약통에는 언제나 충분한 양의 아스피린이 들어 있었다. 몸속의 이상한 피는 겨울잠을 자는 곰처럼 잠잠했다. 미자는 여전히 한수 곁에 있었지만, 한수에게 보일 때가 다시 올 거라는 기대는 크지 않았다. 친구들은 다녀간 뒤로 연락이 없었다. 소영은 전화선을 빼놓고 칩거했다. 한수는 소영의 집 주소를 알아볼까 싶다가도, 안 보는 게 편하다는 쪽으로 마음을 다스렸다. 한수는 규칙적으로 먹고 자고 일하고 운동하고, 아스피린을 삼켰다. 놈은 여전히 먼 곳에 있었다. 한수는 놈을 잊었다는 것도 잊은 채 가을을 맞았다.

추석날 아침 한수는 아현동에 가서 누나가 끓여준 토란국을 먹었다. 문오는 해장술로 소주 한 병을 비웠다. 한수는 오랜만에 TV에서 놈의 얼굴을 보았다. 보면서도 잊을 수 있다는 것은 신기한 일이었다. 놈의 미소는 온화했다. 한수는 누나가 싸준 송편을 들고 아버지를 찾아갔다. 영만은 영등포교도소에 다시 들어가 있었다. 평창동 어느 저택의 문을 따고 들어가는 데는 성공했으나, 방이 너무 많아서 금고를 찾지 못하고 헤매다가 지하 보일러실에서 올라온 합기도 5단의 집사에게 제압당한 결과였다. 영만은 대도가 복역중인 청송교도소로 가고 싶었지만, 원하는 곳으로 갈 수 있다면 감옥이 아닐 것이었다. 영만은 수감되자마자 탈옥을 결심했다. 그의 계획은 감방과 바깥세상 사이에 놓인 모든 문을 순서대로 따고 나가는 것이었다. 영만이 만기 출소를 사십 일 앞두고 여전히 감옥에 남아 명절을 맞게 된 이유였다.

짧은 머리에 푸른 수의를 입은 영만이 눈앞에 나타났을 때, 한수는 민망하게도 죄수복이 아버지에게 어울린다고 느꼈다. 한수는 아버지에게 잘 지내냐고 물을 수 없었고, 다른 것은 궁금하지 않았다. 영만은 궁금한 게 많았지만, 자식들과 무관해지기 위해 아무것도 묻지 않았다. 오지 말지 왜 왔어. 와야죠. 뭐 타고 왔냐. 버스요. 안 막히지. 네. 그런 대화로 아버지와 아들은 시간을 흘려보냈다. 그 시계는 아직도 차고 있냐. 잘 가는데요. 면회 말미에 아버지가 아들에게 물었다. 아버지 묘는 가봤냐. 아뇨. 가봐야지. 한수는 대답하지 않았다. 돌아오는 길에 버스가 한양대를 지나 성동교를 건널 때, 한수는 습관처럼 가슴을 졸였다.

화양리로 돌아온 한수는 9월의 남은 날들과 10월의 대부분을 우화 속의 개미처럼 살았다. 겨우내 먹을 양식을 창고에 차곡차곡 쌓아두는 개미. 놀다가 지친 베짱이에게 따뜻한 잠자리를 베풀어줄 마음의 여유도 만만한 개미. 한수는 봄이 오면 볕 잘 드는 방으로 이사해서 미니 컴포넌트 오디오를 장만하고 LP를 한 장 한 장 사모을 계획도 세웠다. 까페에 출근해서 청소를 시작하기 전에, 한수는 아스피린을 먹고 에어로스미스의 음악을 크게 틀었다.

그 무렵 까페에 새로 들어온 스무 살 여자애가 한수를 잘 따르고 남달리 챙겼다. 한수는 그녀와 함께 조그만 신발가게를 꾸리고 사는 미래를 상상해보기도 했다. 그녀는 한수의 생일에 손수 녹음한 테이프를 선물했다. 제목에 '러브'가 들어 있는 주옥 같은 팝송들이었다. 존 레넌, 비지스, 퀸, 엘비스 프레슬리…… 중간에 들어 있는 〈엔드리스 러브〉가 거슬려도 건너뛰지 않고 들어줄 만큼, 한수는 너그러웠다. 그대로 조금만 더 세월이 흘렀다면, 이사한 방에서 한수와 그녀기 힘께 그 노래를 듣게 되었을 가능성이 매우 컸다.

1986년 10월 28일. 한수는 평소대로 아침 겸 점심을 먹고 방을 나섰다. 추리닝 바지와 후드티 차림에 신발은 모세가 사준 운동화였다. 어린이대공원 사거리에서 남쪽으로 언덕길을 내려간 한수는 길을 건너 민중병원 쪽 출입구를 통해 건국대 안으로 들어갔다. 방에서 나올 때부터 뭔가 잊은 것 같은 허전한 기분이었는데, 병원을 지나면서야 한수는 식후에 물을 마실 때 아스피린을 깜빡했음을 깨달았다. 규칙적인 생활습관이 몸에 밴 뒤로는 처음 있는 일인지라 당황스러웠다. 학교에는 학생들이 평소보다 훨씬 많았다. 캠퍼스 중심에 자리잡은 호수 위로 검은 새들이 떼를 지어 선회했다. 한수는 호숫가를 달리기 시작했다.

호수의 둘레는 1.4킬로미터였다. 한수는 늘 하던 대로 이십오 분 동안 다섯 바퀴를 돌고 벤치에 앉아 숨을 돌렸다. 평소보다 숨이 덜 찬 것 같아 기분이 좋았다. 거기서 간단히 몸을 풀고 끝내는 것이 보통이었지만, 한수는 또 달리고 싶어 세 바퀴를 더 돌았다. 호흡은 여전히 가뿐했고, 한수는 기분이 너무 좋아 호수에 뛰어들고 싶을 지경이었다. 바람에 실려 날아온 꽃향기가 한수의 코끝을 간질였다. 한수는 캠퍼스에 더 머물고 싶었다.

호수를 떠나 북쪽으로 걷던 한수는 갑자기 현기증을 느끼고 주저앉았다. 뒷골을 매만지며 돌아본 그의 시야에서, 호수 저 멀리 떠 있는 작은 섬이 조난당한 배처럼 흔들렸다. 저 물속에 내가 닦아야 할 시신들이 쌓여 있을지도 몰라. 느닷없는 망상과 함께 목덜미를 콕 찌르는 통증이 한차례 다녀갔다. 한수는 호수를 등지고 일어나 다시 걷기 시작했다.

무거워졌던 한수의 기분은 캠퍼스를 거니는 동안 활짝 개었다. 너무 활짝 개어서, 빨리 돌아가 씻고 출근해야 한다는 생각을 못할 지경이었다. 한수는 본관 주변에 피어 있는 국화의 색과 향기에 취해 있었다. 꽃구경이 이렇게 좋을 줄이야. 행복에 겨운 미소가 한수의 입가에 피어났다. 박수소리와 함성이 가을하늘에 메아리쳤다. 한수는 새로운 구경거리를 찾아 광장으로 갔다.

광장에는 학생들이 구름처럼 모여 있었다. 한수는 그들이 앉아 있는 잔디밭 옆 길가에 서서 행사를 구경했다. 좋았던 기분은 다시 가라앉아 바닥까지 떨어져 있었다. 한수는 머리가 띵하고 팔다리가 가려워서 가만히 서 있기가 어려웠다. 이제 그만 가야지 생각하면서도 그 자리를 뜨지 못하고, 머리를 흔들고 몸을 긁어대며 주위의 눈총을 견디고 있었다. 광장의 연단 앞에 막대기와 천으로 만든 허수아비들이 세워졌다. 그중의 하나가 놈이라는 것은 멀리서 봐도 훤했다. 한수는 기분이 묘했다. 옛 친구를 만난 것처럼 반갑기도 했지만, 언짢은 마음 또한 숨길 수 없었다. 놈을 저렇게 대접하다니. 한수는 한낱 불장난의 대상으로 취급되는 놈의 꼬락서니를 보고 있기가 민망했다. 학생들이 놈의 허수아비에 불을 붙이는 순간, 한수는 자기도 모르게 끙 소리를 냈다. 한수는 어지러웠다. 잊고 살았던 많은 것들의 기억이 타오르는 불길과 함께 살아나 한수의 머릿속을 휘저었다. 모든 기억들의 배후는, 놈이었다. 놈은, 한수의 것이었다. 놈은 내 것이라고, 함부로 건드리지 말라고, 한수는 학생들에게 외치고 싶었다.

놈의 허수아비는 다 타기도 전에 맥없이 무너져 바닥에 쓰러졌다.

흩날리는 재와 함께 검은 연기가 광장의 하늘로 치솟았다. 한수는 문 득 그곳 어딘가에 소영이 있을지도 모른다는 생각이 들었다. 그러자 저 앞에 소영을 닮은 여자가 눈에 띄었다. 그녀가 소영인지 확인할 새 도 없이 한수는 소영과 흡사한 얼굴을 또 발견했다. 그 여자 옆에 앉 은 여자도, 그 여자 뒤에 쪼그리고 하품하는 여자도…… 광장의 모든 여학생들이 소영이었다. 한수는 눈을 비비고, 답답하게 죄여오는 가 슴을 저릿한 손가락으로 어루만졌다. 그때 더욱 믿지 못할 광경이 벌 어졌다. 그것은 먼저 소리로 왔다. 불타는 허수아비의 잔해들 앞에서 학생들은 일어나 어깨동무하며 대오를 이루고 있었는데, 그 모습을 멍하니 바라보던 한수는 등뒤에서 쿵쿵 땅을 울리는 소리에 고개를 돌렸다. 학생회관 쪽에서 엄청난 크기의 물체가 꿈틀거리며 다가오고 있었다. 그것은 무수히 많은 머리와 팔다리가 달린 괴물이었다. 잿더 미로 변해가는 놈의 허수아비에 깃든 망령이 불러내기라도 한 듯, 괴 물은 맹렬한 기세로 광장을 향해 돌진해왔다. 문이 열렸어. 틈이 벌어 진 거야. 한수는 신음을 뱉듯 중얼거렸다. 쾅 쾅 콰앙! 괴물이 장착한 무기가 불을 뿜는가 싶더니, 학생들이 흩어지는 광장 곳곳에 하얀 연 기가 자욱했다.

*

사평로 팔래스호텔 뒷길에 자리잡은 지하 까페 '이클립스'는 옛스 러움과 새로움이 공존하는 장소였다. 바닥에는 삐걱거리는 마루가 깔 려 있고, 높은 천장에는 콘크리트 골조에 설치된 전선과 배관이 드러나 있었다. 빔 프로젝터와 수천 장의 레이저디스크가 갖춰져 있는가 하면, 옛날 영화의 소품처럼 알록달록한 주크박스도 놓여 있었다. 대형 스크린에 비춰진 영상은 찰리 채플린의 〈시티 라이트〉였고, 스피커에서 흘러나오는 음악은 듀란듀란의 사이키델릭한 노래였다. 내가 알아야 할 뭔가가 있나…… 넓은 홀에 듬성듬성 놓인 자리마다 의자와 탁자가 다른 점도 이채로웠다. 한수 일행은 금속 원탁을 둘러싼 네 개의 안락의자에 앉아서 버번 위스키에 콜라를 섞어 마시고 있었다.

소영이 너 속상하겠다.

자리를 옮긴 뒤에도 대화를 주도한 사람은 민호였다.

내년엔 재기하겠지. 소영이 한숨을 쉬고 말했다.

박노준도 그렇고, 걔들은 참……

민호가 '걔들'로 칭한 이들 중 다른 한 사람은 박노준의 친구이자 소영이 좋아하는 야구 선수 김건우였다.

사람 일 몰라. 그치?

김건우는 한양대를 거쳐 MBC 청룡에 입단한 첫해 십팔 승을 거두어 신인왕에 오르고, 이듬해 9월 건널목에서 트럭에 치여 온몸에 유리 파편이 박히고 두 팔과 다리 하나를 비롯해서 무수한 뼈가 부러지거나 으스러졌다.

재능이 많다고 다 잘되는 것도 아니고.

나중에 타자로 재기한 김건우는 팀의 4번을 맡아 시즌 초 한 달 동안 홈런 여덟 개를 쳤다. 그는 수비하다가 주자와 부딪쳐 손목이 다시 골절되어 사실상 선수생활을 마감했다. 그의 친구 박노준도 투수에서 타자로 전향하며 잦은 부상에 시달리다가 평범한 성적을 남기고 조용히 은퇴했다.

안 그러냐 한수야. 몸은 좀 괜찮냐.

한수가 대꾸할 새도 없이 민호는 말머리를 돌렸다.

소영이 너 속상하겠다.

재기할 거라니까. 취했니. 한 얘기 또 하고.

김건우 말고. 한수가 아프잖아.

대꾸할 말이 궁색한 소영을 놔두고 민호는 우진에게 건배를 청했다.

너 아까부터 말이 없다. 전도해도 좋으니까 얘기 좀 해.

난 전도 안 해.

신학생이 그래도 되는 거야?

단순한 정신은 혼란에 취약하지.

뭔 소리야. 성경 구절 같지는 않은데.

위대한 개츠비.

소설?

우진은 입을 다물고, 한 손님이 주크박스로 가서 동전을 넣고 노래를 고르는 모습을 물끄러미 바라보았다.

플리이즈 플리이즈 텔 미 나우.

제발 제발…… 간청하는 사이먼 르 봉의 목소리가 잦아들고, 기타와 플루트의 인트로에 실려 가느다란 허밍소리가 흐르기 시작했다. 올리비아 뉴튼 존이었다.

노래를 듣는 동안 세 남자는 말도 안 하고 술도 마시지 않았다. 소영은 그러려니 하는 표정으로 노래와 노래를 듣는 이들을 함께 감상했다. 올리비아 뉴튼 존은 사랑하는 남자를 떠나보낸 서울을 찾아와 그 노래를 부르고, 그 남자와 함께 다시 방문한 서울에서 그가 살았던 고아원을 찾아다니게 될 것이었다. 그 남자는 어느 날 갑자기 사라지고, 그녀는 실종된 사랑이 돌아오게 해달라고 애타게 기도하게 될 것이었다.

좋은데. 제목이 뭐더라.

노래가 완전히 끝난 뒤에 소영이 입을 열었다.

해브 유 네버 빈 멜로우. 세 남자가 동시에 대답했다.

가사 중에 여러 번 나오잖아. 민호가 핀잔하듯 덧붙였다.

멜로…… 해본 적이 없나? 뭐라고 번역해야 돼.

좀 느긋해지라는 거지.

아하.

서두르지 말고, 자신의 포인 오브 뷰를…… 할말을 해야 직성이 풀리는 그런 걸 참고, 그러니까 고집 부리지 말라는 거지. 그리고 음…… 너의 안에서 평안? 위로? 그런 걸 찾으려고 해봐라.

민호는 가사를 떠올려가며 열심히 소영에게 풀이해줬다.

자기 노래를, 혼자 흥얼대는 거겠지, 들으면서 행복해본 적이 없냐. 그래야 썸원 엘스…… 를 강하게, 말하자면 누군가에게 힘이 될 수 있다. 어…… 헤드 업 인 더 클라우즈니까……

붕 뜬 거네.

그렇지. 괜히 붕 떠서 돌아다니지 말고. 그래, 드러누워서, 신발을 벗어 킥…… 차버리고, 클로즈 유어 아이즈, 유 니드 썸원 투 테익 유어 핸……

민호가 소영에게 얘기하는 동안 한수와 우진은 스크린을 보고 있었다. 영화에서 술이 깬 사내는 찰리를 알아보지 못했다. 찰리는 도둑으로 몰려 경관에게 쫓기는 신세가 되고…… 우진은 노신사의 흉상이 그려진 술병을 집어들었다. 올드 그랜드대드. 우진은 술 이름을 중얼거리며, '늙은 할아버지'를 잔에 조금 따라 콜라를 타지 않고 마셨다.

올해 마흔인가.

우진이 한수의 잔에 술을 따르며 말했다.

올리비아 뉴튼 존? 그렇군. 벌써.

하나 더 들을까.

우진의 말에 고개를 끄덕이며, 한수는 참 오랜만에 들은 친구의 말이라고 생각했다.

*

진압 작전 '황소 30'은 애초의 계획보다 하루 늦은 10월의 마지막 날 수행되었다. 학생들을 학교에 가둔 지 나흘째 되는 날이었다. 학생들은 건대 안의 다섯 개 건물에 흩어져 버티고 있었다. 이미 많은 이들이 다치고 끌려간 뒤였다. 그것은 계획에 없던 농성이었고, 진압을 위해 강요된 농성이었다. 농성의 유일한 요구 조건은 농성을 풀게 해달라는 것이었다. 놈은 철수하지 않았다. 작전은 두 시간 만에 끝났다. 캠퍼스는 검게 그을리고 하얗게 회칠한 폐허로 변했다. 한수는 첫날 학교를 빠져나왔다.

난데없는 괴물의 출현에 문이 열린 것으로 짐작한 한수는, 그 세계를 탈출하기 위해 눈을 감았다. 이제 어떻게 해야 하나. 한수는 속이 매스껍고 목이 말랐다. 걸어야 하나, 이대로 있어야 하나. 시위대의 선두에서 깃발을 흔들던 남학생이, 앞에서 혼자 눈 감고 서성이는 한수를 보고 중얼거렸다. 쟨 뭐지. 한수는 가만히 서 있는 쪽을 택했다. 터지고 부딪치고 깨지는 소리가 난무했다. 누군가 직격탄을 맞고 지르는 비명소리에도 한수는 눈을 뜨지 않았다. 그때 한수의 혈압은 수축기에도 팔십을 밑돌았다. 한수는 눈물 대신 콧물을 줄줄 흘렸다.

제발 눈 좀 뜨라고! 갑자기 들려온 미자의 목소리에 한수는 번쩍 눈을 떴다. 이제 들리니. 한수는 눈을 뜨자마자 눈물을 글썽이며 보이지 않는 미자를 향해 고개를 끄덕였다. 내가 보여? 한수는 콜록거리며 고개를 저었다. 뭐 해. 어서 뛰어. 한수는 제자리에서 힘껏 점프했다. 앞으로 뛰라고. 달려. 런! 한수는 그대로 괴물을 향해 달리기 시작했다. 그쪽으로 말고! 한수는 잽싸게 방향을 틀었다. 한수를 잡으려던 사내의 손이 허공을 갈랐다. 더 빨리! 이건 실제 상황이야. 괴물 앞에 소주병이 떨어져 깨지며 불길이 솟았다. 태클을 피해 터치라인을 따라 질주하는 미식축구의 러닝 백처럼, 한수는 하얀 헬멧의 추격자들을 따돌리며 전속력으로 달렸다. 괴물의 사정권을 벗어나기 직전에, 유탄의 작은 파편 하나가 한수 어깨에 박혔다.

한수는 멈추지 않고 달려 호수를 지나 민중병원 뒷문으로 들어갔다. 병원 옆 출입구는 버스에 가로막혀 있었다. 한수는 생애 두번째로 응급실 침대에 누웠다. 어깨의 상처는 깊지 않았고, 열심히 달려온 덕에 혈압도 정상이었다. 피가 멈추지 않고 흐를 뿐이었다. 파편을 뽑고 상처를 꿰맨 뒤에도 실밥 틈새로 새어나온 피가 상처에 붙인 거즈를 붉게 물들였다. 한수의 이상한 피는 한 방울이라도 딸려나가지 않기 위해 역류했다. 혈관 속에서 뒤엉킨 피의 흐름이 한수에게 심한 고통과 분노를 불러일으켰다. 참으로 오랜만에 한수를 사로잡은 노여움의 대상은 놈이 아닐 수 없었다. 소영이 죽은 선배를 좋아하게 된 것도 따지고 보면 다 놈의 탓이 아닌가. 의사는 과다 출혈을 막기 위해 분만수술에 쓰는 강력한 지혈제를 주사했다. 피가 멈추는 동안 한수는 그날 되찾은 놈의 기억에 대해 생각했다. 그날 알게 된 놈의 면모에 대해서도. 의사는 혈액을 정밀검사할 필요가 있다며 기다리라고 했다. 한수는 화장실에 가는 척하고 병원에서 도망쳤다.

방으로 돌아온 한수는 아스피린부터 한 알 먹고 나머지는 통째로 쓰레기통에 버렸다. 까페에 전화해서 사정을 설명하자 주인은 흔쾌히 하루 쉬라고 말했다. 그날 밤 잠들기 전에 한수는 살인을 단념했다. 놈은 인간이 아니었다.

한수는 일주일 뒤에 까페를 그만두고 한 달 뒤에 방을 빼서 화양리를 떠났다. 많지 않은 살림 다 처분하고 작은 배낭 하나 짊어진 차림으로. 그는 세검정으로도 아현동으로도 답십리로도 가지 않았고, 소영의 집 주소를 알아내서 그녀가 혼자 사는 금호동으로 쳐들어가는 짓도 하지 않았다. 그가 어디로 갔는지 아는 사람은 아무도 없었다. 한수는 생애 두번째로 홀연히 자취를 감추었다. 이번에는 자발적으로, 그리고 훨씬 더 오랫동안. 사라진 한수는 이 년 뒤 서울에서 올림픽이 열릴 때까지 세상으로 나오지 않았다.

*

그래서 졸지에 운전을 배워가지고는 대대장 차를 몰게 됐다니까. 군용 지프 알지.

뜬금없이 시작된 우진의 얘기를 듣는 세 사람의 표정은, 긴 터널로 들어간 기차 안의 승객들 같았다.

나중에 알았는데 어머니가 하도 졸라서 아버지가 손을 썼던 모양이야. 보직 바뀌는 게 제일 고생이라는 걸 몰랐던 거지. 운짱 군기가 얼마나 쎈지 알아. 사수 나갈 때까지 엄청 까였다고.

까페 이클립스의 커다란 스크린에서는 서른두 살의 올리비아 뉴튼 존이 노래하고 있었다. 객석으로 돌출된 무대 위를 금발의 그녀가 핫팬츠 차림에 굽 높은 부츠를 신고 사뿐사뿐 춤추며 누비는 모습은 소영이 보기에도 매혹적이었다. 처음에 스크린이 컬러 화면으로 바뀌고 소리와 영상이 일치하며 박수와 환호 속에 그녀가 등장했을 때, 민호는 소영에게 하던 얘기를 멈추고 다시 침묵과 부동자세로 돌아갔으며, 한수는 팔 년 전 흑백으로 봤던 같은 장면에서도 그녀의 긴 머리는 금빛으로 찰랑였다는 선명한 기억으로 어지러웠고, 우진은 자신이 신청한 곡을 반기는 기색 없이 잔을 비우고 담배를 피워물었다. 그러다가 우진이 불쑥 군대 얘기를 꺼냈을 때, 올리비아 뉴튼 존은 초롱한 눈빛으로 한수 일행을 바라보며, 우리에겐 신비로운 힘이 있다고, 넌 그걸 믿어야 한다고 힘주어 노래하고 있었다.

디엠지 순찰중이었는데, 갑자기 차를 세우래. 철책선 앞이었지. 수

색대가 드나드는 통로 바로 앞이었어. 나도 그 문을 몇 번이나 통과했을까.

올리비아 뉴튼 존의 노래가 끝난 뒤에도 우진의 얘기는 계속되었다. 민호는 차라리 신학 강의를 듣는 편이 낫겠다고 생각하며 듣고 있었다. 소영과 한수는 똑같이 팔짱을 끼고 등받이에 파묻힌 자세였다.

시동을 그래서 껐지. 대대장이 차 키를 뽑더니 내리길래 얼른 따라 내리려는데, 그냥 있으래. 그래서 그냥 있었지. 뒷자리에 통신병이 타고 있었는데, 나랑 입대 동기였어. 보니까 개랑 자리를 바꾸더라고.

왜.

민호가 처음으로 반응을 보였다.

그땐 몰랐지. 왜 그러나 싶긴 했지만, 대대장 마음이니까.

눕고 싶었나.

총을 좀 보자고 해서, 둘 다 뒤로 넘겼지. 대대장은 통신 장비까지 건네받고 나서 말했어. 너희 둘 중 한 명은 나하고 같이 간다.

어딜.

어디겠어.

북으로?

어느새 소영과 한수도 몸을 당겨 우진에게 집중하고 있었다.

그땐 무슨 말인지 생각할 정신도 없었어. 나머지 한 명은 죽는다고 했거든.

죽인다고? 한 명은 죽이고, 한 명은 데리고 월북하겠다?

선택하라는 거지. 둘이 알아서.

미쳤군. 그래서?

264

우진과 통신병은 가만히 있었다. 대대장이 권총을 뽑아 탄창을 끼우는 소리가 들렸다. 어렵나. 그렇다면 내가 정해주지. 우진은 같이 가겠다고 먼저 말해야 한다는 생각뿐이었다. 하지만 그 순간 생각과 말 사이의 거리는 아득히 멀었다. 마지막 기회를 주지. 셋을 셀 동안 결정한다. 하나…… 둘…… 우진은 옆에 앉은 동료의 입술이 쩝 하고 벌어지는 소리를 들었다. 제가…… 우진은 허겁지겁 동료의 말에 제 목소리를 얹었다. 가겠습니다. 둘 다? 어디로. 저세상으로? 아닙니다. 대대장님과 같이…… 두 병사는 한목소리로 대답했다. 역시 내가 골라줘야겠군. 대대장은 권총의 안전장치를 풀었다. 우진은 울고 싶었고, 살려달라고 빌어야 한다는 생각뿐이었다. 통신병은 실제로 흐느끼며 자기를 데려가달라고 애원했다. 우진은 차마 따라 하지 못했다. 대대장은 총구를 우진의 오른쪽 관자놀이에 갖다댔다.

그땐 정말 북으로 가고 싶었지.
우진의 말을 들으며 한수는 친구의 머리에 총구가 겨누어졌던 오래전의 환각을 기억해냈다.
넌 가지도 않고 죽지도 않았잖아.
세 친구를 대표해서 우진과 대화하는 사람은 여전히 민호였다.
대대장이 권총으로 내 머리를 툭툭 쳤어. 니가 남아야겠다면서. 내가 뭐라 그랬는지 알아. 저도 같이 가면 안 되겠습니까.
우진은 한바탕 웃어젖힌 뒤에 말했다.
그건 곤란하대.

왜.

못 물어봤어.

하긴. 인질은 한 명이 딱이지. 그래서?

먼저 내리더니, 나보고 내리래.

내렸어?

안 내리면? 다리에 힘이 하나도 없어서 겨우 내리는데 옆에서 한숨 소리가 들리더라고.

안도의 한숨이군.

여러 가지 마음이었겠지.

대대장은 통신병도 내리게 해서 문을 열고 먼저 그를 철책 너머로 들여보냈다. 통신병은 얼이 빠진 표정으로 남쪽을 향하고 엉거주춤 서 있었다. 소총 두 자루와 무전기를 둘러메고 권총을 손에 쥔 대대장이 빈손으로 우진의 어깨를 짚었다. 살고 싶나. 예. 이 차 몬 지 일주일쯤 됐지. 예, 육 일째…… 달리기 잘하나. 예? 백 미터 몇 초. 예? 아, 십…… 십 초 안에 끊을 수 있겠나. 예? 우진은 대대장의 어깨 너머로 끝없이 펼쳐진 철조망을 바라보았다. 통신병은 빨리 가야 할 데가 있기라도 한 사람처럼 초조한 얼굴로 시계를 보고 있었다. 이 총의 유효 사거리는 오십 미터다. 대대장은 전투를 앞두고 작전을 설명하는 지휘관처럼 말했다. 지금부터 다섯을 세겠다. 하나……

정신없이 달리다가 돌아봤는데, 아무도 안 보였어. 차만 보였지. 그래도 계속 달렸어. 비탈길에서도 멈추지 않고. 몇 번을 넘어졌는지 몰

라. 미끄러지고 구르고 긁히고, 손등에서는 피가 줄줄 흐르고. 어떻게 다쳤는지도 몰라. 아프지도 않았으니까. 숨도 안 차고. 저 앞에 초소가 보이는데, 눈에서……

우진은 말을 맺지 않고 잔을 비운 뒤에 다시 입을 열었다.

그때 내가 떠올린 게 뭔지 알아?

모르지.

신세계백화점.

뭐?

신세계는 에스컬레이터가 없었지. 우리 어렸을 때 계단 난간 타고 놀았던 거 기억나? 한쪽 엉덩이만 걸치고 쭈욱…… 신세계가 최고였지. 넓고 반들반들해서. 대리석이잖아. 진짜 잘 미끄러졌어.

맞아. 학교보다 훨씬 높고.

하루는 신나게 타다가 경비 아저씨한테 걸렸어. 일층에서. 된통 혼났지. 꿇어앉아서 손까지 들고. 사람들이 다 쳐다보고. 그러고 있는데, 저 위에 엄마 아빠가 보이는 거야. 눈물이 나더라고. 달려내려올 줄 알았는데……

걸어오셨어?

순간 못 본 척하더라고. 둘 다.

그럴 리가.

끝까지 그럴 순 없었지. 잠시 후 검사님께서는 경비원에게 호통을 치시고……

그러니까. 니가 잘못 본 거야.

우진은 미소지으며 고개를 가로저었다.

눈물이 뚝 멈추더라고. 두 양반이 외면하는 순간 말이야.

우진은 손등의 흉터를 몇 번 문지르고 나서 말을 이었다.

나중에 든 생각인데, 처음부터 그럴 계획이었던 거 같아.

부모님이?

대대장이. 운전병하고 통신병 중에 누굴 데려가겠어. 차로 갈 것도 아닌데. 그리고, 총소리 내가며 죽일 이유도 없었던 거지. 그런데 왜 그랬을까. 그냥 한번 그래보고 싶었을까. 아니지. 그것도 이해가 되더라고. 그 녀석이, 통신병 말이야, 제 발로 철책선을 넘었잖아. 나도 정말 가고 싶었다니까. 그래서, 그랬던 거지. 그렇게 만들려고. 다 계획되었던 거야. 그건 그렇다 치고, 난 왜 몰랐을까. 그땐 왜 이런 생각을 못했을까. 누구라도 그랬을 거라는 생각은 소용이 없어. 내가 그랬다는 게 중요하지.

소영이 고개를 끄덕였다.

왜 소용이 없어. 소영이 여기 있는데.

민호는 우진의 얘기가 신학 강의로 흐를까봐 싱거운 소리를 던져놓고 좌중의 따가운 시선을 감수했다.

그런데 그 대대장은 왜 넘어갔대.

민호가 얼른 얘기의 방향을 틀었다.

모르지. 난 격리됐다가 바로 후방으로 전출됐으니까.

돈 아니면 여자 문제 같은데.

민호의 말을 받아 소영이 말했다.

뭐든 사정이 있었겠지. 살기 위해 간 거 아니겠어.

같이 간 놈만 불쌍하게 됐군. 잘 있을까. 한수야 넌 혹시 모르냐.

민호가 농담투로 건넨 물음에 한수는 진지하게 대답했다.

사람 일을 어떻게 알아.

서울에 있어.

한수의 말이 끝나기 전에 우진이 뱉은 말이었다.

누가. 통신병이?

대대장이. 아까 봤어. 반포치킨에서.

확실해?

확실해. 목소리까지. 바로 옆자리였어.

그 사람은, 널 알아본 거야?

알 수 없지. 못 알아봤을 수도 있고, 나처럼 모른 체한 걸 수도.

어떻게 된 거야. 도로 넘어왔나. 간첩인가.

안 갔을 수도 있지 않을까. 소영이 말했다. 안 가고 어디 숨어 살다 가…… 그건 좀 아닌가.

모르지. 넘어간 걸 본 사람은 없으니까.

니가 봤잖아. 민호가 말했다.

글쎄. 나도 본 건 아니지. 아무도 없는 걸 본 거니까. 문은 열려 있었고, 어느 쪽에도 두 사람은 없었거든.

민호는 두 손을 흔들며 뒤로 물러났고, 소영은 해답을 구하듯 한수를 돌아봤다. 한수는 얘기를 듣고 있었는지 알 수 없게 하는 얼굴로 고개 숙여 시계를 보고 있었다.

율법도 반드시 바꾸어지리니……

우진이 다시 입을 열자, 민호는 드디어 올 게 왔다는 표정으로 비빈 콕을 한 모금 마셨다.

*

한수가 안 보이는 동안 세상에는 많은 일들이 일어났다. 모든 일들의 단초는 놈이었다. 한수가 화양리를 떠나고 넉 달 반이 지난 어느 봄날, 놈은 TV에 나와서 세상이 무사할 수 있는 길을 제시했다. 사람들은 놈을 무시했다. 놈이 제시한 길은 침묵이었다. 사람들은 그동안 입 다물고 살아온 세월이 지겨웠다. 놈은 무사히 살기를 원치 않는 사람들이 그렇게 많다는 사실을 받아들이기 어려웠다. 놈이 보기에 세상은 미쳐가고 있었다. 날이 더워지면서 어떤 이들은 넥타이를 풀어헤치고 거리로 뛰쳐나왔다. 놈이 아무리 말려도 소용없었다. 놈은 그들을 정신차리게 할 작전을 짜놓고 때를 기다렸다.

그 무렵 한숙은 두 남자와 함께 살고 있었다. 한 남자는 여전히 문오였고, 또 한 남자는 문오가 데리고 들어온 한수 또래의 복학생이었다. 문오는 어느 날 후배인 촛불잔치의 주인과 술을 마시다가, 그의 후배를 며칠 데리고 있겠다는 약속을 해버렸다. 그 후배는 맘놓고 밖으로 나돌아다닐 수 없는 신세였다. 술김에 한 약속이었지만, 술이 깬 뒤에도 잊지 못하고 기억이 나서, 문오는 망설이다가 한숙의 눈치를 보며 약속한 사실을 털어놓았다. 한수를 거두어주었던 사람의 부탁임을 강조하며. 한숙은 복학생을 들일 경우 겪게 될 불편과 닥칠지도 모를 위험에 대해서는 그다지 신경쓰지 않았다. 비록 계모이기는 해도 엄마가 어떻게 죽었는지 생각하면 기꺼이 감수해야 할 몫이라고까지 여겨졌다. 그녀의 우려는 문오가 얼마나 견딜 수 있을까 하는 것이었다.

막상 한숙의 승낙이 떨어지자 문오는 갑갑한 게 한둘이 아니었다.

그나마 한숙이 일하러 나가고 자신이 방에 있는 게 다행이라는 생각으로 약속을 지켰지만, 돈도 못 버는 주제에 한숙에게 자꾸 여관에 가자고 하는 것도 못할 짓이어서, 문오는 이제나저제나 군식구가 나갈 날만 기다리며 술과 기타로 소일했다. 복학생 또한 선배의 선배에게 술동무가 되어주고 그의 연주를 들어줘야 하는 인고의 시간을 묵묵히 견뎌냈다.

　문오가 바라던 그날은 도둑처럼 왔다. 애초에 약속했던 며칠이 몇 주가 되어 문오의 시름이 깊어짐에 따라 그의 기타 소리도 점점 우울의 깊이를 더해갈 무렵이었다. 대낮에 한숙의 방으로 들이닥친 괴한들에 의해 복학생은 꼼짝없이 끌려갔다. 문오는 그렇게 바라던 바를 이루었다. 문제는 괴한들이 문오 역시 끌고 갔다는 점이었다. 그들이 끌려간 곳은 남영동의 왕자분식 근처에 자리잡은 아지트였다. 촛불잔치의 주인과 밴드 서울의 다른 멤버들도 이미 와 있거나 오고 있을 것이었다. 한숙이 미용실에서 손님 머리에 중화제를 뿌리다가 끌려온 것은 해 질 무렵이었다.

　아지트에는 작가들이 살고 있었다. 작가들은 역시 고집이 세고 변덕이 심하고 무자비한 인간들이었다. 문오는 그들의 발상과 속도를 따라잡지 못해 피멍이 들고 손톱이 빠졌다. 그래도 문오는 그들의 구상대로 각본이 쓰여지도록 협조했다. 아는 인물은 안다고 했고, 모르는 인물도 아는 척했다. 문오는 한숙이 같은 건물에 있는 줄도 모르고, 오랜만에 둘만 있게 된 방으로 빨리 돌아가고 싶은 마음뿐이었다. 다만 한 가지, 밴드의 이름을 고치려는 시도만은 두울 수 없었다. 돕게 되면 아현동으로 돌아갈 날이 까마득히 멀어지기 때문이었다.

하루는 예사롭지 않은 분위기의 작가 한 명이 문오를 찾아왔다. 그자는 이름, 나이, 주소 따위를 묻고 나서 직업이 뭐냐고 물었다. 문오는 작곡가 겸 기타리스트라고 답했다. 그자는 웃었다. 몇 가지 신상에 대한 문답이 더 오간 뒤에, 그자는 지금까지 한숙에게 받은 돈이 전부 얼마냐고 물었다. 문오는 한숙이 누구냐고 하려다가 단념하고, 주머닛돈이 쌈짓돈이라는 식으로 답했다. 그자는 웃었다. 아이처럼 해맑은 웃음이었다. 그자가 문오 앞에 누런 종이 한 장을 내려놓았다. 거기에는 미용실 테스를 비롯해서 서울역 그릴, 서대문 다방, 아현동 여인숙 등 장소와 날짜 그리고 돈 액수가 적혀 있었다. 문오는 낯익은 글씨를 눈에 담느라 내용을 제대로 볼 수 없었다. 그자는 접선, 공작금, 지하조직 같은 표현을 써서 물었다. 문오는 애인, 음악, 대학가요제 등으로 답했다. 그자는 웃었다. 놈의 미소를 닮은 온화한 웃음이었다. 그자는 문오의 귀에 친숙해진 조직의 이름을 대며, 밴드로 위장해서 가요제에 참가한 목적이 뭐냐고 물었다. 문오는 한 번만 더 버텨보자는 생각으로, 우리는 서울이라고 답했다. 그자는 웃지 않았다.

문오는 결국 서울을 지키지 못하고 주어진 각본대로 연기를 마쳤다. 한숙은 막판에 캐스팅에서 제외되어 먼저 방으로 돌아왔다. 한숙이 맡은 배역과 그 배역에서 풀려나기 위해 감당한 배역을 더하면 결코 문오가 당한 것보다 약하다고 할 수 없지만, 겉보기에 한숙은 문오에 비하면 상태가 아주 양호한 편이었다. 걷는 데 큰 지장은 없었으니까. 한숙은 사흘 동안 먹고 자기만을 계속하여 어지간히 기력을 회복한 뒤에 밖으로 나왔다.

미용실 원장은 한숙에게 다른 사람을 구했다고 말했다. 눈앞에서 다른 사람이 일하고 있으므로 듣지 않아도 알 수 있는 사실이었다. 미용실에서 나온 한숙은 오랜만에 걷고 싶었다. 비라도 내리면 좋으련만. 6월의 거리에는 햇볕이 쨍쨍했다. 한숙은 아현동에서 시청 앞까지, 천천히, 걸었다.

거리는 사람들의 세상이었다. 전에도 이런 적이 있었지. 한숙은 거리를 가득 메운 사람들을 바라보며 문오를 생각했다. 저들이 그를 나오게 할 수 있을까. 한숙은 언젠가 눈물을 흘리며 걸었던 길 위에 서서 우진을…… 보았다. 프라자호텔 뒷길로 그는 걸어오고 있었다. 먼저 그녀를 발견한 듯, 우진은 멈칫하는 한숙에게 빙그레 웃어 보이며 다가왔다. 한숙은 뒤늦게 몇 걸음 움직여 우진과 마주 섰다.

오랜만이에요 누나.

그래. 얼마 만이지.

사 년 사 개월.

진짜 오랜만이네.

그렇다니까요.

꼬박꼬박 존댓말이니.

누나니까.

학교는.

다녀요.

신학생?

어떻게 알았어요.

전화로 그랬잖아. 신학대 갈 거라고.

기억하네요. 일 년도 더 됐는데.

한숙은 광장에 모인 사람들을 눈짓으로 가리키며 물었다.

너도?

아뇨. 볼일이 있어서. 누난?

난 그냥, 구경하러.

우진은 시계를 들여다봤다.

가야지.

시간 있어요.

그럼, 어디 들어가서 좀 앉을까. 힘들어.

프라자호텔 커피숍은 맞선 보는 사람들로 북적였다.

로비에 있을 걸 그랬어. 여긴 너무 비싸.

마셔요.

우진이 커피를 한 모금 마시고 말했다.

내가 살게요.

그래. 나 돈 없어.

한숙의 가방에는 미용실 원장이 준 봉투가 들어 있었다.

데모 안 해?

한숙이 커피에 설탕과 크림을 넣어 저으며 물었다.

혼자 해요.

혼자 어떻게 하는데.

우진은 웃기만 했다. 그 모습을 보면서, 한숙은 순간적인 충동을 느꼈다. 얘랑 오늘 이 돈을 다 써버릴까. 이 호텔에서.

잘될까.

돼야죠. 안 되면……

둘은 함께 창밖을 바라보고, 말없이 커피를 마셨다.

집은. 압구정동?

다 기억하네요.

그러게.

지금은 사당동에 살아요.

또 이사갔어?

혼자 있어요. 쫓겨났죠 뭐.

위로해줄까, 축하해줄까.

축하.

그래. 잘된 거야. 독립해야지.

한수는…… 잘 있대요?

모르는구나. 걔 또 사라졌어.

또라뇨.

아 너 군대 있을 때였구나. 이번엔 더 길어지네.

며칠이나 됐는데요.

반년이 넘었지.

이런…… 지난번엔 어디 갔었대요.

그게 좀…… 너 혹시 미자라는 애 아니.

누군데요.

아니야. 지난번에 한수가 이상한 얘길 하도 많이 해서……

우진은 시계를 보고 있었다.

가야지. 늦지 않았어?

누나.

왜.

가지 말까요.

가야지.

가요?

그럼. 빨리 마시고 나가자. 다 마셔야지. 비싸니까.

우진은 한숙의 얼굴을 안쓰럽게 바라보았다.

그런데 누나.

왜.

한숙은 우진이 한번 더 같이 있겠다고 하면 있게 놔둘까 생각했다. 우진은 눈길을 거두며 말했다.

맞고 살지는 마요.

지하철을 타고 방으로 돌아온 한숙은 경대 앞에 앉았다. 이제는 돌아와 거울 앞에 선…… 떠오른 시구가 우스워 한숙은 쓴웃음을 지었다. 화장으로 감춘 눈두덩의 멍자국 아래 붓기가 덜 가신 한쪽 뺨이 거울 속에서 아프다고 소리를 질렀다. 그것은 남들 눈에 띄는 유일한 외상이었고, 남영동에서 한숙이 입은 가장 가벼운 상처였다. 멍들고 부은 살은 오래지 않아 말짱해질 것이었다. 한숙은 모아놓은 돈이 얼마나 되나 헤아려봤다. 이사를 가야지. 다시 일자리를 얻고, 돈을 더 모아서. 어디로 가나. 한숙은 사당동을 떠올리고 다시 한번 쓰게 웃었다.

*

　새로운 약속이 생겼는데도, 사람들은 오래된 약속에 매여 살지. 예나 지금이나.

　술을 꽤 마셨는데도 우진의 목소리는 멀쩡했다. 자정이 가까운 시간이었다. 까페 안은 불어난 손님들과 빠른 템포의 음악으로 활기에 차 있었다. 내키는 손님들은 자연스럽게 테이블 옆 공간에 나와 춤을 추었다.

　예수가 집에 들어왔는데, 또 많은 사람들이 모여들어. 예수와 제자들은 밥 먹을 시간도 없어.

　민호는 앉은 채로 음악에 맞춰 몸을 흔들며 듣고 있었고, 소영은 그날 쓰기 시작한 소설의 다음 문장을 생각하며 듣고 있었고, 한수는 꼭 몸살을 견디는 것만은 아닌 듯 힘들어하며 우진의 얘기를 듣고 있었다.

　그런데 식구들이 예수를 잡으러 나오지. 사람들이 수군대는 말을 들은 거야.

　신약을 읽어본 소영이지만 그런 대목이 있나 싶었다.

　저 사람 이상해, 정신이 나갔어, 귀신 들렸나…… 한마디로 미쳤다는 거지. 예수가.

　우진은 말을 멈추고 잔을 들었다.

　자 빨리 결론을 말해. 민호가 말했다.

　결론은…… 없어.

　뭐야. 기껏 들어줬더니. 아무튼 강의 끝. 놀자. 춤출까.

　노래 듣자. 소영이 말했다.

좋아. 뭐 들을까.

여기 가요도 있지?

그럼. 뭐. 내가 신청할게.

너 듣고 싶은 거.

나?

떠나기 전에 듣고 싶은 우리 노래 없어?

글쎄.

민호는 마땅히 떠오르는 곡이 없었다. 말을 안 하기로 작정한 듯했던 한수가 입을 열었다.

서울 노래 뭐 없을까.

오 그거 좋은데. 민호가 반기며 말했다. 떠나는 마당에.

서울의 찬가.

말하면서 소영 스스로도 마땅치 않다는 투였다.

없겠지. 있어도 그걸 듣긴 좀 그렇고.

소영은 스스로 꼬리를 내렸다.

이용. 아니고. 조용필. 괜찮고. 또 없나.

민호는 이 문제를 풀지 못하면 출국이 금지되기라도 할 것처럼 생각에 골똘하다가,

에이, 뉴욕은 줄줄이 생각나는데.

머리를 긁으며 생각을 내려놓았다.

한수 넌 없냐.

한수는 노래를 고르는 데는 뜻이 없어 보였다.

럭키 서울, 서울 야곡. 옛날 노래는 많아. 소영이 말했다. 이미자의

서울이여 안녕도 있고.

그냥 조용필 들을까.

민호의 말까지 듣고 나서 우진이 일어섰다.

내가 갔다 올게.

우진은 까페 주인에게 갔다. 주인과 얘기를 끝낸 우진이 주크박스로 가는 사이에 까페 안에 흐르던 경쾌한 음악이 슬며시 사라졌다. 춤추던 손님들이 몸짓을 멈추었다. 우진이 자리로 돌아오기 전에 시작된 노래는 〈광화문 연가〉였다.

*

화양리를 떠난 한수는 여전히 서울에 있었다. 한곳에 오래 머물지 않고 여러 동네를 떠돌며 살았다. 의식주는 그동안 모아놓은 돈을 조금씩 꺼내 쓰며 해결했다. 처음에는 놈을 제거하기 위해 모으다가 나중에는 아무 목적 없이 모은 돈이었다. 그러니까 애초에 작정한 일에 돈을 쓰게 된 셈이었다. 일의 성격과 방법이 달라졌을 뿐. 한수가 킬러의 길을 버리고 선택한 새 길은 사냥꾼의 길이었다.

한수는 놈을 사냥하기 위해 모세에게 칼을 돌려받을 필요는 없다는 것을 알았다. 새 칼을 살 필요도, 활쏘기와 행글라이딩을 배울 필요도, 잠긴 문 따는 기술을 배우기 위해 아버지의 출소를 기다릴 필요도 없었다. 여전히 한수는 그런 방법들로 놈을 없애는 것이 가능하다고 믿었지만, 실패할 확률이 낮지 않다는 것도 알고 있었다.

한수의 새로운 계획은 백 퍼센트 확실한 것이었고, 장비를 갖추고 기술을 배우기 위해 돈과 시간과 노력을 들일 필요가 없는 간편한 것이었다. 놈에게 접근하기 위해 거쳐야 할 까다로운 관문도, 물리력을 쓰다보면 일어나기 쉬운 놈과의 신체 접촉도, 성공하든 실패하든 붙잡히든 달아나든 이후에 감당해야 할 번거로운 과정도, 그 계획대로 하면 모두 피할 수 있었다. 한수가 할 일은 단순했다. 약간의 돈을 들여 필요한 신문과 잡지를 구입하고, 남아도는 시간에 그것들을 읽거나 뉴스를 보며 놈의 동정과 주변 정세와 올림픽 준비 현황을 살피고, 어느 동네 여관방에든 가만히 앉거나 누워 한 가지 생각에 엄청난 에너지를 쏟아붓기만 하면 되는 일이었다. 한수는 어떤 미래를 기억하기 시작했다.

한수가 기억하기 원하는 단 하루의 미래는 1988년 9월 17일이었다. 그날 서울에서는 제24회 하계올림픽의 개막식이 열렸다. 행사가 절정에 달했을 때 잠실 스타디움의 한 곳에서 벌어진 장면을 기억하는 것이, 한수가 화양리를 떠나며 자신에게 부여한 단 하나의 미션이었다.

처음에 그날은 이 년 뒤라는 먼 훗날이었다. 미래도 과거처럼 멀수록 기억하기 어려웠다. 그날을 기억한다는 것은, 몇 분 뒤나 며칠 후에 일어날 일이 퍼뜩 스치고 지나가는 것하고는 차원이 다른 일이었다. 그 먼 날의 아득한 장면에 집중하고 전념해야 했기 때문에, 한수는 아주 가까운 미래조차 까마득한 옛날처럼 기억하지 못했다. 여관방 침대에서 떨어지거나 식당에서 물컵을 놓치기 일쑤였다. 그러는 가운데 그날의 기억은 하루하루 완성을 향해 나아갔다. 윤곽만 흐릿했던 장면들이 점점 디테일을 갖추며 실감나게 떠올랐다.

고비가 없었던 것은 아니었다. 무엇보다 놈이 개막식에 참석하지 못하게 되면 큰일이었다. 그러면 애써 쌓아올린 한수의 기억은 와르르 무너져버릴 수밖에 없었다. 한수는 날마다 놈의 행적과 발언, 놈을 둘러싸고 돌아가는 정국의 추이, 놈도 신경쓰지 않을 수 없는 외국 정부의 움직임까지 주시했다. 그 덕에 고비가 닥칠 때마다 고비가 닥쳤다는 판단은 정확하게 내릴 수 있었지만, 고비를 넘고 못 넘고는 하늘에 맡겨야 한다는 것이 문제였다. 한수의 기억력은 온통 그날에 쏠려 있어, 다른 날들에 대해서는 여전히 힘을 발휘할 수 없었다. 다행히 놈은 타고난 건강 체질이라 독감이나 폐렴 등을 이유로 불참할지 모른다는 걱정은 덜 수 있었다.

첫번째 중대한 고비는 놈이 고독한 결단을 놓고 고민할 때였다. 두 달 전에 이미 한수는 TV에 나온 놈을 보고 불안했다. 저래가지고 무사할까. 한수는 여러 동네를 돌아다니며 서울 민심이 심상치 않음을 피부로 느끼고 있었다. 하지만 놈이 만만한 상대가 아님을 한수만큼 잘 아는 시민은 없었다. 그래서 한수는 더욱 불안했다. 저러다 사고 치는 거 아닌가. 한수의 예감은 정확했다. 시간이 지나면서 놈이 큰일을 저지를 가능성은 점점 높아졌다. 지난가을 건대에 출몰했던 것과는 급이 다른 강력한 괴물이 몸을 풀고 있다는 소문이 돌았다. 칠 년 전에 놈과 함께 남녘땅을 피로 물들이고 그동안 잠들어 있던 망나니라고 했다. 한수가 불안한 것은 놈이 사고를 치면 이번에는 실패할 것 같다는 예감 때문이었다. 그러고도 놈이 개막식에 나타날 수 있을까. 한수의 모든 불안감은 그 의문으로 통했다. 놈은 내 것인데, 남에게 빼앗기는 게 아닐까. 한수는 태어나서 처음으로 하늘을 향해 기도했다. 놈이 또 사고 치지 않기를. 사고 쳐서 다치지 않기를. 놈이 실패해도 이미 흘린 피는 되돌릴 수 없음을 제발 통촉하기를.

한수의 기도는 통했다. 친구를 믿어보기로 했는지, 이웃에서 이번에는 눈감아주지 않겠다고 압력을 넣었는지, 아니면 다른 어떤 꼼수가 떠올랐는지는 몰라도, 아무튼 놈은 사고 치지 않고 넘어갔다. 한수는 놈이 대견해서 머리를 쓰다듬어주고 싶었다. 하지만 고비는 끝난 게 아니었다. 과연 놈이 살던 집에 누가 새로 입주하게 될 것인가. 놈은 당연히 친구가 들어오기를 원했다. 한수의 바람도 놈과 같았다. 이유는 자명했다. 그래야 놈이 개막식에…… 전망은 어두웠다. 대다수의 사람들은 이렇게 전망했다. 둘 중에 하나지 뭐. 놈의 친구는 둘 안에 못 들었다. 한수는 또 기도했다. 곁에 있을지 모를 미자를 생각하니 차마 놈의 친구가 잘 되기를 바랄 수는 없어서, 이렇게 기도했다. 둘 중에 누가 들어가든 놈을 너무 박대하지 않기를. 두 번 사고 치지 않은 놈을 기특히 여겨, 어디 갈 때 종종 데리고 다니기도 하고 좀 그러기를. 특히……

한수의 기도는 통하지 않아서 둘 중의 누구도 그 집에 들어가지 못했다. 대신 놈의 친구가 오 년 계약을 맺고 그 집의 입주자가 되었다. 둘 중에 하나가 되어야 할 둘이 끝까지 둘로 남은 결과였다. 한수로서는 불만이 없는 결과였지만, 미자를 생각해서 티내지 않았다. 두 번의 큰 고비를 넘기고 그해가 저물 무렵, 한수는 그날의 기억을 완성했다.

*

이제 모두
세월 따라

흔적도
없이 변해갔지만
덕수궁 돌담길엔
아직 남아 있어요
다정히
걸어가는
연인들

언젠가는
우리 모두
세월을
따라 떠나가지만
언덕 밑 정동길엔
아직 남아 있어요
눈 덮인
조그만
교회당

향긋한
오월의 꽃향기가
가슴 깊이 그리워지면
눈 내린 광화문
네거리 이곳에

이렇게
다시
찾아와요

언젠가는
우리 모두
세월을
따라 떠나가지만
언덕 밑 정동길엔
아직 남아 있어요
눈 덮인
조그만
교회당

노래가 끝났다.

나갈까.
민호가 말했다.

*

1988년 9월 3일 토요일, 한수는 신촌 장미여관에 있었다. 너무 오래 있었나. 이제 어디로 가지. 올림픽 개막식을 이 주일 앞두고 한수는 지쳐 있었다. 지쳤다는 말은 편안하다는 말로 들릴 만큼, 많이 지쳐 있었다. 그날을 기다리는 일은 어려웠다. 그날을 기억하는 일보다 훨씬 힘들고 위험했다. 한수는 거울에 비친 제 모습을 보았다. 얼굴에 주름이 더 늘고 머리숱이 눈에 띄게 줄어 있었다. 늦은 아침이었다. 방바닥에는 빈 소주병, 국물이 남은 컵라면, 벗어놓은 양말이 널려 있었다. 한수는 대충 씻고 배낭을 꾸리고 모자를 눌러쓰고 맨발에 더러운 운동화를 신고 밖으로 나왔다.

그날 놈의 친구는 사람을 시켜서 놈에게 개막식에 오지 말라고 당부했다. 관중의 야유를 우려해서였다. 놈은 코웃음쳤다. 한수는 두 친구 사이가 틀어졌다는 사실을 모르고 있었다.

그날의 기억을 완성해놓고 새해를 맞았을 때, 한수는 며칠 동안 그 기억을 밀쳐두고 아무것도 하지 않았다. 일생일대의 걸작을 그려 창고에 넣어두고 딴짓하는 화가처럼. 한수는 신문을 사러 나가지 않았고, 사지 않았으니 읽지도 않았으며, 뉴스도 재미없어서 TV를 켜지 않았다. 더 기억할 미래도 없고, 있다 해도 기억해낼 힘이 남아 있지 않았다. 한수는 여관방에 틀어박혀 담배를 피우고 술을 마셨다. 아스피린을 끊기 위해 다시 시작한 음주와 흡연은 한수의 떠도는 삶을 지탱해주는 두 개의 버팀목이었다. 건대 캠퍼스에서 깨어난 이상한 피는 어슬렁어슬렁 한수의 몸속을 돌아다녔다. 미자는 제 소리가 한수에게 들리는 순간을 놓치지 않기 위해 쉬지 않고 떠들었다.

수유리 여관방 창밖으로 함박눈이 내리던 밤, 한수는 잘 있겠지 하는 마음으로 그날의 기억을 들추어보다가 깜짝 놀랐다. 며칠 사이에 흐릿해진 장면들이 뚝 뚝 끊어지다가 멈추더니 좀처럼 흐르지 못하는 것이었다. 한수는 황급히 정신을 가다듬어 초점을 맞추고 구멍과 틈새를 메웠다. 다행히 심각한 손상을 입은 것은 아니어서 기억은 금세 복구되었다. 그날 이후 한수는 한시도 마음이 놓이지 않아 기억을 돌아보고 또 돌아봤다. 다른 일은 하고 싶어도 할 수가 없었다.

그날이 하루하루 가까워질수록 기억은 더 선명하고 자세하게 떠올랐다. 기억을 돌아보는 데 쏟는 에너지도 점점 더 커졌다. 봄이 올 무렵부터 한수는 마치 자신이 당한 것처럼 놈에게 일어난 일을 지켜보기 시작했다. 한번 그러고 나면 맥이 쭉 빠져 한참 동안 꼼짝 못하고 누워 있어야 했다. 한수는 끼니때나 돈 찾을 때만 잠깐 밖에 나갔다가 담배와 술을 사서 얼른 숙소로 돌아왔다. 운동을 오래 쉬어 몸에 군살이 붙었고, 씻는 것도 게을러져 가려운 데가 많았다. 세상이 어떻게 돌아가는지는 알고 싶은 의욕도 없고 알아낼 기운도 바닥이었다. 그렇지 않았다 해도, 대검 한 자루를 가슴에 품고 연희동 어느 골목의 삼엄한 경비망을 뚫으려 했던 한 남자의 소식이 한수에게 전해질 수는 없었을 것이었다. 그는 중곡동 국립서울병원에 강제수용되었다.

날이 더워지면서 한수는 기억을 점검할 때마다 통증을 느꼈다. 처음에는 가슴께가 조금 따끔거리다가 날이 갈수록 아픈 부위가 넓어지고 정도가 심해졌다. 어느 날은 목이 타는 듯 말라서 물 한 주전자를 한꺼번에 다 마시기도 했다. 그 무렵 한수의 외모와 신체 기능에 변화가 일어나기 시작했다. 피부가 푸석푸석해지면서 여기저기 주름이 생겼다. 어쩌다 샤워를 할 때 머리를 감고 나면 욕실 바닥 수챗구멍에 젖어서 뭉친 머리카락이 수북했다. 식당에서는 메뉴판이 잘 안 보여 멀찌감치 떼어놓고 봐야 했다. 한수 나이 스물여섯이었다. 주문받는 식당 종업원에게 목소리를 깔고, 본인은…… 한 적도 두어 번 있었다.

한여름에 접어들면서 한수는 바깥출입을 거의 하지 않게 되었다. 동네를 옮겨서 여관에 들면 다음 동네로 갈 때까지 일주일이고 열흘이고 나오지 않았다. 끼니는 박스째 사들고 온 라면으로 때우거나 가끔 중국집에서 짜장면을 시켜 먹었다. 소형 가스버너와 작은 냄비를 장만한 것도 그 무렵이었다. 배낭은 히말라야 등반에 어울려 보이는 사이즈로 바꿨는데, 그 속에는 언제나 술과 담배가 넉넉히 들어 있었다. 알코올 섭취량이 늘수록 한수의 식사량은 줄어들어 하루에 두 끼만 먹더니, 광복절을 기점으로 냄비 씻는 것도 귀찮아져서 하루 한 끼 컵라면으로 때우게 되었다.

서울을 순회하며 기억된 미래를 기다리는 한수의 고행은 계속되었다. 한 달 앞으로 다가온 그날의 기억은 너무도 생생해서, 어느 것이 현실이고 어느 것이 기억인지 헷갈릴 지경이었다. 애써 기억을 점검하려 하지 않아도, 기억이 한수를 점검하려는 듯 시도 때도 없이 떠올라 한수의 오감을 사로잡았다. 결정적인 장면에 이를 때마다 한수는 여기저기 돌아가며 쓰라리고 쑤신 것을 이를 악물고 참았다. 이제 얼마 남지 않았어. 우리 끝까지 견디는 거야. 언제부턴가 한수는 자신과 놈을 하나로 묶어서 '우리'로 여겼다.

디데이를 보름 앞두고 한수는 한밤중에 장미여관 이층 객실에서 눈 감은 채 신음하고 있었다. 기억은 그의 꿈속까지 들어와 있었다. 꿈의 안팎에서, 한수는 온몸이 못 견디게 따가웠다. 가슴팍은 땀으로 흠뻑 젖었는데, 한수가 흘린 땀은 물보다 기름에 가까운 액체였다. 놈은 허공에서 괴성을 지르며 허우적거렸다. 한수는 아픔을 이기지 못하고 기억에서 빠져나왔다. 꿈에서 깬 그는 소주 한 병을 마시고 다시 잠들었다.

9월 10일 토요일. 개막식을 일주일 앞둔 날이었다. 장미여관에서 나온 한수는 봉천동의 이름 없는 여인숙에 묵고 있었다. 전날은 웬일인지 기억이 잠잠해서 한수는 하루종일 편히 쉴 수 있었다. 밤에 술도 안 마시고 일찍 잠든 한수는 꿈에 소영을 보았다. 소영은 말없이 한수를 위해 노래를 불렀다. 한수는 가사를 알아들을 수 없었다. 꿈에서 깨어 젖은 눈을 떴을 때, 한수는 기억 속에 있었다. 이제 기억은 거의 현실이 되어, 한수는 잠실 올림픽 스타디움 귀빈석에 앉아 있었다. 놈이 앉아 있는 자리였다.

그라운드에는 백육십 개 나라의 선수와 임원 들이 도열해 있고, 트랙과 잔디 사이 반원형 필드 한가운데 성화대가 탑처럼 솟아 있었다. 놈이 일어나서 자리를 벗어났다. 한수는 계단을 내려갔다. 사람들은 신경쓰지 않았다. 무시했으므로. 놈은 트랙에 몰려 있는 사람들 틈에 섰다. 관중석에서 함성이 일었다. 그라운드의 커다란 출입구로 흰 옷을 입은 노인이 들어왔다. 노인은 달리며 감격에 겨워 성화봉을 치켜들고 두 팔을 휘저었다. 한수 바로 앞에서 앳되고 마른 소녀가 노인이 건네는 불을 받아들려는 순간, 놈이 가로채서 성화대를 향해 달리기 시작했다. 외국 선수들은 갈채를 보내며 한수에게 길을 터주었다. 놈은 세 명의 최종 점화자들이 들고 있는 봉을 압수해서 멀리 던져버렸다. 무장한 보안요원이 달려들어 점화자들 중 한 명인 여고생의 목을 팔로 감고 머리에 총을 겨누었다. 그는 한수에게 흠모의 눈길을 보냈다. 고작 몇십 미터를 달렸는데 한수는 숨이 찼다. 놈의 셔츠는 가슴 쪽이 젖어 있었다. 한수는 성화대 기둥을 둘러싼 원반 위에 올랐다. 놈은 지지대의 난간을 붙잡고 고개를 끄덕였다. 원반이 기둥을 타고 오르기 시작했다. 그 장면을 보기 위해 숨죽였던 관중들이 일제히 흥분하며 소리질렀다. 한수는 관심의 대상이 아니었다. 원반은 십 미터 높이에서 멈췄다. 성화대에는 비둘기들이 앉아 있었다. 놈이 성화봉을 든 팔을 뻗으려 했다. 비둘기 몇 마리가 파다닥 날아올랐다. 한수는 가슴을 향해 팔을 구부렸다. 놈이 당황하며 팔을 뻗으려 할수록, 팔은 안으로 굽었다. 한수의 가슴에서는 고기를 굽고 남은 기름 냄새가 났다. 놈의 몸에 쌓인 지방이 쥐어짠 비곗덩어리처럼 오그라들며 땀샘을 기름기로 채웠다. 성화의 불기를 쬔 한수의 가슴팍에서 기름방울이 뚝 뚝 떨어졌다. 놈의 얼굴이 험하게 일그러지고, 한수의 가슴에 불이 닿으려는 순간……

  멈춰버린 장면은 제자리를 맴돌았다. 그전까지와 비교할 수 없는 고통이 한수의 기억을 가로막았다. 한수는 계속 밀고 나가려고 안간힘을 썼다. 여기서 끝내면 안 돼. 그날은 훨씬 더할 거야. 우린 끝까지 견뎌야 해. 우리? 너 나한테 왜 이러는 거야. 당장 그만두지 못해. 자기 안의 다른 소리를 무시하고 한수는 다음 장면을 기억하기 위해 무릎 꿇고 바닥에 엎드려 두 팔을 가지런히 뻗었다. 놈의 가슴에 불이 붙고, 놈의 온몸으로 불이 번지고, 놈이 발버둥치다 허공으로…… 허공으로 몸을 던져 바닥으로…… 바다로 추락하는 최후를 기억하기 위하여. 사람들의 철저한 무관심 속에, 나뒹굴다 재로 변하는 놈의 최후를.

다시 기억 속에서, 놈의 손이 조금 움직여 한수의 가슴에 불길이 스쳤다. 한수는 견디지 못하고 비명을 지르며 다시 빠져나오려 했다. 빠져나오려는 놈과 남아 있으려는 한수가 팽팽히 맞서, 한몸으로 뒤엉킨 둘은 어떤 경계에 놓여 있었다. 한수야 정신 차려. 미자는 계속 한수에게 말을 걸고 있었다. 이게 무슨 꼴이야.

누구냐.

내 말이 들려?

뭐야 넌.

나야.

미자?

내가 보여?

어디 숨었나. 비겁하게. 나와라.

정신 차려 한수야.

다 갈겨버리겠어!

한수야!

미자구나.

그래 나야.

우린 끝까지 견딜 거야.

우리?

놈과 나.

놈은 끝났어. 끝났잖아.

놈은 내가 맡는다.

그만 일어나.

얼마 남지 않았어.

뭐가.

그날.

무슨 날.

우린 끝내야 해.

한수야 너 이러다 죽어. 그만 돌아가자.

돌아가? 어디로.

살아야지. 어떻게든.

어떻게.

어떻게든. 니가 죽어서는 안 되잖아. 너도 알잖아.

　그때 한수 몸속의 이상한 피가 심장 근처에서 소금 맞은 지렁이처럼 꿈틀거렸다. 엎드린 한수의 등이 동그랗게 굽었다. 뒤틀린 그 피는 토막토막 끊어져 몸속을 닥치는 대로 찌르고 후볐다. 한수는 데굴데굴 굴렀다. 왜 그래 한수야! 한수는 숨이 막혀서 대답할 수 없었다. 다시 하나로 합친 그 피는 우리에 갇힌 맹수처럼 부딪치며 날뛰었다. 한수는 주먹으로 바닥을 치며 으르렁거렸다. 한수야. 미자는 다른 말을 하지 못했다. 한수야. 한수는 몸속에서 뭔가 빠져나오려 한다는 것을 알았다. 내 말 들려? 그것이 나가버리면 놈을 놓아주어야 한다는 것을.

　그것은 헐어버린 위벽으로 스며나와 창자 입구에 고였다. 한수는 무릎 꿇고 윗몸을 곧추세운 뒤에 있는 힘껏 항문을 조였다. 아래로 향하던 그것이 방향을 급히 틀어 수직으로 솟구쳤다. 한수야…… 한수는 멈춘 기억 속에 놈을 남겨두고, 비린내 올라오는 목을 움켜쥐었다. 우욱…… 들린 턱이 벌어지며 검붉은 핏물이 분수처럼 뿜어져나오기 전에, 한수는 다른 미래 하나를 순식간에 기억해냈다. 떠나자. 떠나서, 다시 돌아오지 말자. 만약 떠나지 않거나 돌아오면…… 한수는 얼굴에 피를 뒤집어쓰고 쓰러졌다. 한수야. 난 니 곁을 떠나지 않아. 미자의 말은 한수 귀에 들리지 않았다.

그날 저녁 놈의 친구는 위로 전화를 걸어서 놈의 부아를 돋구었다. 그에 앞서 오전에 놈은 갑자기 심경의 변화를 일으켜 개막식에 불참하기로 결정했다. 왜 그랬냐는 부인의 힐난 섞인 물음에, 놈은 본인도 모르겠다고 중얼거렸다.

*

네 사람은 큰길가에 서 있었다. 저녁에 내리던 눈은 금세 그쳐 땅위에 아무런 흔적도 남기지 않았다. 저만치 건너편에 사다리꼴로 우뚝 솟은 터미널 건물이 보였다. 새벽에 첫차로 떠나자. 한수는 점퍼 주머니에 손을 넣고 기침을 하며 어깨를 웅크렸다.

한잔 더 할까.

민호의 말에 우진이 대꾸했다. 여기까지.

나 가는데.

잘 가.

이런…… 민호는 몸을 돌려 한수와 소영에게 말했다. 니들은……

잘해.

　민호는 친구들과 악수를 나누었다. 우진과 악수하며 민호가 말했다.

　기도해주고 그러는 거 아니냐.

　난 거리에서 기도 안 해.

　안 하는 게 많구나.

　학교에서 내 별명이 실로암이야.

　아 그 무슨 연못?

　실로 암적인 존재.

　민호가 한숨을 푹 쉬고 말했다. 나부터 간다.

　민호는 택시를 잡으려고 몸을 돌렸다.

　이리 와.

　우진이 돌아선 민호의 어깨에 손을 얹었다. 우진의 기도는 성서에 기록된 예수의 말이었다.

　평안을 너희에게 끼치노니

　곧 나의 평안을 너희에게 주노라

　내가 너희에게 주는 것은

　세상이 주는 것과 같지 아니하니라

　너희는 마음에 근심하지도 말고

　두려워하지도 말라

　민호부터 가고 우진도 떠난 뒤에, 소영과 한수는 사평로를 걸었다.

추워?

괜찮아.

우리집에 갈래?

한수는 가고 싶었다.

이 근처에서 잘래.

둘은 잠시 말없이 걸었다.

나도 같이 잘까.

한수는 그러자고 하고 싶었다.

어제 잤잖아.

또 자면 되지.

그러면 떠날 수 없을 거라고, 한수는 생각했다.

소영아.

왜.

서울 떠나서 산 적 없지?

없지.

나도.

알아.

소영은 한수의 점퍼 주머니에 손을 넣었다. 계속 걸으면 낮에 한수가 걸었던 길이 나올 것이었다.

*

여인숙에서 일주일을 더 보낸 뒤에 한수는 봉천동을 떠났다. 떠나기 전에 한수는 거울을 보며 매끈한 얼굴을 쓸어보고 치렁치렁한 머리를 이리저리 돌려보았다. 이발부터 해야겠군. 예전 같지 않은 몸매는 운동하면 금세 돌아올 것이었다. 돌아온다…… 한수는 마지막으로 기억한 미래의 약속을 생각했다. 한수가 통제할 수 없고, 한수를 통제할 수도 없는. 그날을 기다릴 필요도, 기다릴 능력도 없게 되어버린. 만약 떠나지 않거나 돌아오게 되면, 언제 무슨 일을 당할지 알 수 없는. 죽을 때까지…… 깨끗하게 빨아놓은 낡은 운동화를 신을 때, 한수는 친구에게 준 칼을 생각했다. 구멍가게에서 우유를 사마시며 보게 된 TV 화면에서는, 흰옷을 입은 꼬마가 텅 빈 잔디 그라운드를 대각선으로 달리며 굴렁쇠를 굴리고 있었다. 한수는 그 가느다란 쇠바퀴가 넘어질까봐 조마조마했다.

머리를 자르고 아현동으로 간 한수는 하룻밤을 자고 다시 누나의 방을 떠났다. 애초에는 얼굴만 보고 나올 생각이었는데, 안 보는 사이에 매형이 된 문오가 붙잡아서 어쩔 수 없었다. 문오는 한쪽 다리를 뻗은 자세로 기타를 치며 그동안 만든 곡들을 들려줬다. 다 어디서 많이 들어본 멜로디였지만, 한수는 끝까지 집중해서 들었다. 서울 유람을 다녀왔다는 한수의 말에, 한숙은 서울 한 바퀴 도는 데 이 년이 걸렸냐고 따졌다. 서울에 동이 몇 갠데. 그 말에 어이없어하면서도 한숙은 더 캐묻지 않았다. 저녁에 만두를 안주로 함께 소주를 마시다가, 문오는 피곤하다며 먼저 잠들었다. 남매의 오붓한 대화를 위한 배려처럼 보였다.

곧 이사가.

어디로.

반포.

우진이 압구정동에 살걸.

집 나왔대.

통화했어?

만났어. 우연히 한 번. 작년 여름에.

잘 지낸대?

좋아…… 보이더라.

대학은. 됐대?

신학교. 니들 친구 맞니.

어디 산대.

사당동. 그때는.

반포에서 가깝지 않나.

그러네. 참, 소영이는…… 전화했니.

아니.

몇 번 찾아왔었어. 너 소식 없냐고.

잘 있지.

만나봐. 니 걱정 많이 하던데.

시인은 죽었어.

뭐라고. 누가 죽어.

놈이 죽였어.

무슨 소리야.

날더러 어찌 살라고 버리고 가시리……

얘가. 한수야.

걱정 마. 정신 차렸어.

한숙은 미자가 있기는 있나보다고 생각했다.

다음날 한수는 금호동으로 갔다. 아침에 일어나자마자 소영에게 전화했을 때, 집의 위치를 가르쳐주는 그녀의 목소리는 차분했다. 금남시장에 들러 포도주를 한 병 사들고 큰길로 나온 한수는, 길을 건너 골목 어귀 파란 대문에 달린 초인종을 눌렀다. 현관문이 열리는 소리. 작은 마당을 가로지르는 발자국 소리. 덜컹. 문이 열리고……

한수니. 소영은 한수에게 한수냐고 물었다. 그래 나야. 한수야. 한수는 자기가 한수라고 답했다. 들어와. 소영은 들어올 사람에게 들어오라고 말하고도 문을 가로막고 서 있었다. 나 들어갈게. 한수는 들어간다고 말하고도 들어가지 못했다. 소영은 그때서야 한수를 발견한 사람처럼 재빨리 물러났다. 소영이 비켜선 자리에 발을 디디며 한수는 문 안으로 들어갔다. 소영은 앞장서 걷다가 돌아서서 한수를 기다렸다. 한수는 소영에게 포도주가 담긴 봉투를 건넸다. 술이야? 소영은 술을 꺼내 보며 술이냐고 물었다. 니가 좋아하는 게 술밖에 생각안 나서. 비로소 둘 사이에 말문이 트였고, 소영은 술병으로 한수의 엉덩이를 살짝 두드렸다.

점심 무렵이었다. 소영은 손수 반죽해서 끓인 칼국수를 한수에게 대접했다. 한수는 두 그릇을 먹었다. 칼국수를 먹으며, 커피를 마시며, 한수가 사온 포도주와 소영이 준비한 보드카를 천천히 나눠 마시며, 두 사람은 수많은 얘기를 나누었다. 담배를 피우며. 음악을 들으며. 놈에 대하여. 죽은 시인에 대하여. 서로가 살아온 날들에 대하여. 그러니까 결국, 놈에 대하여…… 그들은 서로에게, 모든 것을 말할 수는 없었다.

베개는 많았지만 두 사람은 한 베개를 같이 베고 누워 있었다. 소영의 방은 아담했고 침대 머리맡에 놓인 작은 스탠드 램프 하나만 켜져 있었다. 소영은 옆으로 누운 한수의 등에 가슴을 대고 손을 뻗어 한수의 가슴에 대었다. 한수는 천천히 몸을 돌려 소영을 마주보았다.

내가 안 이상해?

이상해. 이상하지 않기도 하고.

한수는 발치로 밀려나 있는 이불을 끌어당겨 소영을 덮어주었다.

궁금한 게 하나 있어.

소영이 한수 어깨의 흉터를 어루만지며 말했다.

하나만?

니가 얘기한 그 문 말이야.

틈이라고 해야겠지.

누가 여는 걸까.

내 말을 믿는구나.

혹시, 너 아니야?

맞아.

정말?

그래. 너야.

나라고?

298

응. 나라니까.

장난하지 말고.

장난일까.

소영은 더 묻지 않고 조용히 있었다.

무슨 생각 해.

한수의 물음에 소영은 물음으로 답했다.

이제 어떻게 할 거야.

글쎄. 시간이 좀 있으니까.

한수가 무심코 한 말을, 소영은 유념하지 않았다.

어디서 살 건데.

그것도 아직. 여기서도 가끔, 살까.

숙박비 내면.

한수는 통장에 남은 돈으로 얼마나 버틸 수 있을지 헤아려봤다.

우진이는 왜 신학을 할까. 뜬금없이.

소영이 뜬금없이 말했다.

믿는 게 있겠지.

하긴, 난 왜 소설을 쓰는 건지.

못 쓰는 건지?

소영이 돌아누우며 말했다.

나 삐졌어. 잘래.

잘까.

그래. 불 꺼.

진짜 화났어?

소영은 천천히 몸을 돌려 한수 위로 기울여 입 맞추며 손을 뻗어 램프의 줄을 당겼다. 어둠이, 포개진 몸을 삼켰다. 1988년 9월 19일 월요일. 서울의 동쪽. 새벽 네시였다.

해설 | 권희철(문학평론가)

부디 너의 젊음이
한시 바삐 지나가기를

누구도 늙어가는 것을 원치 않는다. 늙는다는 것. 은은한 싱그러움
이 쇠퇴한다는 것. 꿈틀거리는 생동감이 소멸한다는 것. 너무 많은 시
간의 흔적들이 젊은 날의 아름다움에 상처를 입히고, 깡총거리던 무
릎을 주저앉히는 것.

하지만 늙는다는 것이 단지 그런 것일 뿐일까. 늙는다는 것. 고통스
런 방황과 혼란이 쇠퇴한다는 것. 부끄러움과 망설임을 덧입고 있는
무지無知가 소멸한다는 것. 충분한 경험의 지혜가 우아한 아름다움을
선물하고, 천방지축의 무릎을 곱게 접어 평온함의 날개를 펴게 하는
것.

늙는다는 것은, 젊음을 지불하고 성숙을 돌려받는 것이기도 한 것
이 아닐까. 그러한 교환이야말로 젊음을 완성시키는 것이 아닐까. 젊
음이 아름답고 늙음이 추한 것이 아니라, 젊음에는 젊음의 아름다움
과 추함이 또 늙음에는 늙음의 그것들이 저마다 따로 있다. 그러나 자

연이 젊음의 아름다움을 값없이 선물하는 것과 달리(그래서 젊은이들은 제 아름다움의 값을 모르고 그것을 함부로 잃어버릴 때가 많다), 늙음의 아름다움은 젊음의 아름다움을 정확한 때와 장소에 지불해야만 간신히 얻어낼 수 있다. 젊음을 잃기는 쉽고 늙음을 얻기는 어렵다. 우리가 늙어가기를 원치 않는다고 느끼는 것은 늙음을 얻기가 어렵기 때문이다.

그러나 원치 않아도 젊음은 곧 사라진다. 젊음이 사라지고 나면, 살아도 사는 게 아닌 때가 있는 것처럼, 늙어도 늙은 게 아닌 사람들이 있다. 젊음은 사라졌는데 아직 늙음을 얻지 못한, 잘 늙지 못한 노인들에게 늙음의 추함이 입혀져 있다.

*

잘 늙는다는 것, 시간의 퇴적층이 젊은 날의 방황과 혼란에 제 의미와 가치를 찾아주고 삶 전체를 하나의 조화롭고 평온한 종합 속에 위치시키는 것. 그것은 개인의 역량만으로 성취될 수 있는 것이 아니다. 개인의 내밀한 지혜가 합류할 만한 공적이고 보편적인 '세상의 이치'가 존재하지 않는다면, 개인의 지혜는 자칫 고독한 착란 혹은 광기에 이르거나 적어도 세계와 불화하는 원인이 되기 쉽다. 한 사람의 인생이 수렴될 넓고 깊은 '세상의 이치'가, 비록 젊은 날에는 잘 보이지 않았더라도 이미 개인들을 감싸고 있었던 것으로 판명될 때, 우리의 삶은 행복한 결말에 도달할 수 있다. 한 사람이 잘 늙기 위해서는 그 자신이 스스로의 삶에 충실해야 할 뿐 아니라, 그가 자신의 젊음을 지불하기에 적당한, 세상의 이치가 감도는 때와 장소 안에 살고 있어야 한다.

그런데 그런 적당한 때와 장소가, 인류 역사의 어디쯤에 있었을까. 강력한 젊음이 풍부한 성숙으로 이어지는 황금시대란, 혹시 상상 속에서 만들어낸, 그러니까 기실 존재한 적이 없는 '좋았던 옛날'에 불과한 것이 아닐까. 세상의 이치는 조화나 종합의 바탕이 되기보다, 이상理想에 대한 배반이자 이해관계에 따른 투항의 법칙일 때가 많지 않은가. 조화롭고 평온한 종합을 향해 잘 늙는다는 것은 거의 불가능한 일이고, 바로 그 때문에 젊음 또한 성숙으로 이어지기 힘든, 처치곤란의 압력이 되어가고 있는 것일까.

*

인류의 역사가 어떠했는가에 대해서라면 다른 견해가 있을 수 있다. 그러나 서울에서 나고 자란 1963년생 한수의 경우라면 다르게 말하기가 어렵겠다. 그에게 잘 늙는다는 것은 거의 불가능한 과제였고, 그에게 젊음은 성숙으로 이어지는 것이 영영 불가능해 보이는, 토해낼 수밖에 없는, 으르렁거리는 나쁜 피 같은 것이었다.

『사슴 사냥꾼의 당겨지지 않은 방아쇠』는 그 '나쁜 피'에 관한 기록이다. 한수의 삶 안에서 이 피가 단 한번도 정상성을 가질 수 없었고 앞으로도 갖기 어려울 것이라는 점을 적실하게 보여주느라 이 소설은 절박해지고 있다. 이것은 성숙에 이를 수 없는데도 "저렇게 젊어서 이렇게 살끼 싫도록 젊은 사람들"(62쪽)에 관한 이야기다.

모든 세대의 젊음은 저마다의 형식으로 잘 늙어가는 일에 실패할 수 있다. 『사슴 사냥꾼의 당겨지지 않은 방아쇠』는 청소년기에 박정희 정권을 청년기에 전두환 정권을 겪어야 했던 세대의 젊음의 체험 형식, 그 실패의 형식을 함축하고 있다. 이 소설이 1979년 10월 27일로 시작해서 1988년 11월 23일로 끝나는 것이 이와 무관하지 않다. 이 날짜들은 한국사 연표에서 각각 박정희가 김재규의 총에 맞아 죽은 다음날이며, 5공 비리 문제를 추궁당하던 전두환이 도망치듯 백담사로 떠난 날이다. 그것은 어떤 의미에서 전두환 시대의 시작과 끝이었고, 한수의 젊음이 값없이 주어졌다가 사라져버린 장소였다. 성숙으로 이어져 자기 자신을 완성시키는 데 실패한 한수의 젊음이, 한 개인의 예외적이고 독특한 삶의 굴곡이 만들어낸 잘못된 결과물이 아니라는 점을 암시하느라 이 소설은 역사적 삽화들로 두터워지고 있다.

*

나쁜 피로서의 젊음, 성숙에 이르지 못하는 젊음, 지혜롭고 조화로운 '끝'의 시점에서 부여될 의미와 가치를 끝내 얻지 못할 젊음은 어떻게 무의미한 열정이나 혼란 따위로 비하되지 않을 수 있을까. 『사슴 사냥꾼의 당겨지지 않은 방아쇠』는 '저 자신의 순수함에 의해서'라고 답하는 듯하다.

'끝'의 시점에서 정상성으로 복귀하게 될 젊음의 진로는 이런 식이될 것이다. 끊임없이 쏟아져들어오는 '지금-여기'의 체험들을 수용한다. 그 체험들은 얼핏 무질서하고 무의미하며 무가치해 보이지만, 사소했던 과거의 어떤 체험들이 나중에 겪게 된 다른 체험에 의해 그 중요성을 드러내고, 편견 속에서 잘못 이해했던 사건들이 제자리를 찾아가며, 그렇게 해서 앞으로 받아들여야 할 체험이 무엇인지가 차차 명확해진다. 경험의 총합은 풍부해지면서도 종합의 자리를 향해 모여든다. 이 경우 시간은 새로운 것들을 수용하는 변화의 장이며 연속성을 잃지 않는 영원한 흐름이다. 젊음은 그의 체험의 안테나가 다양한 방향으로 계속해서 열리게 하고 성숙은 그 무질서의 덩어리에 일정한 형태를 부여하면서 한 사람의 삶을 어떤 유기체로서 완성시킨다.

이러한 과정 속에서, 성숙에 이르는 젊음은 처음 수용했던 낯선 체험의 충격들을 '다른 것으로' 바꿔놓고 그 관계들을 미세 조정함으로써 정상성에 복귀하게 된다. 그런데 이러한 변화와 미세 조정은 어떤 의미에서 최초의 충격들에 약간의 망각을 주입하는 것이 아닐까. 그러한 변화를 성숙으로 부를 수는 있겠지만, 그것은 순수함을 변질시키는 것이 아닐까.

젊은 날 열정적으로 여러 여인들과 사랑의 모험을 겪었던 한 사내가 드디어 아내를 맞이해 가정을 꾸리고, 아내야말로 자신에게 걸맞는 최후의 사랑이며 이 운명과 마주하기 위해서 먼 길을 돌아왔다는 사실을 알아차렸다. 그런데 이 성숙한 사내는 왜 자신이 빠져들었던 젊은 날의 사랑'들'의 순수함을 뒤늦게 배신한 것이지?

*

젊음이 자기 자신의 순수함을 배신하지 못하고 애초의 충격에 묶여 있는 상태를, 스물일곱 살의 젊은 나이에 권총 결투로 생을 마감한 러시아의 시인 미하일 레르몬토프는 페초린을 통해 이렇게 불평한 적이 있다. "지난 과거의 권력에 나처럼 이렇게 휘둘리는 사람은 세상에 다시 없으리라. 지나가버린 슬픔이나 기쁨에 대한 온갖 추억이 나의 영혼을 병적으로 두드려, 거기서 한결같은 소리를 끄집어낸다. 나는 어리석은 놈으로 창조되었다. 아무것도 잊지 못하니까—아무것도!"(『우리 시대의 영웅』, 김연경 옮김, 문학동네, 2010, 131쪽 : 이하 강조는 인용자) 페초린이 불평하는 이 고통이야말로 젊음과 순수함의 고통이다. 한수가 정상성을 한번도 얻을 수 없었던 것도 이것 때문이었다.

어떤 방식으로든 변화시켜 연속적인 수용의 장으로 흡수해내지 못한 장면들. 소화되지 못한 날것 그대로의 과거의 단면들. 그것들이 자꾸만 현재 위로 솟아오르며 경험의 연속성을, 끝에 가서 복귀하게 될 정상성을 망쳐놓는다. 한수와 그 친구들—젊음과 순수함의 화신들은 아무것도 잊어버리지 않고, 여전히 거기서 한결같은 소리를 끄집어낸다. 『사슴 사냥꾼의 당겨지지 않은 방아쇠』가 너무 많은 회상들의 중첩으로 되어 있는 이유가 여기에 있다. 이것은 독자들의 궁금증을 불러일으켜 이야기에 몰입하게 하는 서술 기법이 아니다. 오히려 너무 많은 회상의 지층들이 한수와 그 친구들을 어지럽게 하고 그에 따라 독자들 또한 이야기의 맥을 잃고 어지럼증을 느끼기 쉽다. 우리가 느낀 그 어지럼증이 젊음의 체험 내용이다. 이 소설의 혼란스러운 서술 방식이 순수함의 형식이다.

"한수는 오 년 전 여름의 어떤 날을 떠올렸다."(11쪽), "우진은 지난해 여름의 어떤 날을 떠올렸다."(41쪽), "우진은 걷는 게 취미인 여자와 함께 서울의 밤거리를 걸었던 지난봄의 어떤 날을 떠올렸다."(44

쪽. 이것은 심지어 회상 속의 회상이다) 젊음은 결코 그 '어떤 날'들을 잊지 않고, 순수하게 보존된 그 '어떤 날'들은 젊음의 현재 위로 침입한다(3부에서부터는 "어떤 날을 떠올렸다"와 같은 표시도 사라져, 조금만 주의를 게을리 해도 소설 속 현재와 회상의 구분을 놓치기 쉽다). 현재의 흐름은 중단되고, 시간의 순서가 뒤엉킨다. 이 침입과 혼동이 순수한 젊음의 내용이자 형식이다.

*

이러한 침입과 혼동이 가장 강렬하게 이뤄지는 순간은 아마도 뒤에 인용할 두 개의 장면일 것이다.

(A)
한수는 응급실 침대에 반듯한 자세로 누워 있었다. (……)
새벽 네시가 지나서 한수는 깨어났다. (……) 눈을 뜬 한숙은 벌떡 일어나며 물었다. 괜찮아?
(……)
어떻게 된 거야. 이 동넨 왜 왔어.
친구 집에 놀러 왔다가……
길거리에 쓰러졌다며.
우유를 사먹고 나서 갑자기……
소주 사서 마신 게 아니고?
술은 친구 집에서 마셨지. 캡틴큐.

한수는 지난해 5월에 있었던 일을 말하고 있었다.

얼마나 마셨길래.

다 폭도들 때문이야.

폭도라니.

뉴스 안 봤어? 방송국 건물이 화염에 싸여 연기가 하늘로 치솟고 있습니다……

얘가 무슨 소릴 하는 거야. 참, 내가 이럴 때가 아니지.

한숙이 의사를 부르러 간 뒤에도 한수는 뉴스 앵커 흉내를 멈추지 않았다.(141~143쪽)

여기서 한수가 겪고 있는 혼란을 짧게 정리하기는 어렵다. 길고 복잡하게 말할 수밖에 없는 사정은 이렇다. 1979년 10월 27일 한수의 열일곱 살 생일에 팔 년 전 가출한 엄마가 한수를 만나려 했지만 한수가 약속 장소에 나오지 않은 바람에 뜻을 이루지 못하고 한수 친부의 고향인 광주로 내려갔다. 박정희의 죽음으로 세상이 흉흉했던 그날, 한수는 신경이 날카로워진 교사들에게 무자비하게 폭행당했고 방과 후엔 패싸움 끝에 밴드부 선배가 죽는 것을 목격했으며, 두 달 뒤연탄가스 중독으로 죽고 그후로도 계속해서 한수 곁에 남을 '엉뚱한' 친구 미자를 처음 만났다. 이 모든 일이 엄마와의 약속 장소에 나가지 못한 원인이었다. 그리고 그날 한수의 의부이며 도둑인 영만이 경찰에 붙잡혔다. 교사에게 폭행당할 때 잘못 맞은 한수의 왼쪽 귀에서 이상한 소리가 들리기 시작한 것은, "엄청난 아픔과 함께 이상한 느낌에 휩싸"여 "어딘가 다른 세상을 엿본 듯한 기분"(18쪽)이 들었던 것은, 그저 청력을 잃게 되는 전조가 아니었다. 어린 한수에게 너무 강렬한 체험들이 하루 동안에 쏟아져들어오는 바람에, 이 모든 육체적이고 정신적인 상처들이 그의 영혼을 이상한 방향으로 돌려세워놓았던 것이다. 이날 한수는 신비하지만 자신을 불행에 빠뜨릴, "어딘가 다른 세상을 엿"보는 능력을 잠재적으로 갖게 됐다.

79년 12월 12일 자신들을 "폭도라 부르지 못하도록 신문과 방송에 재갈을 물"린 "폭도"가 "테러와 납치와 공갈과 협박과 고문과 린치"(112~113쪽)를 이용해 서울을 장악했고 곧이어 전국으로 영향력을 행사했으며 이에 반대하는 사람들을 무자비하게 탄압했는데 특히 80년 5월 광주에서 많은 사람들을 죽였다. 계엄군의 폭력 때문에 오히려 광주 시민들의 민주화 요구 시위가 거세졌고 보안사의 통제를 받던 언론이 이를 '불순분자와 폭도 들의 난동'으로 보도하자 격분한 시위대가 광주 MBC를 불태웠다. 당시에는 저간의 사정을 알 수 없었던 한수는 왜곡된 방송으로 소식을 접했다. "슈퍼 안의 작은 흑백 TV에서는 방송국이 불타는 장면이 방송되고 있었다. (……) 앵커와 기자는 '폭도'라는 금지어를 여러 번 입에 담았다."(118쪽) 여기에 혼란과 분노가 강렬하게 뒤섞여 있다. 폭도를 폭도라 부르는 일은 불법적 권력에 의해 금지되었는데, 저 방송에서는 어떻게 저렇게 여러 번 '폭도'에 대해 고발할 수 있는가 하는 '혼란'. 혹은 지금 누가 누구에게 폭도라 하는가 하는 '분노'. 한수는 이 방송이 정확히 어떤 맥락 속에 있는지 알 수 없었지만, 이상한 방향으로 돌려세워진 그의 영혼은 알 수 없는 채로 분노했다. 광주에서 죽은 사람들 중에는 고향으로 내려간 한수의 친부모도 있었는데, 이때 한수는 이 사실을 몰랐지만 그가 얻은 신비한 능력으로 부모의 목소리를 들었다.

갑자기 심장이 빨리 뛰면서 얼굴이 달아오르고 손등에 핏줄이 불거졌다. (……) 사납게 흐르는 피에 온몸의 혈관이 꿈틀거렸다. 머리끝과 손끝과 발끝과 귀두까지 치솟는 혈압을 버티기 힘겨워서, 한수는 입을 벌리고 가쁜 숨을 토했다. 몸을 구부렸다가 젖혔다가 뒤틀었다가 부르르 떨면서 견디는 동안, 그의 얼굴은 웃는 듯 우는 듯 찡그린 듯 정신 나간 듯 온갖 표정들로 바뀌었다. 슬픔과 분노와 부끄러움과 희열이 엇갈리고 뒤엉키는 마음의 소용돌이. (……) 한수는 환청을 들었다. 쏘 잇 고우즈. 그가 모르는 어느 소설(커트 보네거트의 『제5도살장』―인용자)의 유명한 구절이었다. 그렇게 가는 거지. 그러자 한수가 알거나 알지 못하는 많은 사람들의 목소리가 그를 에워싸듯 들려왔다. 그 웅성거림에는 한수를 낳고 기르다 버리고 떠난 두 사람의 소리도 섞여 있었다.(118~119쪽)

그의 나쁜 피가 으르렁거렸다. 앞에서 『사슴 사냥꾼의 당겨지지 않은 방아쇠』가 으르렁거리는 나쁜 피의 기록이라고 썼는데, 한수의 경우를 생각해본다면 그것은 그저 젊음에 대한 과장된 비유가 아니었다. 한수는 나쁜 피의 요동 속에서 당시 광주 시민들이 느꼈던 마음의 소용돌이를 함께 느꼈고 그 느낌의 강렬함 때문에 발작을 일으켰으며 그후로 죽은 미자와 대화할 수 있게 됐다. 그것이 한수의 신비하지만 불운한 능력이다. 시간과 공간을 뛰어넘어 무엇인가를 감각하는 능력 때문에 한수가 정상적인 삶을 갖는 것은 너무도 힘든 일이 된다.

80년 5월의 이 감각이, 한수에게는 '어떤 방식으로든 변화시켜 연속적인 수용의 장으로 소화해내지 못한 장면'이 되어 경험의 연속성을 망쳐놓으면서 현재 위로 솟아오른다(그럴 수밖에. 우리가 막아내지 못한 저 악마적 재난을 어떻게 우리의 경험의 연속성 안으로 흡수할 수 있단 말인가). 일 년 뒤, 소영의 생일 선물을 마련하느라 매혈을 한 한수는 다시 한번 피가 끓어 발작을 일으킨 뒤 응급실에서 깨어난다. 깨어난 한수는 80년 5월과 81년 9월 30일, 현재의 일을 구분하지 못한다. 이 장면이 (A)의 인용문이다.

　이날 서울시는 올림픽 개최지로 확정됐다. "자정이 막 지났을 때 장소에 어울리지 않는 박수소리와 환호성이 들려왔다. (……) 올림픽 개최 도시가 결정된 순간 터뜨린 소리였다."(142쪽) 기자이기도 한 르포 작가는 최근의 저서에서 이렇게 썼다. "피도, 언젠가는 지워진다. 전두환은 그렇게 믿고 싶었을 것이다. 광주에서 사람들이 많이 죽었다. 훗날 정부가 인정한 공식 피해자만 사망자 154명, 행방불명자 70명, 부상자 3028명이다. 외롭게 죽었다. 1979년에 저항했던 부산, 마산, 서울 사람들은 그때 싸우지 않았다. 전두환은 핏자국을 지우고 싶어했을 것이다. 군인이 아니라 대통령으로 인정받고 싶었을 게다. 1981년 9월 30일은 그래서 상징적이다. 이날 서울시가 1988년 하계 올림픽 개최지로 뽑혔다. (……) 제삼세계의 무명 독재자에게 큰 선물이었다. 전두환은 1979년까지 그저 정보장교에 불과했다. 한반도와 관련 있는 주요 미국인들 중 누구도 그를 몰랐다. 국민도 몰랐다. (……) 무명 정치인에게 잔치가 필요했다. 9월 30일 유치에 성공한 올림픽은 꽤나 시끌벅적한 잔치가 되어줄 것이었다. 전두환은 이로써 집권의 정점을 찍었다."(고나무, 『아직 살아 있는 자 전두환』, 북 콤마, 2013, 148~149쪽) 81년의 "어울리지 않는 박수소리와 환호성" 속에서도 80년의 피를 잊지 않은 사람들이 있었고, 그 망각의 거부가 순수함의 수준에 이르러 (A)에서 한수를 혼동시키고 있다. 나쁜 피는, 젊음의 순수함은, "지난 과거의 권력"에 휘둘리고 "거기서 늘 한결같은 소리를 끄집어"내며 "아무것도 잊지 못"한다(나중에 한수는 발작을 일으키는 정도가 아니라 아예 이 세계에서 사라지고 유계幽界로 넘어가 죽음의 형상들을 만난 적이 있다. 그날은 82년 1월 6일 새벽, 야간 통행금지가 해제된 날이었다. 새벽길을 걸을 수 있게 된 작은 기쁨이 시민들에게 "어울리지 않는 박수소리와 환호성"을 내게 한 바로 그때 나쁜 피가 다시 한번 망각을 거부한 것일까?).

83년 12월에도 '해태(광주)'와 '엠비씨'라는 기호는 한수로 하여금 서울의 현재와 80년 5월 광주를 구분할 수 없게 만든다. 한수는 다시 같은 종류의 혼란에 빠진다.

(B)
하얀 도자기 병에 담겨나온 약주를 마시며 그들은 야구 얘기를 했다.

난 삼성이야. 민호의 말이었다.
니가 왜. 장효조 때문에? 우진이 물었다.
아버지 고향이 그쪽이야.
그러냐. 그럼 한수 넌. 해태?
한수는 알아듣지 못하고 멍한 표정을 지었다.

한수도 청룡 팬이야. 소영이 대신 대답했다.

나 빼고 다 엠비씨네.

민호의 말을 듣고 한수가 제 잔에 술을 따르며 말했다.

엠비씨가 불탔어.

뭔 소리야. 민호가 대꾸했다. 지난번 코리안시리즈 얘기야? 해태한
테 일무 사패로 진 거?

도청 분숫가에 핏물이 고였어.

(……)

정신 차려 한수야.(210~211쪽)

이 개인적인 혼란이 망각을 거부하는 역사의 의무를 겸하고 있다
는 점을 길게 설명할 필요가 있을까.

                                        *

『사슴 사냥꾼의 당겨지지 않은 방아쇠』는 젊음 혹은 순수함의 형식
과 내용을 구체화한다. 그것은 정상성에 접근하는 새로운 맥락, 새로
운 의미망과 타협하고 합류하며 과거를 미세 조정하는 '성숙'을 거부
한다. 그것이 젊음 혹은 순수함의 혼란이자 고통이며, 그것은 의무감
없이 역사의 의무를 환기시키기도 한다. 그런데 젊음 혹은 순수함이
이번에는 혼란이나 고통으로부터 우리의 삶을 잠시 벗어나게 해주고
여기에 어떤 애틋함을 부여하기도 한다. 정상성을 얻지 못하기 때문
에 엉뚱하고 이상한 것과 구분하기 어려운, 순수함이 동반하는 애틋

함, 성숙의 거부에 따른 애틋함은 예컨대 이런 식이다.

　　너 장준하 선생이 어떻게 죽었는지 알아?
　　그렇게 묻는데 그 양반이 누구냐고 묻기는 쉽지 않았다. 얘네 학교
선생인가. 한수는 요행을 바라고 말했다.
　　고혈압?
　　미자는 한수가 알 만한 사람 얘기로 건너뛰었다.
　　박정희가 제일 잘못한 게 뭐라고 생각해.
　　그 문제라면 한수도 할말이 있었다.
　　자기 아내를 지켜주지 못하고 대신 죽게 놔뒀지.
　　미자는 한수를 지그시 바라본 뒤에 말했다.
　　넌 참 엉뚱해.
　　엉뚱한 건 너라고 한수가 말하려는데 미자의 말이 이어졌다.
　　그래서 좋아. (114쪽)

　　한수는 광복군 장교 출신으로 백범의 비서로 일했던 청년 장준하를
몰랐고, 『사상계』의 주필 장준하를 몰랐으며, 박정희에 맞서다 의문사
한 정치인 장준하를 몰랐다. 그가 알았던 것은 이런 것들뿐이다. 74년
8월 15일 광복 29주년 기념식에서 박정희를 저격하려는 시도가 있었
고, 그 와중에 엉뚱하게도 육영수가 총에 맞아 죽었으며, 그러는 사이
박정희는 방탄 처리된 연설대 뒤로 황급히 몸을 숨겼다. 박정희는 강
력한 독재자였지만 "자기 아내를 지켜주지 못하고 대신 죽게 놔뒀"
다. 그 외의 것은 하나도 중요하지 않았고 알 필요도 없었다. 육영수

는 팔 년 전 장을 보러 나갔다가 아직까지 돌아오지 않은 한수의 엄마와 닮았고, 그래서 어린 한수는 육영수의 마지막 순간을 홀린 듯이 바라본 적이 있다.

순수함으로서의 젊음은 그것이 설사 시대적 요구에 부합하는 종류의 것이라고 하더라도 세상의 이치를 알아차리고 거기에 합류하는 데 신경쓰지 않는다. 자신에게 쏟아져들어왔던 최초의 충격을 고스란히 간직한 채 새로운 기호들이 그 충격의 울림을 훼손하지 않도록 조심스럽게 그 주위에 기호들을 배치해 자신만의 의미-지도를 만드는 것. 순수함으로써의 젊음이 신경쓰는 것은 그것뿐이다. 민주주의도, 민족주의도, 경제 발전도, 아내를 지키지 못한 남편이나 엄마를 잃은 아들의 문제, 그 최초의 충격에 비하면 절박함에서는 턱없이 부족한 것이다. 다시 한번 망각과 성숙의 거부. 그것이 젊음의 형식이며, 그것이 순수함의 엉뚱하고 이상한 애틋함이다. 그것이 젊음이 다른 젊음을 알아보고 서로에게 매료되는 방식이다. "그래서 좋"은 것이다. 애틋함. 다정하지만 안타까운 것.

"많은 것들을 잊고" 사는 것은 "평화로운 날들"(239쪽)을 선물해줄 수 있겠지만, 그 경우 "이젠 이상하지 않"(250쪽)게 되고, 서로를 매료시켰던 젊음의 형식도 순수함의 애틋함도 증발된다. 그것이 소영과 한수 사이의 최대의 위기였다.

*

만약 젊음의 순수함이 무엇인가를 망각하는 일이 있다면 그것은 둘

중의 하나이다. 이제 젊음은 성숙의 문턱에 진입하게 되어 더이상 자기 자신이 아니게 됐다. 혹은 젊음의 순수함은 오직 '세상의 이치'만을 망각할 뿐이다.

성숙한 자들은 '세상의 이치'를 잘 알아서, 미숙한 젊은이들이 "그런 애" 혹은 "그런 집 애"(98쪽)와 잘못 만나 이해관계에 손실이 발생하는 것을 미연에 방지하려 한다. 강한 자들이 세상의 이치에 민감할 때 그들은 잔혹해진다. 민호의 할머니는 소영의 집에 찾아가 그 가족들에게 모욕감을 주고 민호와 소영을 갈라놓았다.

반대로 약한 자들이 세상의 이치에 민감할 때 그들은 서글퍼진다. 철없는 복학생 문오가 밴드활동에 필요하다며 한숙에게 돈을 요구했을 때 "한숙은 속이 쓰렸다. 미용실 보조가 대학생을 만나려면 지불해야 할 대가인가 싶었기 때문이었다".(61쪽) 그런 대가를 지불했지만 문오는 나중에 대학생 애인에게로 가버렸다. 가버렸다가 돌아왔다. "문오의 애인은 대학 중퇴 학력에다 취직에 뜻이 없는 남자를 계속 좋아할 만큼 철없는 여자가 아니었다. 한숙은 그런 남자를 다시 받아줄 만큼 인생을 비관하는 여자였다. 만약에 문오가 대학을 졸업하고 번듯한 직장인이 되어 나타났거나, 그런 남자를 원하는 여자에게 버림받은 신세가 아니었다면, 한숙은 그를 조용히 타일러서 돌려보냈을 것이었다."(126~127쪽) 나중에 한숙과 문오는 결혼하게 되는데 "문오가 불구의 몸이 되지 않았다면, 한숙은 자기 인생에 결혼은 없다는 해묵은 신념을 내려놓지 않았을 것이었다".(122쪽)

한숙의 체념은 성숙(세상의 이치에 대한 예민함)의 어두운 면이다. 젊음의 순수함은 그런 것들을 알지 못하고 알고 싶어하지도 않는다.

그래서 젊은 우진은 체념한 한숙이 답답하고, 한숙 또한 우진이 답답하다.

> 그 형이랑 결혼할 거냐구요.
> 너 같으면 하겠니. 나 같은 애랑.
> 나 같으면 해요. 누나 같은 여자 말고, 누나랑.
> 그러니까 니가 아직 어리다는 거야.(67쪽)

세상의 이치는 상대방이 누구인가가 아니라 상대방이 어떤 계급에 속하는가를 따져야 하는 이해관계의 계산법을 가르치고, 젊음의 이치는 그 계산법의 망각을 가르친다. 세상의 이치는 '나'가 아니라 "나 같은 (계급의) 애"를 보게 하고, 젊음의 이치는 "누나 같은 (계급의) 여자 말고, 누나"를 보게 한다. '세상의 이치'에 대한 망각이 이 장면의 애틋함의 토양이다.

*

그러나 이 애틋함이 다정함의 일종이기는 해도 결국은 안타까운 것이다. 순수함으로써의 젊음의 형식은 한수가 사회적 삶에 적응하는 데 완전히 실패하게 만들었고 결국은 그의 삶을 파괴해버렸다.

한수는 곁에 있는 두 사람과 주변의 모든 사물들을 잔잔히 돌리보며 생각했다. 이보다 더 완벽한 평화가 있을 수 있나. 그 평화를 지키기 위해서라면 몸과 마음을 다 바칠 수 있을 것이었다. 한수는 사랑스런 소영 앞에서 목숨을 걸고 맹세했다. 널 못 보게 훼방놓는 인간이 있으면 죽여버리겠어.(137쪽)

죽여버리겠어. 갑자기 피가 거꾸로 솟는 느낌과 함께 한수는 걷잡을 수 없는 살의에 휩싸였다. 자신과 소영의 만남을 틀림없이 누군가 방해하고 있다는 생각 때문이었다. 한수는 미쳐버릴 것 같았지만 그것은 착각이었다. 한수는 이미 제정신이 아니었다.(152쪽)

한수는 한숙과 함께 소영과 저녁시간을 보내면서 완벽한 행복을 느꼈다. 그것이 한수에게는 결코 망각할 수 없는 또 하나의 '충격'이 되었을 것이다. 그 행복한 충격을 그대로 보존하고자 하는 순수함이 어떤 타협도 거부했고 그 타협불가능성은 순수함을 아주 간단하게 잔혹한 의지로 바꿔놓았다. 한수는 소영을 못 보게 훼방놓는 인간이 전두환이라고 착각했고, 그를 죽이기로 결심했다. 최대 권력자를 죽이고자 한 거의 불가능한 한수의 결심이 결국 그의 삶을 망가뜨렸다. 한수가 죽이고 있었던 것은 자기 자신일 뿐이었다.

젊음이 자기 자신의 순수함을 유지하는 한에서, 그의 삶은 정상적인 시간을 모르고 세상의 이치를 모르며 때때로 과격해져 결국 자신의 삶을 고통스럽게 하고는 끝내 파멸시킨다. 젊음의 순수함에 감탄하는 것만으로는 삶의 길을 제시할 수 없다. 구약의 말씀대로 "너는 피투성이라도 살아 있으라"를 실천하려면 결국 젊음의 순수함은 어느 수준에서는 포기되어야만 하는 것이 아닐까.

순수함의 끝에서 삶이 파멸하거나, 삶을 위해 순수함이 파괴되거나. 한수는 끝내 둘 중 어느 것도 선택할 수 없었다. 그는 소설의 거의 마지막 장면에서 자신의 몸에서 '나쁜 피'가 빠져나가도록 허용했다. 하지만 순수함이 파괴된 채로 살아남기를 원한 것 같지도 않다. 한수는 자신의 신비한 능력을 발휘해 자신과 전두환을 동일시한 뒤 둘 모두 서울을 떠나 영영 돌아오지 않기로 결심했다. 그는 사라지는 것을 선택한 것이다. 그것이 『사슴 사냥꾼의 당겨지지 않은 방아쇠』의 마지막 순간들이다.

『사슴 사냥꾼의 당겨지지 않은 방아쇠』는 젊음의 순수함을, 사라짐의 형식을 통해서 흔적으로서 보존하는 것처럼 보인다. 서울 밖을 벗어나본 적이 없는 한수는, 서울의 바깥에서 그리고 자신이 주인공인 이 소설의 바깥에서 지금 어떤 시간을 보내고 있을까. 정상성의 삶도 아니고 순수함의 위태로움도 아닌 채, 피투성이의 삶을 살고 있을까. 이 소설은 그 결론을 확정짓는 것을 원하지 않는 것 같다.

그 결론이 무엇이든 간에, 한수에게도 젊음의 순수함에도 평화가 깃드는 것은 어려운 일처럼 보인다. 한수도 젊음의 순수함도 삶의 축복을 소망할 것 같지는 않지만, 그래도 탄식처럼 읽히는 푸시킨의 축복을 건네는 것으로 이 글을 마치고 싶다.

청춘의 때에 젊었던 자는 복이 있나니.
때에 맞춰 성숙한 자는 복이 있나니.
나이들어가며 차차
인생의 냉혹함을 견뎌낸 자는,

기이한 꿈에 홀리지 않은 자는,

사교계의 무리들을 피하지 않은 자는,

스물에 멋을 부렸다가

서른에 부잣집 사위가 된 자는,

쉰에 사적인 것이든 또다른 무엇이든

모든 빚으로부터 스스로를 자유롭게 한 자는,

적절한 때에 명성 재산 지위를

침착하게 얻어낸 자는,

그의 일생 동안 세상 사람들이

탁월한 사람이라고 일컫는 자는, 복이 있나니.

(『예브게니 오네긴』, 8장 10절, translated by Vladimir Nabokov,

Princeton University Press, 1981, p.286)

부기附記 : 소설 이후의 시간에 대해서는 우리 모두가 아는 바다. 미자의 마지막 외침("놈은 끝났어. 끝났잖아."(291쪽))는 그다지 정확하지 않았다. "둘 다 서울을 떠나 죽은 듯이 살다가 죽는다"(120쪽)는 한수의 미래 기억도 성공하지 못했다.

'내란죄 및 반란죄 수괴 혐의'로 95년의 1심에서 사형을 선고받았을 때 전두환은 정말 끝난 것처럼 보였다. 전두환은 항소심에서 무기징역을 선고받았고 97년 12월에는 대통령 특별사면에 의해 풀려났다. 그는 비자금 조성 혐의로 추징금 2205억원을 선고받았으나 현재까지 1672억원을 미납한 상태이며 은닉 재산에 대한 혐의가 끊임없이 이어져오다 이 글을 쓰고 있는 2013년 7월 현재 검찰수사가 진행되고 있다. 전두환은 2002년 한 인터뷰에서 80년 광주 민주화운동은 폭동이었기 때문에 진압하지 않을 수 없었다고 말했고, 2008년의 다른 인터뷰에서는 "젊은 사람들이 나에 대해 아직 감정이 안 좋다. 나한테 당해보지도 않고"라고 말한 바 있다. 그는 2012년 6월 8일 '육사발전기금 200억원 달성' 기념행사에 참석했고 생도들의 '우로봐' 경례에 다른 참석자들이 박수칠 때 자신에게 마련된 특별석에서 일어나 거수경례로 화답해 '반란 수괴가 미래의 군 장교를 사열한 것'이라는 논란을 불러일으켰다. 그는 끝나지 않았고 그는 떠들썩하게 잘살고 있는 것처럼 보인다. 한수도 미자도 틀렸다.

하지만 『사슴 사냥꾼의 당겨지지 않은 방아쇠』는 전두환에 대한 소설이 아니고, 80년대의 역사를 다루는 소설도 아니다. 이것은 '젊음'과 '순수함'의 서사화이자, 그것들에 수반되는 안타까움과 다정함에 대한 이야기이며, 나쁜 피가 나타났다 사라진 구 년의 시간에 대한 기록이다. 그것뿐이다. 그러나 이쪽의 절박함이 없다면, 이 소설의 배경을 이루고 있는 80년대의 역사에 대한 평가라는 것이 무슨 소용이란 말인가.

서울이여 안녕

    서울의 동쪽은 삭막했다. 공장들은 작고 더러웠으며, 가난한 집에서는 쥐들이 거미줄을 두르고 돌아다녔다. 통행이 금지된 자정에서 새벽까지 자유는 고양이들의 몫이었다. 먹이를 찾는 고양이처럼 소리 없이, 도둑들은 일감을 찾아 거리로 나섰다. 거리는 고요하고 어두웠다. 멀리 갈 수 없는 밤의 손님들은 이웃 골목의 담을 넘었다. 그들은 라디오나 텔레비전보다 야광 손목시계를 선호했다. 찾기 쉽고 가벼운데다가 운좋으면 '메이드 인 스위스'를 건질 수 있기 때문이었다. 그들이 가장 싫어한 것은 개 짖는 소리였다. 한 마리가 짖기 시작하면 골목은 삽시간에 개소리로 뒤덮였다. 이따금 개들의 합창이 밤하늘에 울려퍼지는 동안, 술에 취한 연인들과 귀가에 실패한 행인들로 여관과 파출소는 만원이었다. 두 곳 모두 조용할 수 없었으나 소리의 질감은 사뭇 달랐으니, 그것은 쾌락과 현실의 차이였다. 날이 밝아도 우중충한 거리는 행인들의 옷차림과 완벽한 조화를 이루었다.

*

　외국인 마을은 평화로웠다. 집들은 세련되고 거리는 깨끗했으며 산책 나온 사람들의 미소는 부드러웠다. 풀 한 포기, 나무 한 그루, 길에 깔린 벽돌 한 장에도 스며 있는 그 평화의 다른 이름은 풍요였다. 풍요는 교양을 낳고 교양은 친절을 낳고 친절은 좀처럼 싸움을 낳지 않았다. 싸움의 거친 바다에 떠 있는 그림 같은 섬. 바다의 다른 이름은 사막이었다. 날이 저물면 주민들은 사막의 먼지를 뒤집어쓰고 돌아와 더운물에 몸을 담갔다. 그들처럼 긴 시간을 욕조에 누워 와인 한 잔의 평화 속으로 빠져드는 원주민이야말로 그 마을의 진정한 이방인이었다.

*

　이름을 불러주기 전에도 길은 그 자리에 있었다. 오래전 길가에는 학교가 있었고, 학교가 떠난 뒤에도 길은 그 자리에 남았다. 학교가 떠난 뒤에도, 학생들은 그 길로 모여들었다. 그들은 숲속에 둥지를 튼 까마귀와 같은 모습으로, 커피를 마시고 술을 마시고 음악을 들었다. 젊기보다는 어리다고 해야 좋을 그들은, 저마다 다른 길을 걸어왔고 갈 길 또한 다를 것이었다. 같은 길도 다르게 갈 것이며 다른 길들이 만나 하나의 길을 이루기도 할 것이었다. 그 길고도 짧은 길의 한 고비에 잠시 머물다 가는 길이 있었다. 쉼에서도 쉬지 않으면 나그네가 아닐 것이었다.

　해 지는 풍경으로 상처받지 않겠다고 노래한 시인이 있었다. 별빛에 눈이 부셔 기댈 곳 찾아 서성이다, 서성이다 시인은 떠났고 그림자로 남은 시가 노래가 되었다. 언제나 떠날 때가 아름다웠지. 비는 내리고. 떠나지 못하는 이들은 거리의 우산들처럼 말없이 돌아갔다. 하지만 사람들이여. 떠남이 아름다운 사람들이여. 노래가 끝난 뒤에 시인은 말했다. 숱한 언어들 속에 나의 보잘것없는 한마디가 보태진다는 게 무슨 의미가 있겠니. 듣고 싶지 않아 귀를 막아도 시인의 말은 들리지 않는 소리로 들려와 속수무책이었다. 지긋지긋하게 싫더라도 어쩔 수 없음을 네가 모르지 않을진대 요구하지 마, 요구하지 마! 강요하지 말 것. 숨을 고른 뒤에 시인은 말했다. 구체적인 것이다, 산다는 건. 그 말의 뜻을 헤아리기가 너무 고통스러운 이들을 위해, 시인은 잊혀졌다. 천천히 흘러가는 강물처럼. 서서히 닳아가는 아스팔트처럼. 그 위를 구르며 함께 닳아가는 자동차 바퀴처럼.

2013년 가을
이혜경

문학동네 장편소설
사슴 사냥꾼의 당겨지지 않은 방아쇠
ⓒ 이해경 2013

초판인쇄 2013년 9월 10일
초판발행 2013년 9월 16일

지은이 이해경
펴낸이 강병선
책임편집 황예인 | 편집 정은진 이경록 | 디자인 김선미 유현아
마케팅 신정민 서유경 이연실 정소영 | 온라인마케팅 김희숙 김상만 이원주 한수진 이천희
제작 김애진 김동욱 임현식 | 제작처 영신사

펴낸곳 (주)문학동네
출판등록 1993년 10월 22일 제406-2003-000045호
주소 413-756 경기도 파주시 문발동 파주출판도시 513-8
전자우편 editor@munhak.com | 대표전화 031) 955-8888 | 팩스 031) 955-8855
문의전화 031) 955-8890(마케팅) 031) 955-8864(편집)
문학동네카페 http://cafe.naver.com/mhdn

ISBN 978-89-546-2242-4 03810
* 이 도서의 국립중앙도서관 출판시도서목록(CIP)은
   e-CIP 홈페이지(http://www.nl.go.kr/cip.php)에서 이용하실 수 있습니다.
   (CIP 제어번호 : CIP2013017533)

www.munhak.com